JN024165

わが家を
めざして

文学者、伝書鳩と暮らす

ジョン・デイ
宇丹貴代実［訳］

白水社

わが家をめざして——文学者、伝書鳩と暮らす

HOMING by Jon Day
Copyright © Jon Day 2019
Japanese translation © Kiyomi Utan 2021
Jon Day has asserted his moral right to be identified as the Author of this Work.
First published in the English language by Hodder & Stoughton Limited.

Japanese translation rights arranged with Hodder & Stoughton Limited, London,
through Tuttle-Mori Agency, Inc., Tokyo

イーヴォに

著者の註記

本書の執筆中に話をした人のうち、何人かは身元を明らかにされるのを望まなかった。
その人たちの名前は変えてある。

そのとき、わたしは天空の観測者になった気がした。
ジョン・キーツ「チャップマンのホメロスをはじめて読んで」

あなたがいるところ——それが——家だ——
エミリー・ディキンソン

目次

グレートブリテン及び
北アイルランド連合王国
0
200km
1/1,508,700
サーソー
マレー湾
インヴァネス
スコットランド
ダンディー
エディンバラ
ベリック=アポン=ツィード
ウィットレイ・ベイ
ニューカッスル
北アイルランド
ブラックプール
ウィラル半島
グリムズビー
ウォッシュ湾
ピーターバラ
イングランド
ケンブリッジ
ウェールズ
ロンドン

グレーター・ロンドン略図

午前七時一五分、サーソー、家から八一一キロ

その電話は土曜日の朝八時二六分にかかってきたが、ぼくはすでに何時間も待っていたので、もうかかってこないのではないかと思いはじめていた。急ぎのメッセージがひとこと、電話線を北から南へさざ波のように伝わってきた――「鳥たちが飛びたった」と。

レース世話人のブライアンの声は、受話口の向こうからやけにもったいぶって聞こえる。ちょっとした世間話をするときではないのだ。

「七時一五分、軽い変向風のなかに放たれた。視界は良好。第一陣は今夜帰還すると思われる。記時計の規正は午後一〇時の予定だ。健闘を祈る」

ロンドンは快晴で、上空をちぎれ雲が流れ、そよ風が木々の葉をさわさわと揺らしていた。朝からすでに暑く、日中はいっそう気温があがりそうだ。二週間前に高気圧が国をすっぽりと覆い、ときおり雷雨に横槍を入れられたものの、いまだ居座りつづけている。芝生は黄ばみ、貯水池の水位が危険なまでにさがり、庭への散水禁止も取り沙汰されだした。サドルワース・ムーアで起きた火災が数日間燃えつづけ、夜空を赤々と染めた。灼熱で土地が干あがって、その過程で古代遺跡の存在が明らかになった。

古代ローマ時代の邸宅や浴場の輪郭が、亡霊さながら原野に出現したのだ。わが家の外では、水不足でプラタナスの並木が蛇の脱皮よろしく樹皮を落としはじめていた。

けさ、ぼくは夜明け前に目を覚まし、悶々としていた。自分は、今回のレースに向けて鳥たちに万全の準備をさせただろうか。北へ運ばれるトラックのなかで、彼らは餌と水をじゅうぶん与えられているだろうか。これからの旅がどういうものか、少しでもわかっているだろうか。ぼくは彼らの身に自分を置き換えて想像してみた。

ブライアンが電話してくるまでの数時間、いてもたってもいられず天気予報を何度も確認し、はては〝宇宙天気《スペース・ウェザー》〟なるものを観測するウェブサイトをのぞいたりもした。というのも、磁気異常――太陽フレアと磁気嵐――が愛鳩《あいきゅう》たちの方向定位の本能を狂わせると考える競翔家《きょうしょうか》もいるのだ。どうやら、正午にミッドランズで雨が降る――北極海から夏の嵐がやってくる――可能性はあるが、群れがそのあたりにさしかかるのはもっと遅い時間のはずだから、最悪の事態は避けられそうだ。風は穏やかで、太陽活動は微々たるもの。ぶじの帰還をじゅうぶん期待できる状況だ。

鳩の帰還レースは競技でありながら儀式のようにも感じられる催しで、その準備は放鳩のはるか前に始まる。前週の水曜日、ぼくは籠――登録用にあらかじめ選んでおいた六羽の鳩が、なかでクークー鳴いていた――を自転車の前にくくりつけて、クラブハウスに向かった。どの鳥を送るべきか、何週間も悩んだ。今シーズンは順調とは言いがたく、何羽も失っていたのだ。

まずは、シーズンが始まってもいない訓練飛行中に二羽が迷行した。M一一号線のジャンクション付近の駐車場から、どんよりした空に放ったときのことだった。一羽は三か月後にけろりとしたようすで冒険から帰還したが、もう一羽には二度とお目にかかれなかった。シーズンが始まって三週間後、ケンブリッジからの飛行中にタカにやられてもう一羽を失った。さらにレースビーで一羽、ベリック＝アポン＝ツイードで一羽、ウィットレイ・ベイで二羽。そして一羽の雄鳩が、彼にしかわからない理由で、ある穏やかな日に鳩舎の屋根を飛びたち、だだっ広く危険な外の世界で自立した新生活をスタートさせた。

きょうのレース用に選んだ鳩たちは、健康で休養じゅうぶん、これまで何週間も家の周囲を順調に飛びまわっていた。羽がきれいに生えそろった状態で、秋の換羽はまだ始まっていない。数羽は抱卵中で、だからこそ早く飛んで帰りたいという気持ちがとりわけ強いはずだ。繁殖周期の一定の時期には、帰巣本能がいっそう高まる。つがいの雌を産卵のために巣に追いたてたばかりの雄や、孵化直前の卵を抱いている雌は、今回のような長距離レースではひときわ重宝される。

クラブに到着すると、ぼくは鳩を一羽ずつ籠から出して、持ち寄りの列に並べた。だれもごまかしができないよう、〝愛鳩家（鳩レースの参加者）〟は自分の鳥の参加登録をすることを禁じられている。持ち寄り所では、それぞれ固有のレース番号を記したゴムリングが鳩の脚にはめられる。そして、鳩の特徴——性別、年齢、色——とともに、レースシートに番号が記録される。登録を終えると、鳥たちは共用の籠に収められるが、揉めごとを防ぐために、雄と雌は分けられる。

持ち寄りは鳩を登録するだけでなく、レース参加者がライバルの鳩たちの状態を観察する機会でもある。手から手へと受け渡されるあいだに、体重や体調がひそかに見極められる。動きが鈍くて過食ぎみではないか。元気いっぱいか、それとも換羽のまっ最中で実力を出せなさそうか。手で持ったときにずっしりと安定感があるか。

この作業はおおむね黙々となされ、ときおり番号がまちがって読みあげられたり、まちがった籠に入れられたりしたときだけ、苦情の声があがる。自分の鳩の登録を終えた者たちは、たばこを手にかたわらに立ち、訓練方針や給餌方法について議論するか、彼らいわく頻発傾向にあるタカの襲撃についてぼやく。そして待ちながら、おのおのスマートフォンで天気を確認する。

すべての鳩の登録が終わったら、籠が閉じられ、番号と鳩の絵がついた小さな錫《すず》の封印でひもが留められる。籠はトラックに積みこまれ、競翔家たちはクラブの部屋に入って記録時計の規正をする。鳩のほうは、クラブからロンドン北部の高速道路のサービスエリアまで運ばれて、そこでほかの複数のクラブの鳩とともに大型トラックに載せられる。サーソーは合同レースで、イングランド南部の各クラブの鳩が競いあう。ぼくが所属するロンドン北部連盟のメンバーはワームウッド・スクラブズの半径三三マイル〔およそ五〇キロ〕内に住む競翔家だが、ケント、ブリストルの人たちもサーソーに鳩を送っている。

大型トラックに載せられたあと、鳩たちは夜を徹して北へ運ばれる。予定では木曜日の夜に放鳩場所に着くはずだったが、トラックが途中で故障して、金曜日にようやく到着した。A九号線の終点、イギリス最北端の町の、サーソー川東岸にある某駐車場だ。

サーソー・クラシックはクラブカレンダーのなかでもとくに長距離かつ名誉あるレースで、二〇一八年の今回は一〇〇〇羽あまりの鳩が競いあう。ぼくの六羽も一緒に飛ぶ。放鳩場所から、ロンドン東部にあるうちの庭の鳩舎まで八〇〇キロあまり。だが、鳩たちが直線コースを飛ぶことはめったにない。たいていは低地をたどり、開けた広い水面は避けるので、飛行距離がはるかに長くなる。追い風なら時速八〇キロで飛行することもありうるし、その場合十二時間ほどでこの距離を飛びきるかもしれない。だが、サーソーは想定どおりにいかないことで知られ、しかも今回は参加者の記憶にあるかぎり最も暑いレース日だ。たぶん、家に戻るにはうんと時間がかかるだろう。本日じゅうに戻ってこられるかどうかも怪しい。

第一章　わが家に入居する

子どものころ、友だちのニックとともに、ロンドンの街角からせっせと野生の鳩を救出していた時期がある。大半の鳩は、たとえば〝トリコモナス〟〝単眼炎〟〝水痘〟など、中世的な響きのある病気、地元の図書館の棚にひっそりと置かれた鳩の飼育本で見かけたような病気だったらしく、すぐに死んでしまった。だが一羽、なぜだか〝サイコ〟と名づけた鳩だけ、ぼくたちのつたない世話のもとで生き延びた。

サイコは家の前を走る排水溝の端っこで見つけた。うずくまって傷ついた翼を繕《つくろ》う姿は、ひしゃげた傘を思わせた。ぼくたちが近寄って拾いあげても、ぜんぜん抵抗しなかった。そこで、ぼくの家に連れ帰って段ボール箱に収め、翼に稚拙な副え木をあてて、庭にあった古い兎小屋に入れた。

記憶にあるサイコは端正な鳥だ——羽はつややかな青色で、雨雲みたいに深くて濃かった。だが、いま写真を見返すと、どうひいき目に見てもみすぼらしい。指の折れた足でよたよたと歩き、どぎついオレンジ色の丸い目をぼさぼさの羽が取り巻いている。ロンドンでよく見かけるふつうの鳩だ。

しだいに、サイコはこちらを信頼しはじめた。数日後には、ぼくの手首でじっと過ごし、やがて手から餌をついばんだり、肩に止まったりするようになった。ぼくはその体を抱きかかえては、やわらかい羽の手触りを味わった。指に伝わる心臓の鼓動が、捕らわれてばたつく蛾《が》みたいに感じられた。このひそやかな触れあいに、ぞくぞくした。きっと、自分たちの絆はじきに揺るぎないまでに強まるだろう、サイコは学校についてきて、昼休みに校庭を飛びまわり、授業中はどこか近くの木に止まって待つのだ、と夢想した。伝書鳩についてあやふやな知識しかなかったので、何があっても必ず戻ってくるものと思いこみ、脚にメッセージをくくりつけて友人宅に秘密の任務飛行をさせるさまを頭に描いた。

いつしか翼が癒えて力もついてきたので、ニックとふたりで繰り返し庭をリハビリ飛行させた。小屋から出して離れた場所に運び、空中へ放っては、ぎこちなく羽ばたいて戻るようすを見守った。毎回、少しずつ遠くから放つようにすると、向こうも何を求められているのかわかってきたようだった。最初の数回は、地面にどさっと落ち、怒りに羽を膨らませてうらめしそうにぼくたちをふり返るか、小屋までうまく飛べたときは、なぜこんなことをさせられるのかと言うように首をかしげて屋根の上に立っていた。だが二、三週間も経てば狙いがわかったらしく、ぼくたちが放つと脇目もふらず小屋へまっすぐ飛んでいき、なかに入って餌をついばんだ。

こうした飛行を一、二か月ほど続け、ある日、いつもどおり庭を飛ばすために外に出した。サイコはぴょんと出てきて、しばしあたりを見回して飛びたつと、かつてないほど高く舞いあがった。最初は木々の上を、それから隣家の屋根の上を旋回しはじめた。一回、二回と円を描き、組合せ煙突の向こうに隠れたかと思うと反対側に現れる。なんだか自分の居場所を見定めているようで、未知の新しい縄張りの上をいまはじめて飛んで、ようやくそこをちゃんと見おろせた、と言わんばかりにしげしげと観察していた。それから、はるか地平線のかなたに何か見つけたのか、針路をひたと定め、裏手のアパート群を勢いよく飛び越していった。午後じゅう待ったが、サイコは二度と戻ってこなかった。

何週ものあいだ、夜ごとその姿を夢想した。どこか都市の隙間で——朽ちかけた鉄道橋の橋梁下に押しこまれた糞石まみれの巣や、むき出し建築《ブルータリズム》の高層ビルの壁にできた吹きさらしの棚で——暮らすところを。なぜサイコは行ってしまったのだろう。屋根の向こうの世界でどんな生活を送っているのか。彼を呼びもどした〝家〟はどんな場所なのか。そんなことを、ぼくは考えた。

鳥たちが魅力的なのは、本質のちがう生命体に見えるからだ——ぼくたちを取り巻くものや心配ごとから隔たった存在で、上空を自由気ままに飛び、どうやっても手が届かない。通った跡を残さず、飛路のほとんどは目にできない。だが、ニックと一緒にロンドンの街角から救おうとした鳩の何が、とくにぼくの心を捉えたのかというと、人間とほぼ同じ世界で生活し、しかも、その世界で人間とほぼ同じように生活していることだった。

都市の鳩は、野生というより野良の鳥と言える。カリスマ性を持つ近縁の種——たとえばカラスたちや、タカをはじめとする猛禽《もうきん》や、渡りをする鳴禽——のような、ロマン的要素がない。テッド・ヒューズ〔イギリスの詩人。『雨のなかの鷹』という詩を書いた〕も、『雨のなかの鳩』という詩はさすがに書けなかっただろう。そもそも、鳩は生物学者が〝シナントロープ〟と呼ぶ生き物であり、ぼくたち人間から離れて生きるのではなくむしろ共生し、人間が人間のために作った環境で繁栄している。とりわけ都市では成功を収めた。なにしろ、大量の残飯をかすめ取れるし、建ち並ぶ高層ビルは遺伝的な祖先

（Columba livia、カワラバト）がかつて住んでいた断崖によく似ている。

ほかの多くの鳥とちがって、鳩が都市でこうも成功を収めたのはなぜなのか。生物学者のベルンド・ハインリッチは著書『帰巣本能（The Homing Instinct）』で、「答えのひとつは、巣作りの特性にある。ハト科のほぼすべての鳥は、粗末な巣を作り、ひと腹でまっ白な卵をふたつ産む。大半の種は地面か樹上に巣を作る。だが、地中海地域および北アフリカ原産のカワラバトは、もともと崖の上に営巣していた。彼らはわれわれ人類の住居を、あつらえたかのような安全な営巣場所と〝見なして〟いる」と述べた。こうした環境適応力のおかげで、人間にますます支配されていく世界、とりわけ都市部で、鳩は繁栄することができ、やがて野生生物ではなく害鳥と目されるようになった。

ぼくの場合、鳩に魅了されたきっかけは、アーサー・ランサム作『ツバメ号とアマゾン号』シリーズの『ツバメ号の伝書バト』を読んだことだ。少年時代は、このシリーズに夢中だった。ツバメ号とアマゾン号は、湖——湖水地方のコニストン・ウォーターとウィンダミア湖周辺——を船で冒険して夏を過ごし、ヤマネコ島を発見したり、その過程で〝原住民〟と悶着を起こしたりした。（いま読むと、植民地主義が透けて見えるファンタジーの）『ツバメ号の伝書バト』では、いかにも帝国の申し子らしく金《きん》が出るものと強く思いこみ、湖周辺の荒野や山々の地図作製に乗り出す。そして探検中に、三羽の鳩——〝ホーマー〔ホメロス〕〟〝ソフォクレス〟〝サッフォー〟——を使って家の人と連絡を取りあうのだ。

ランサムの語りは描写しすぎでくどくどしいが、だからといって魅力は褪せなかった。英雄に憧れる子ども時代をくれたこの本が好きだった。湖や荒野を舞台にして世界のミニチュア版が展開されるさまが好きだった。そして何よりも、日常のこまごましたできごとや、航行、魚釣り、火熾しといった活動をどんなふうに行なったかが詳細に描かれているのが好きだった。都会っ子の自分にはさして経験のないことばかりだが、べつにかまわなかった。物語としてではなく、冒険の指南書として読んでいたのだ。

この『伝書バト』のなかで、ぼくはふつうのカワラバトと現代のレース向け伝書鳩《ホーマー》がちがうことをはじめて知った。野生環境では、カワラバトは崖の壁面に大集団で巣を作るが、日中は餌を探して内陸に移動するので、多くの鳥に比べてふだんの行動圏が広い。これは、彼らが方向定位の能力に長けていることを意味する。数千年前に人類とごく近接して生活しはじめて、生来の帰巣能力が認識され、カワラバトは長年の品種改良を経てほぼ比類なき帰巣能力を持つ動物となった。

ほかの渡りをする動物とちがって、鳩の方向定位の本能は季節の移り変わりや環境変化と相関がない。サケは一生に一度、自分が生まれた川に戻って産卵する。ウナギはサルガッソー海の産卵場所からメキシコ湾流に乗ってヨーロッパの水路で成魚になる。ガンやツバメは季節の移り変わりにともない、食べ物と暖かい気候を求めて地球を縦断し、それによって新しい季節のめぐりを告げてくれる。ところが、鳩にとって〝家《ホーム》〟は、単に種属にふさわしい縄張りではなく、特定の場所を意味する。ゆえに、鳩が家だと感じるのは、かぎられた明確な範囲になる。環境ではなく、場所なのだ。この点において、彼らはぼくたちによく似ている。

鳩は渡り鳥ではないのに、家に引き寄せられる力は、たぶんどんな動物が感じるものより強いだろう。ひとたび鳩小屋が家として刷りこまれたら——孵化後六週間ほどで生じる現象だが——伝書鳩は生涯ずっとそこに帰ってくる。たとえ離れた場所に長年閉じこめられていようと、放たれて自由になったら、たいていは帰ろうとする。何千キロも飛べるし、家に帰るためなら海も渡る。鳩が家に覚える愛情は——この表現が適切かどうかはともかく——強烈で、ときにそのせいで死ぬこともある。サミュエル・ピープスは、ロンドン大火のおりに人々が大慌てで自分の命や家財を救おうとしているいっぽうで、「あわれな鳩たちはどうやらわが家を去りたくないらしく、窓やバルコニーのあたりを飛びまわり、何羽かはついに翼を焼かれて落ちた」と日記に綴っている。鳩の最長飛行記録は、ウェリントン公が所有する一羽が打ちたてたもので、この鳩は一八四五年六月一日にナミビア沖のイカボー島から放たれた。そしてロンドンのナイン・エルムズまで約八七〇〇キロを五十五日間かけて飛んで戻り、家から二キロ足らずの溝のなかで死んでいるのを発見された。

鳩は地味な鳥だし、どこにでもいるせいですぐに存在を忘れられてしまう。灰色と青の地に黒の縞という外観は、周囲の環境——崖の鈍色の粘板岩、高層ビルの鉄とガラス——に溶けこみやすい。とはいえ、じっくり眺めると、彼らが美しいことに気づくはずだ。ぼくたちは鳩は灰色だと考えているが、実のところ海の色彩でできている——濃い青色と緑色、波頭を思わせる黄みがかった白色。首のつややかな虹色は、状況に応じて変化し、洗練された意思伝達の手段となっている。この色合いは色素が作ったものではなく、羽の微細構造のなせるわざで、これによって観察者の目に届く光がさまざまに変わる。薄膜干渉による虹のきらめきだ。繁殖期には、彼らは互いに求愛のダンスをして複雑なパソドブレを披露する。詩人のマリアン・ムーアが書いたとおり「鳩のつややかさは地味だが鈍くはない」のだ。

そして、あの鳴き声。流れる水のような、甘く喉を鳴らす音。そこには人の声が聞き取れる。鳩がたくさんいる小屋に耳を澄ますと、遠い部屋の会話が漏れ聞こえてくる感じがする。ときには噂話に花を咲かせているようだ。「あの人、なんて言ったか知ってる?」「ええっ、そんなの見たことない」とか。止まり木の平穏を乱されたら、鬼軍曹よろしく早口で不平をまくしたてる。求愛のさいは、甘くささやきあう。

ほかの多くの鳥よりも、空気でできている割合が大きい。骨は空洞で軽く、体内には風船状の気嚢が九つあって、衝撃による損傷から内臓を守り、肺を通過した呼気を溜める役割を果たす。翼に力を供給するのは胸の筋肉で、体質量のじつに半分――羽を含んだ約四五〇グラムのうち二二五グラム――を胸部が占める。血液はヘモグロビンが豊富で、大きな心臓がぼくたち人間のものよりはるかに速く体じゅうにめぐらせる。おかげで、じつに効率よく酸素を筋肉に運べるし、めざましい回復力と驚くべき治癒力ももたらすのだ。タカに切り裂かれても、わずか数日で傷口がふさがってまた飛べることはけっこうある。平均体温はおよそ四一・七度と、ほかの恒温動物よりもやや高く、たいていの病原菌は生存できないので、多くの病気に耐性がある。

つがいの絆は固く、生涯連れ添い、雄と雌が卵を交互に抱いて(雌が日暮れから昼まで、雄が昼から日暮れまで)、雄と雌どちらも雛に〝鳩乳(ピジョンミルク)〟――そのうで作られた脂肪分豊富な液体――を与える。おかげで、古くから家庭的、家族的なものの象徴だった。T・H・ホワイトは、第二次世界大戦前に一羽のタカを訓練したときのようすを綴った日誌『オオタカ』で、自分のタカに食べさせるために鳩を狩っていながら、その生来のおとなしさを称賛している。「なんと平和的で慎ましい種なのだろう、捕食はせず、かといって臆病でもない。わたしが思うに、あらゆる鳥のなかでも最高の市民であり、国際連盟の理念に最もかなっている」

　針金や糸で傷ついたり切断されたりしていなければ、足は強靭で〔詩人のミナ・ロイは〝珊瑚色の着陸装置〟と表現した〕、じつに爬虫類っぽい。まぶたはくすんで黒っぽく、夏の夜の闇を思わせる。目は燃えるようなオレンジ色だが、人間の目よりもはるかに遠くをはっきりと見ることができる。一九七〇年代から八〇年代にかけて、アメリカの沿岸警備隊が〝シー・ハント〔海上捜索〕〟と呼ばれるプロジェクトの一環で鳩を訓練し、海で行方不明になった人間を見つけさせた。ヘリコプターの機体の下に設置された監視ドームに鳩が入れられ、灰色の波間に色つきの何かを見かけたらボタンをつつくよう教えこまれていたのだ。彼らが九三パーセントの正確さで見分けられたのに対し、人間の被験者は同じ任務を三八パーセントの確度でしかこなせなかった。

　鳩はぼくたち人間が考えているよりも賢く、心理学者が〝鏡像認知テスト〟と呼ぶものに合格した数少ない生き物でもある――ほかには大型類人猿、イルカ、象などがいる。翼に印をつけた状態で鏡をのぞかせると、鳩はその印を取ろうとする。つまり、いま見えるものが鏡に映った自分の体だと認識しているのだ。彼らを映したビデオ映像を五秒遅れで再生しても、自分の姿だとわかる。三歳の人間の子どもには、これは二秒遅れでもむずかしい。鳩は写真に写った個体も認識でき、慶應義塾大学のある神経科学者〔渡辺茂名誉教授〕が訓練したところ、モネの絵とピカソの絵を見分けられるようになった。

　飛ぶ姿は優美さに欠けるが、空中ですばやく巧みに動け、タカでもとくに敏捷な個体以外は避けられる。崖に住んでいたことから、独特な翼の構造を進化させて、垂直に離陸でき、まっすぐ上に飛んでから水平飛行に移れる。いわば小型の垂直離着陸ジェット機だ。そして二秒足らずで、時速ゼロから一〇〇キロ近くまで加速できる。もちろん、もっと速い鳥もいる――鳩のおもな捕食者であるハヤブサは、獲物に襲いかかるさい時速三二〇キロに達することもある――が、自分だけの力で鳩と同じくらい速く水平に飛べる鳥はごくわずかだ。記録上最も速い鳩の継続的平均速度は、時速一一〇マイル（一七七キロ）。時速八〇キロで一日じゅう軽々と飛べて、追い風のときなら休憩なしの一回の飛行で一一〇〇キロあまり進める。

しかも、鳩は人間の世界のなかを飛ぶ。高みを超然と滑空するのではなく地表近くに留まって、谷の斜面や細流をたどり、ビルの峡谷を縫い、ときには屋根よりも低く、地表すれすれに飛ぶ。ぼくたちの世界、ぼくたちのインフラに居住し、陸橋の下、窓台や桟の上など、危害がおよぶ恐れがない場所ならどこにでも巣を作る。いくつかの調査から、鳩は人間の建造物を利用して方向定位することが示唆されている。なじみのある飛路では道路や運河をたどるし、わざわざラウンドアバウトを回って正しい出口から家に帰る個体もいることが観測されている。

四年前、サイコが飛び去って二十年ほど経ったころに、ぼくは人生の大半を過ごしたロンドン中心部から郊外へ、恋人のナターリアとともに引っ越した。自分たちが親になることが判明し、高揚感と一抹の不安に追いたてられて、どこか自分の家庭を築く場所を見つけるべきだと決意したのだ。

ぼくたちが出会ったのは十年前、大学に入学した初日のことで、それぞれ寮の自室に入居しようとしていた。ふたりとも段ボール箱を体の前に盾よろしく抱え、狭い螺旋階段ですれちがいざまにはにかんだ笑みを交わした。ナターリアはウィラル半島の出身で、背が高く、長い巻き毛が頭をくるくると取り巻いていた。あけっ広げでおおらかな笑顔と、自信に満ちたようす——人生に求めるものをちゃんとわかっているようす——が、ぼくは気に入った。どうやら、ふたりとも出会った瞬間に恋に落ちたらしいが、そうと気づくのに数年かかった。互いの部屋やパブや居酒屋で夜を過ごした。期末試験が終了すると、装飾庭園でワインを飲んで夏を過ごした。手作りの熱気球を大学近くの草地から空に放ち、夕暮れの川をゆっくりと越えていくさまを見守った。そのとき、ナターリアがこれからどこへ行こうと、ぼくはそこを自分の家にしたいのだと悟った。

それから数年は、ふたりで典型的な根なし草の生活を送り、知らない人だらけのシェアハウスの埃っぽい部屋を次々に渡り歩いた。大学を出たあとは、ロンドン東部のパブ上階の部屋に引っ越して、この場所の自由な空気をめいっぱい謳歌した。日中は、平屋根に寝そべって庭の酔っ払いたちを見おろした。夜はバーカウンターで一緒に働くか、ラストオーダー後も長々とカウンターに居座って、さまざまな計画を立てたり、どんな生活が待ち受けているのか思い描いたりした。

周囲には、パブが唯一の家である人たちもいた。常連で、大酒飲み。ときどき、その緩慢な自殺に自分たちも荷担している気がした。毎晩四、五リットルもビールを飲みながら、だれにも話しかけない孤独な巨体の男。強い訛りがある陽気なアイルランド男は、(カウンター上部の電球を取り替え中に心臓発作を起こして)死んだあと娘さんから聞いた話では、一度もアイルランドに住んだことがなかった。ハンチング帽をかぶったロンドン訛り《コックニー》のコカインの売人は、顔じゅうにきびの跡があり、ことあるごとに暴力に訴えようとした。

パブの物騒さに耐えきれなくなって、ホクストンの長細い家に安い部屋を見つけ、ヤク好きの宵っぱり連中と共同生活を始めた。だが、マットレスを一枚敷いたらほぼ塞がるくらい狭い部屋なうえに、ほかの住人は夜半すぎに帰宅して朝まで起きているので、自分たちも寝られなかった。それで早々に引越して、無愛想な地主からかつて公営アパートだった部屋を借りたが、そこもわが家のようには感じられなかった。

この時期、ぼくは複数の学位を取得するために勉強しながら、日中は自転車便の配達人を務め、夜は書き物――書評、エッセイほか、なんであれお金になりそうなもの――をして生活を支えていた。ふたつの仕事にさほど相違はなかった。どちらも出来高払いで、やり遂げた仕事のぶんだけ支払われ、どちらも稼ぎがよくなかった。ナターリアのほうがテレビ会社の役職者として安定した職に就き、ふたりで自由気ままな生活を十年ほど送ったところで、自分たちが親になることがわかって、わが家を探す必要があると考えたのだった。

ナターリアが手付け金に必要な額を貯めていたし、ぼくは博士号を取得してロンドンのある大学で英文学を教える仕事に就き、ようやくローンを組める見通しがたっていた。おりしも、ロンドンの住宅事情はかつてないほど悪くなりはじめ、どこか住む場所を買う検討ができるだけでもおそろしく幸運に思えた。ところが、ほどなく、共同生活の大半を過ごした地域では家を購入する財力がない、という現実を突きつけられた。不動産業者からは、おぞましい候補物件を次々に紹介された。幹線道路沿いでバスが通りすぎるたびに窓ががたがた揺れる一寝室のアパート、学校校舎を改装したワンルームの空間、朽ちかけた工業団地のはずれのむさ苦しいメゾネット……。

市の中心部に留まる金銭的余裕はないことがはっきりしてくると、ぼくたちは範囲を広げ、バス路線をたどって郊外に目を向けた。通勤時間を計算し、交通機関の乗り継ぎを調べ、市内の自転車で行けそうな場所を想像上の線で結んで円を描いた。

やっとのことで、レイトンに家を見つけた。当時の住まいから八キロほど東に行った場所に、いずれ〝わが家〟になるだろうと思えるところを。ミントグリーンのテラスハウスで、クリケットグラウンドに面した高いプラタナスの並木通りにあった。夜は、木々に電球が煌々と灯された。二〇一二年のオリンピック準備期間中にこの地域が注目を浴びた名残だ。キッチンと居間があり、寝室はひとつきりではなく、クリケットグラウンドを見おろせる屋根裏の空間は、ぼくの書斎に使えそうだ。得体の知れない暗い庭には草木が生い茂り、湿っぽいキツネの匂いが漂っている。上を見あげても、隣家の屋根に三方を囲まれたせいで、かろうじて空の断片が見えるだけだ。北側に建ち並んだテラスハウスの切れ間から、がたがたと走る高架鉄道が見え隠れしている。東側は、ハイロードの高層マンション群が空をさえぎっていた。

家の状態はよくなかった。嵐の日には窓から雨水が侵入するし、ひさしには木食い虫が巣くっていた。夏にその幼虫が羽化すると、残された抜け殻が、書き物をするぼくの机の上にばらばらと落ちてきた。廊下とキッチンの壁は、湿気で崩れかけていた。出窓のまわりと寝室ひとつの天井には黄色い斑点があった。夜には、キッチンカウンターでシミが浮かれ騒いだ。階段の上の壁に、不吉な裂け目が下向きに走っていた。

金銭的な事情からどれひとつとして修繕できずにいたが、ぼくたちはたいして気にかけなかった。家は大切に使われてきたようだし、ここで自分たちも生活をともにしていけると思えた。ここが見つかって幸運だったと、ぼくたちは考えた。

　以前の持ち主だったミックは元タクシーの運転手で、廊下の壁いっぱいに、わざわざ大きなマス目に切り分けてレイトンが中心に来るよう並べ替えたロンドンの地図を貼っていた。見慣れたロンドンの地図がこんなふうに編集されると、なんだか落ち着かなかった――シティーとウェストエンドは左端へ押しやられ、チングフォードとエセックスが本来よりも目立っている。サウスロンドンは、ミックにはほぼ用なしだったようで、壁のいちばん下に追放されていた。

　この地図は、Ａ一二号線がこの地域を通り抜ける前、ドックランズとロワーリーバレーが開発されるはるか前の、古いものだった。アイル・オブ・ドッグスの周辺は、いまや高層ビルが林立する地帯なのに、ぽっかりと白くなっている――将来の姿、わずか数年後にこの地域をロンドン第二の金融街に変える再開発は、計画の片鱗もうかがえない。ロワーリーバレーに広がるオリンピックパークはまだ影も形もなく、立案者の夢物語だ。この地図はぼくたちに、見慣れぬあらたな景色を見せてくれた――エルサレムならぬレイトンを中心に据えた、マッパ・ムンディ〔中世の世界地図の総称〕だ。

　ぼくたちが引っ越した夏は、〝家（ホーム）〟という概念が危機に瀕しているように感じられた。ロンドンでは、建設される家の数がじゅうぶんではなく、売りに出される家には、ばかみたいな値段がついていた――専門職を持つ中流階級でも、貯蓄があるか親の助けを借りてようやくまかなえるくらいの高値だ。市内のそこかしこで、人々が地主に足もとを見られたり、家賃が払えずに生まれ育った地域を出るはめになったりした。きらびやかな高層ビルやショッピングセンターとともに〝手ごろな価格の〟家をそれなりの数建てるという条件で、市当局が民間業者に安く土地を提供した。芸術家たちは引っ越しを余儀なくされ、続いて教師や看護師たちが出ていき、じきにだれもかれもが同じ憂き目に遭った。以前はないがしろにされていた土地が、富裕層の入植地となった。新聞のコラムには、市内に住むのをあきらめて海岸地方へ逃れ出た人の体験記が綴られた。

〝ホーム〟は地政学的にも問題化しつつあった。ヨーロッパ各地で、壁がどんどん高くなっていた。二〇一三年、当時は内務大臣だったテリーザ・メイが、「イギリスに不法滞在？　祖国《ホーム》へ帰れ、さもなきゃ逮捕だ」と書かれた広告看板トラックの一団をロンドンじゅうに走らせた。彼女いわく「この地に不法に」やってきた人たちに「住みにくい環境」を作るためだ。三年後、英国の欧州連合（ＥＵ）離脱を問う国民投票の準備期間中に、いわゆるブレグジットの賛同者が自分たちの恥ずべき計画を推進する目的で、〝ホーム〟にかかわる犬笛的レトリック〔賛同を得たい特定の集団にだけ通じる表現〕をさかんに用いた。イギリス独立党のナイジェル・ファラージは、パーカーやジャケット姿の男たちが列をなす写真に〝BREAKING POINT（もう限界だ）〟と大きく書かれた移動広告を、国会の外に掲げた。

新聞やツイッターで、〝どこかの市民〟――出生地に暮らす人々――と〝どこの市民でもない者〟――根なし草の大都市在住エリート――との分断が話題にのぼった。そして二週間後、国民の五二パーセントがＥＵ離脱に賛成票を投じた。多くの人が自国《ホームランド》の国境の〝支配権を取りもどす〟ためにそうしたと言い、反移民感情がいっきに燃えあがった。その後首相の座に就いたテリーザ・メイは、英国のＥＵ離脱後は、この地に移住してきた人がそのまま留まれるかどうか保証はできないと語った。聴取者電話参加型のラジオ番組で、やれ主権がどうの、国境、法規、漁獲枠がどうのと論じられた。だが、こうした議論の裏につきまとうのは、それとはべつの、もっと漠然とした恐怖だった。〝ホーム〟の政治的見解——ある場所に所属することがどういう意味を持つのか——が、かつてないほど厄介な問題に感じられた。「あなたのホームはどこですか？」という質問が悪意を持って発せられ、「おまえはわれわれの仲間なのか」を意味する問いと化した。

ぼくたちがレイトンに引っ越して数か月後に、娘のドーラが産まれた。難産で、当時はそうと認識していなかったが、ふたりともこのできごとから立ちなおるのに長い時間がかかった。妊娠四二週めに、ナターリアは病院で陣痛を誘発された。直接介入だが、予定日を過ぎた出産の合併症を防ぐための妥当な措置だった。ぼくたちは病院で、やがて起きるできごとに不安まじりのわくわく感を覚えていた。処置後、ホロウェイ・ロードのカフェでトルコ式朝食をとってから列車で帰宅した。

家に着いてすぐ陣痛が始まった。そこで、ぼくの姉で助産師の資格があるアンナを呼んだ。姉が到着したとき、ナターリアは今回のためにわざわざ買っておいた園芸用の膝当てをつけて四つん這いになっていた。ラッシュアワーのなか、アンナは車でぼくたちを病院に戻した。車の汚れた窓越しにオレンジ色の太陽がきらめき、車の断続的な流れが陣痛の間隔と呼応していたのを覚えている。そして、わくわく感が恐怖に変わったことも。ぼくはどうしようもない無力感に襲われ、ナターリアの苦痛を取りのぞいてやりたいと切望しながら、この件で自分にできることは何もないのだとわかっていた。

病院に戻って、小さなブースに案内された。周囲では関係者が早口で会話し、金属製の物体がガチャガチャとぶつかりあい、騒々しいレストランさながらだった。破水すると、ナターリアは脇の小部屋へ追いやられた。無表情の医師たちが数分ごとにやってきてはあれこれ処置を施したが、なんだかナターリアが実験室の標本になった気がした。ぼくたちの〝出産計画《バースプラン》〟――せわしない産科病棟の現実を知らず、希望に満ちてまとめた文書――は、あっさり忘れ去られた。陣痛が強まるにつれて、ナターリアは会話をやめ、自分の殻に閉じこもった。ぼくはその手を握って月並みなことばをささやき、深呼吸をするようながし、むやみに背中や肩をさすっていたが、ついには彼女からやめてほしいと言われた。

陣痛の周期で時間がぶつぶつと区切られ、なんだか奇妙な作用をもたらした。部屋に入ってきたひとりの医師が、流産したべつの患者のことを電話で声高に話していたのを覚えている。胎児の心拍数が落ちてきたことに助産師が気づき、医師たちが介入を決断した瞬間も。使用される器具を見せられて、ナターリアが怖がったことも。そして、ついに娘が生まれたときの、戸惑いまじりの強烈な喜びも――なにしろ、娘は小さくて奇跡のような存在で、細い骨に肉がだらんとついているさまは、ハンガーに掛けられた洋服を思わせたし、ちっちゃな肩は細かいうぶ毛に覆われ、口は弱々しい泣き声を漏らす赤い穴だった。そのあと処置室で三人が互いに見つめあったときに、自分が抱いたくらくらするような責任感も、ぼくは覚えている。

レイトンに二年間暮らして、ドーラが一歳半になったとき、ぼくたちはもうひとり子どもをもうけることにした。出産後の無我夢中の数か月は過去のものになり、新米の親が経験するあの途方もない疲労や、記憶が飛ぶ状態や、ときどき襲いかかる陰うつな気持ちも忘れていた。ドーラはことばを発しはじめ、自我が芽生えた。そして弟妹をせがんだ。ナターリアもぼくも大家族で育ったし、わが子をひとりっ子にしたくはなかった。だが、ぼくたちの体がその望みを果たそうとしなかった。暗い日が二度、数か月をはさんで訪れた。妊娠という状態、胎動が、途絶えたのだ。

流産は、ふつうに悲しむことがむずかしい。胎児の死を悼むのは、人との別れを悲しむより、その概念との別れを悲しむことだ。なんだか、流産は物語がさえぎられたような感じがする。予定していた未来を切り取られた、という感じ。親になるとわかってすぐの高揚感で綴った空想日記——秋に生まれ、同じ学年にいとこがいて、ぼくたちが五十五歳のときに二十一歳になり……といったこと——が、忽然と存在をやめた。物語がちゃんと始まらなかったことへの悲しみを、ぼくたちは感じたのだ。

ヘンリー・ジェイムズは小説『ある婦人の肖像』で、イザベル・アーチャーが子どもを失ったことを、空白、いわゆる行間——ギルバート・オズモンドとの結婚後三年間の、語られていない部分——で表現した。あたかも、この世に出現しなかった生命は文字に書けないと言わんばかりに。こうした抽象化された喪失体験は、男性にとっては——とくにジェイムズのような子どものいない男にとっては——二重の推定になる。二重に隔たっているのだ。

友人たちにはすでに、子どもがもうひとりできることを話していたので、いまはもう、そうではないことを話すはめになった。ばつが悪かった。同情的な反応を彼らに強いている気がした。ふたりで描いた大枠の青写真は、もろくも崩れ去った。ナターリアとぼくはかねてから、自分たちの共同生活に何を望むか正直に語りあっていた。ところが、今回の流産でふたりのあいだに隔たりが生まれ、どうやればそれが埋まるのか、ぼくにはよくわからなかった。

ジークムント・フロイトは、一般的に『不気味なもの』と訳されるが本来は『なじみのないもの』と訳すほうが正しいエッセイで、〝なじみのない〟状態を精神分析プロジェクトの中心に据えた。彼いわく「unheimlich〔不気味な、という意味のドイツ語。英語では unhomely〕は、ある種の驚きをもたらすもの」であり、それは「旧知のもの、ずっとなじみがあったものに起因する」。フロイトにとって、なじみのない状態とは、よく知っていると考えていた環境のなかで見知らぬものに遭遇することだ。このエッセイで彼が示した〝unheimlich な状態〟の例の多くは、二重化の瞬間になる。マネキンや操り人形を目にしたとき――人を物体に、あるいは物体を人に見まちがえたとき――に体験する異化だ。だが、フロイトに言わせると、〝unheimlich〟が最も強烈に感じられ、最も心を乱されるのは、いっそう深い疎外の感覚、世界ではなく自分自身に疎外感を覚えたときだ。

ある印象的な段落で、フロイトはこの疎外感を、なじみのない街で迷子になった経験になぞらえている。イタリアのとある町で赤線地帯に迷いこんだとき、彼は窓辺に見かける〝化粧をした女性たち〟に当惑を覚えつつも、絶えず引き寄せられた。離れようとしても離れられず、何度も同じ街路に舞いもどった。これは、そこへ戻りたいという無意識の衝動の表れだと、彼は理解していた。この衝動――思考であれ、場所であれ、自分がそれを知りたがっているとは認めがたいものに惹かれる衝動――は、ぼくたちがなじみのないものに無意識に魅了されることの証だ、と。フロイトはナチスの迫害で祖国からの亡命をしいられたが、この〝居場所が変わる感覚〟を精神世界の理解の中心に据えた。彼のとくに急進的な説のひとつは、人間は自分自身の内面でなじみのない状態になりうる、つまり、どこかほかの場所に行かなくても、よく知っているはずの自分の精神から解き放たれて漂流しうる、というものだ。

数か月のあいだ、ナターリアとぼくは自分たちのあらたな状況になじもうと努力した。彼女は毎朝仕事に出かけ、自転車か地下鉄でロンドン中心部へ長時間通勤をした。ぼくは屋根裏部屋で書き物をして過ごし、やがて、暑さに疲弊させられる夏が凍てつく冬に変わった。ふたりの会話は途絶えて、けんかが増えた。ぼくは自分の殻に閉じこもり、ナターリアはぼくの不在に苛立った。娘は保育園と祖父母のあいだを行ったり来たりさせられた。冬がまた夏になるころ、ぼくたちは今後について考えはじめた。ナターリアはもうひとり子どもを作ることにこだわった。

「うまくいくかいかないか、どちらかだもの。そんなに心配しないで」

前はうまくいかなかったじゃないかと指摘したり、悲しみを見せたりすると、遠回しに彼女を責めることになるのが怖かった。

ドーラを授かってレイトンに引っ越したときは、いずれわが家と呼べそうな場所が見つかったと思ったのに、その冬は、引っ越しで失ったものもあることを悟った。さほど遠くへ離れたわけではないが、以前の生活とのわずか数キロの隔たりが、越えられない距離に感じられだした。ぼくたちが残してきた〝家〟は、れんがとモルタルの建物ではなく、その地域でふたり一緒に発見した周囲の状況であり、住んでいた土地とのさまざまな絆だった。あれほど物騒でも、以前のアパートや以前の暮らしに根をおろせたのだから、家族ができればさらにしっかりと根を張れるだろうと、ぼくたちは考えていた。必ずしもそうはならないことがわかって、ショックだった。

何かに〝home in〟するとは、狙いを定めることだ——視野に入れて、ほかのすべてが目に映らなくなるまでじっと見つめる。だが同時に、家路につくという意味でもある。大きな世界から身を引き、家庭の領域に入るのだ。生物学者のベルンド・ハインリッチは、家をただの物理的な構造物——生命体が暮らす巣や穴——としてではなく、もっと広い意味、縄張りや特定の地域、さらには感情——帰りたいという思い——として説明する。この感情は飢えや恐れと同じく、奥深くに根ざしたものであり、種の垣根を越えて広く共有される普遍的かつ本質的な感覚だ。「家は、ほかの動物にとっても、われわれ人間にとっても、そこで生活してわが子を育てる〝巣〟だ。また、われわれを扶養してくれる縄張りでもある。わが家をめざすこと《ホーミング》は、生活や繁殖に適した地域に移住して確かめ、自分たちの求めに合致するよう変えることであり、住みよい場所から引き離されたときそこへ帰るために方向を見定める能力でもある」と彼は書いている。ぼくたちはここに挙げられたすべてを行なうつもりでレイトンに引っ越した。ともに住みよい場所を作り、あらたな生命を迎え入れたかった。ところが、時が過ぎるにつれて、じつはおおむね心理的なものであるとわかってきた〝家〟から、自分たちがどんどん切り離されていく気がした。追放とまでは言わないにしても、一時的に家を失った、いや家からしめ出されたように感じはじめたのだ。

この時期、かつてないほど強く家を求める衝動に突き動かされ、ぼくはまた鳩に関心を抱いた。大きな群れが、クリケット場の横にある向かいの家の屋根をねぐらにしていた。彼らが日々の巡回に出かけるのを、ぼくは書斎の窓から眺めた。クリケットピッチにおりて草地をつつき、それから選手席北のアパート裏に置かれたごみ箱へ、角を曲がった先の鉄道橋アーチの上へと移り、最後にまた屋根に戻る。

また、ひと組のつがいがケバブ料理店入り口の雨覆いの隅っこに巣を作るようすを、ぼくは何週間も眺めた。彼らの日課は規則的で予想がつきやすかった。どうやら、ごみ箱がいつ中身を空けられるのか、パン屑をくれる老婦人がいつハイロードをのろのろと歩いてくるのか、自分たちを追い払うカモメがいつやってくるのかを、鳩は知っているようだった。安定した予測可能な生活がうらやましかった。少年時代に鳥類に抱いた憧れはいまだ健在で、ふと、自分で鳩を何羽か飼ってみようと思いついた。

家のなんたるかを、彼らが教えてくれるかもしれない。それが無理でも、気晴らしにはなる、とぼくは考えた。鳩の群れの訓練や世話にはそれなりの時間と関心を注ぐ必要があるし、彼らが見せてくれる世界はきっと新鮮で目新しいはずだ。うまくいけば、新しい人々と知りあって、仲間に入れてもらえる。それに、ドーラも鳩に興味を抱くかもしれないし、鳩の飼育は生命のさまざまな側面を——成長や性や死について——教える手段としてよさそうだ。

だが、定義するのがむずかしい、ほかの何かも得られるのではないか、とぼくは考えた。もし、ぼくたちの新しい家に帰巣するよう鳩をうまく訓練できたなら、ひょっとして、ぼくたちもこの場所にしっかり根をおろせた感じがするかもしれない。鳩の群れは、ぼくたちと同じく、行動範囲《テリトリー》をあちこち探索してなじんでいくだろう。成鳥になり、やがて雛をもうける。そして、ぼくたちと同じく、親になるすべを学ぶのだ。こう考えると、抑えられなくなった。鳩の家庭的なところや家への愛着——ノストフィリア——が、家に住むのはどういうことかを教えてくれるかもしれない。鳩の家を作ることで、廊下の壁に貼られた見慣れぬ地図が——ぽっかりと空いた白い部分も、なじみのない道路名やさまざまな形状も——わが家と呼べる場所になることを、ぼくは期待した。

午前七時二〇分、サーソー、家から八一一キロ

鳩レースは、テレビが登場する前の自転車ロードレースみたいなもので、リアルタイムの観戦ができず、おかげで憶測や誤報、すなわち作り話の温床になる。鳩がひとたび飛びたったら、上空で何が起きているのかはっきりわかる者はだれもいない。悪天候に見舞われてはいないか。タカに襲われて散り散りになった可能性は？　たまに、レース中に群れ全体が行方不明になることがある。激しい雨に打たれて地面に落ちたり、霧に惑わされたり、すれちがった航空機の超低周波音に混乱させられたりして、二度とその姿を目にできない。クラブの愛鳩家たちによると、こうした事故は増加傾向にあるという。失う鳥の数が年々増えているのだ。これは携帯電話が普及したせいだ、電話が出す電波が鳩の体内ナビゲーションシステムを混乱させるのだ、と主張する人もいる。

鳩レースには、競翔家にとって特別な瞬間が二回ある。放鳩、つまり鳥を空へ放つときと、帰巣後に、特殊な不正防止策を施した時計で鳩小屋への到着時刻を記録するときだ。鳩は人間よりも移動が速いので、両方の瞬間に立ち会いたくてもできない。愛鳩家たちに言わせれば、出走ゲートはひとつだがゴールラインは無数にあるレースなのだ。

鳩はそれぞれ異なる距離を飛んで鳩小屋に帰るので、レースの勝者は所要時間ではなく平均飛行速度――一分あたりの飛行距離――で決まる。最初に帰還した鳥が必ずしも最終的にレースの勝者になるわけではない。また、空気力学が結果を大きく左右する。鳩は単独で飛ぶより群れに加わっているほうがはるかに効率よく飛べる。着実に勝利を重ねる鍵は、しかるべきタイミングで――小屋の上を通りすぎないよう、しかし長いあいだ単独で風に立ち向かってエネルギーを消耗することのないよう、ぎりぎり手前――群れを離れるよう訓練することだ。

風向きも重要になる。ほとんどの鳥は放鳩地点から直線的な飛路で小屋へ接近せず、季節風に乗れる方角から戻ってくる。小屋がその飛路の風上にあれば、競争相手より先に鳩が降下できる。ほかの鳩はぐるりと旋回してから地上に降りるはめになるので、かなり優位に立てるのだ。だが、何よりも重要なのは、そもそも自分の鳩が確実に帰ってくるよう訓練することだ。

午前七時一五分。放鳩したという電話がブライアンからある二時間前に、サーソーで放鳩籠が開かれた。フラップが下げられたとたんに鳩たちが飛び出し、航空機を離れる落下傘兵よろしく、一羽、また一羽と整然たる列をなして舞いあがっていく。数羽は、トラックの上にぐずぐず残ったり、道端におりて地面をつついたりしている。一、二羽は籠から出さえしないかもしれない。だが、ものの数秒で、ほとんどの鳩が渦巻く巨大な群れをなし、一、二分ほど駐車場の上空を旋回する。ぐんぐん上へ昇り、いっせいに翼を打つ音が空気を満たす。羽による拍手だ。空は鳩の群れに厚く覆われて、しばし陽が陰る。ムクドリとちがって、流れるような優雅なざわめきではない。鳩たちの飛翔はもっと野性的で、もっと奔放だ。何枚もの羽が、ひらひらと雪のように地面に落ちてくる。

どの方角へ飛べばいいか導き出すまで、彼らはぐるぐる旋回する。まずは太陽の動きを計算するはずだ。太陽の位置と地平線からの高さを確かめ、体内の高精度クロノメーターを働かせて家ならこうなるはずという高さと比較し、その差から相対的な方向を求める。もし太陽が雲に隠されていたら、代わりに、上嘴《くちばし》の磁鉄鉱《マグネタイト》で弱い地磁気を感知するかもしれない。とはいえ、彼らが参照する地図の本質はだれにもわからない。不快感？　誘引力？　いや、一種の不完全感かもしれない――自分の一部を家に残してきた、というような。家は彼らの心をかくも強く引きつけるのだ。

ほどなく、鳩たちは決断をくだす――集合的な決断、突然現れた集団知性の産物だ。南の方角が、渾身の力で呼んでいる。数分後、彼らは飛び去って、サーソーの空をさえぎるものはなくなる。

彼らが家に到着するまで何時間もかかるだろう。まんいち、まだ飛んでいるときに日が暮れてきたら、途上の木々に降りて、夜明けまでそこをねぐらにする。だが、うまくいけば、夜までに戻れるはずだ。

第二章　鳥

冷たい一月の朝、ブラックプール〔イングランド北西部の保養地〕は霧雨でタワーがかすみ、海もぼんやりとしか見えず、カモメの騒がしい声がくぐもって聞こえるなかで、愛鳩家たちが集っている。ウィンター・ガーデンズの大きな建物に近づくと、その姿が見えてきた。ほとんどは年配者だ。ハンチング帽にロングコートの人たちもいて、ポケットには鳩の名前や絵が刺繡してある。多くは小さな籐籠を抱え、そのなかで生き物ががさごそ動いている。

宣伝パンフレットに〝世界最大の愛鳩家の集い〟と書かれた英国伝書鳩世界展示会（the British Homing World Show of the Year）の入り口で、複数の楽器をひとりで操るワンマンバンドがイギリス民謡を演奏しているが、集まった人々は無関心だ。鳩の扮装をした人がふたり、くじ付きのチラシを差し出す。「賞品は鳩舎です！」と書いてある。ぼくはチケットを二枚買った。外では、愛鳩家たちが立ったまま、丸めた両手で雨をよけながら手巻きたばこを吸っている。

けさはまだ暗いうち、ナタ一リアとドーラが眠っているあいだに家を出た。ハイロードのバス停では、キルティングコートをまとったポーランド女性の一団が冷たい空気に白い息を吐きつつ、ロンドン市内の職場に向かうバスを待っていた。バスの車窓から、ぼくたちは町並みが過ぎるのを、灰色だった外の景色が日の出とともにたちまち色彩であふれるのを黙々と眺めた。列車では、イングランドの風景ががたがたと過ぎ去った。黒っぽい土、陽光にきらめく氷が張った用水路。葉を落とした木々は骸骨のようだ。霧が原っぱのくぼみにたまり、川の水面を漂っていた。

ウィンター・ガーデンズのエンプレス・ボールルームでは、ぎっしり並んだケージのなかで、鳩たちが審査を待っていた。羽は汚れひとつなく、爪がぴかぴかに磨かれ、ろう膜は白亜色。いかにも健康そうだ。ふだんは舞踏場として使われるこの部屋の片隅で、飼い主たちが愛鳩の最後の調整をしている。やかんの湯気で羽のゆがみを戻し、乳児用ウェットティッシュで足から糞をぬぐい、嘴にワセリンを塗りこむ。美しく整えられて、鳩たちは誇らしげだ。騒がしい鳴き声が背景音として部屋じゅうに満ち、木材磨きとおがくずの匂いに、つんと刺すような動物臭が混じっている。不快ではないが強烈な酸っぱい臭いで、ぼくもおいおいこの臭いに慣れることとなる。

鳩は品種や競技経験にもとづいて分けられている。レースに出た鳩は、一〇〇マイルと、二〇〇マイルと、三〇〇マイル以上のグループに。それから〝観賞用レース鳩〟、つまり完璧なレース向け個体に見えるよう品種改良されていながら、おそらく生涯で一度も鳩舎の外に出たことがない鳩たちもいる。いわば鳩界のボディービルダーで、輝かしい体は見たところ筋骨隆々だが、機能的に劣る筋肉が詰まっている。彼らは場所を認識する能力を持たず、十キロ程度の距離からでも帰還に苦労するだろう。

販売ブース部屋では、飼料の業者が自社配合した餌を宣伝したり（〝若鳥用飼料――タンパク質豊富！〟〝ウィドウフッド・ミックス――愛鳥の体重を増やそう！〟）、鳩舎の製造業者が最新設計の製品を発表したり（〝スプートニク組みこみ型で入舎速度がぐんとアップ〟）、あやしげな業者が運動能力向上薬やハーブクレンザーを売ったりしている（〝すべて合法、禁止薬物なし〟）。あちこちに、巣ボウルやミネラル塩土やプラスチックの偽卵――繁殖期の終わりに雌に抱かせて繁殖を抑制する――を高く積みあげた屋台がある。一部の参加者はマスクを装着し、英国愛鳩家医学研究チーム（British Pigeon Fanciers Medical Research Team）が待機して、過敏性肺炎――鳩の排泄物に含まれるタンパク質へのアレルギーが引き起こす、アスベスト症に似た病気――に不安を抱く人たちに血液検査をしている。

そしてもちろん、販売用の鳩がいる。著名なベルギーの繁殖家たちが、低地地方から夜通しトラックを運転してきて、ここに勢ぞろいだ。まだシーズンの始めで、大半は産まれていない鳩の注文を〝コロンバ（鳩）先物〟の取引で受けつけているが、部屋の片隅のケージでは、数羽の早生の若鳩が買い手の目に留まるのを待っている。

メインホールから離れた部屋では、観賞用の品種が展示中だ。ポウターは胸が途方もなく膨らんだ背の高い品種で、ケージのなかを気取った足どりで歩きまわっている。イングリッシュキャリアはもともと伝書鳩だったがいまは観賞用で、長い首と肉厚のちょっぴり官能的なろう膜が特徴だ。小さな白いジャクのようなインディアンファンテールが、テーブルの上をよたよたと歩いている。白や黒のジャコビン種は、頭部を覆うショールみたいな羽がマンハッタンの裕福な未亡人を思わせる高貴な鳩で、オールドジャーマンアウルは嘴がたいそう小さく、雛に給餌するのも苦労しそうだ。

曲芸師的な観賞種もいる。ティップラーは鳩舎のまわりを何時間も飛べるし、バーミンガムローラーは高く舞いあがったあと宙返りよろしく何度もうしろ向きに回転する。この品種はてんかんの遺伝子を

左：ピグミー・ポウター（Wikimedia Commons）右：ジャコビン（Captaincid/Wikimedia Commons）

持つことがわかっていて、そのせいで回転行動をするのではないかと言われている。飛翔中に発作を起こし、意識が戻るまで空中を落下していくのだ。

観賞用の品種には、どこか心をかき乱される要素がある。彼らは持ち主たちの絶え間ない苛酷な努力によって存在しつづけ、最もふさわしい個体、つまりその仲間の貴重な特徴をはっきり持つ個体だけが繁殖を許されるのだ。だが、これら多種多様な鳩たちは、そもそも同じ種に属するのかどうかが長年議論されてきた。十九世紀には、飼育鳩のさまざまな品種は――見た目や行動が大きく異なることから――それぞれ別系統の野生種が起源だと考える愛鳩家が多かった。自身も熱心な愛鳩家だったチャールズ・ダーウィンは、たとえ生理学的、行動学的な相違が大きくても、飼育鳩の系統すべてが単一種――カワラバト――を起源とし、系統の多様性は自然に生じたものではなく、人間の介入、つまり入念な選択的繁殖によって作られてきたと考えた。この見解は、のちに自然選択説と呼ばれる理論の組み立てに大きく寄与した。

ダーウィンが最初に鳩に関心を抱いたのは、一八四〇年代、ビーグル号での五年間におよぶ航海から戻ったのちのことだった。彼はこの長い航海中に激しいホームシックを覚えたが、ロンドンに戻って十年後にようやく腰を落ち着ける決心をし、妻のエマとともにケント州ダウン村に引っ越して、家庭を築き、その後一生悩まされることとなる奇妙な病からの回復に努めた。彼の伝記を執筆したジャネット・ブラウンによれば、ダウン村で「ダーウィンは私的な〝エデンの園〟を作り、飼育された鳥や獣を文書または生身の形で集めて、彼らの起源を突きとめようとした」

新しい家に住んでほどなく、ダーウィンは鳩舎をこしらえた。ロンドンの鳩クラブふたつに加入し、その後数年にわたって繁殖、観察を重ねるうちに、この鳥を愛するようになった。「鳩たちとはじつにうまくやっている」と、一八五六年に、寄宿学校にいる息子のウィリアムに手紙で書いている。「先日は、トランペッター、ナン、タービットを数羽ずつもらったし、このあいだロンドンを訪れたとき、世にも美しい鳩を三〇〇か四〇〇羽飼っている陽気な老醸造家を訪問したら、薄茶色のすごく小さなジャーマンポウターのつがいをくれた。いまは、うちの曲芸師たちに新しい家を建てているところで、夏にはこの子たちを飛ばせるだろう」ダーウィンはまた、地質学者のチャールズ・ライエルとその妻をダウン村に招待したおりに、次のような書簡を送っている。「うちの鳩をお見せしますよ、わたしが思うに、これは人間に提供できる最高のおもてなしです」

ダーウィンは鳩の興味深い行動と無数の品種に心惹かれたが、彼らのおかげで知った目新しい世界にも魅せられた。その自伝で、ほかの愛鳩家たちへの敬意を表している——ロンドンの煙たいパブで出会った〝庶民たち〟（「愛鳩家はみんな庶民だ」と息子宛の手紙に書いている）、どんな科学者よりもはるかにこの鳥について知っていそうなアマチュアたち、と。まるで、これら愛鳩家たちそのものが、研究、分類に値する種だと言わんばかりだ。彼らはしじゅう、繁殖について議論していた。「たとえば」と、のちに議論をかもす新説を猛烈に支持してくれたトマス・ヘンリー・ハクスリーに、ダーウィンは手紙で書いている。

ある夜、サザークの酒場《ジンパレス》で愛鳩家たちに囲まれて座っていた。そこへ、バルト氏が体を大きくするためにポウター種をラント種とかけあわせたという話が出て、この恥ずべき所業に愛鳩家たち全員が厳粛ななんとも言えないきびしい表情で頭を振るようすを目にしたら、異種交配が品種の改良にほとんど寄与しないこと、このプロセスがはるか先の世代まで危険をおよぼすことが理解できるだろう。

知りあった繁殖家たちが並々ならぬ熱意で愛鳥の系統を守っていることに、ダーウィンは感銘を受けた。彼らは品種の存続にひたむきに取り組んでいる、そうでないと鳩たちはたちまち野生の状態に戻ってしまうだろうと確信し、鳩と繁殖家は互いのために存在する関係だと考えるようになった。「人が鳩を操っているのか、それとも鳩が人が操っているのか」と、彼は自問している。

鳩に興味を抱いたころ、ダーウィンは生物変移説と呼ばれていたものの研究において転換点に立っていた。当時、種の変化に関する議論は、ひとつの種が選択的繁殖を通じて変化する度合いに焦点があてられていた。種は神によって永久に不変とされているのか、それとも自然の力、すなわち、のちにダーウィンが『種の起源』で鳩の繁殖家の〝見えざる手〟になぞらえたものによる、操作や修正の余地があるのか。彼がロンドンのパブでともに過ごした愛鳩家の多くは、自分の愛鳩はすでに絶えてしまった野生種の子孫であり、それらを選択的に繁殖することで、太古からの血統の純粋性と正統性を保っているのだと信じていた。ダーウィンの友人のライエルも、著書『地質学原理』で、たとえ種のなかで個体ごとのばらつきが大きいとしても、種間の境界そのものは固定され不変である、と主張している。ダーウィンはこれに異を唱えた。「これが真実なら」と、自分が所有する『地質学原理』の余白に書きつけている。「自説よ、さらばだ」

鳩たちは、ライエルがまちがっていることを示す証拠の一部を、ダーウィンにもたらすこととなる。じつは彼らはいわば、ガラパゴスフィンチの地味な家畜バージョンだったのだ。ダーウィンは鳩を繁殖させて雛《ひな》の発育を注意深く見守るうちに、鳩のどの品種も、成鳥の見かけがどうあろうとごく似た形で発育していくことに気づいた。そして異なる系統どうしで交配すると、たちまち先祖返りして、ガラパゴスから帰還したあとロンドンの街で見かけた野生の鳩にそっくりな容姿になった。個性のきわだった品種でも、それぞれ体内に太古から継承されたものの残滓を休眠させており、ダーウィンが見えざる手による筆記になぞらえたその残滓は、種に書きこまれてはいるが、成長期の終わりごろにしか現れない。ティップラー、タンブラー、ポウター、ホーマーといった品種はどれも、Columba livia（カワラバト）の遺伝的記憶につきまとわれているのだと、彼は結論づけた。とはいえ、実物の鳩を目にすると自説がいかにありそうにないかを認識してもいた。「変種の数はじつにおびただしく、自分の鳩舎に入ってポウター、キャリア、バーブ、ファンテイル、ショート・フェイスド・タンブラーなどなどを眺めていると、すべてが同一の野生種の子孫であり、ひいては、人間がある程度までこれら驚くべき変異を生み出したのだと認めることは、われながらむずかしい」と彼は書いている。

証拠は集まっていたにもかかわらず、ダーウィンの説が受け入れられるまでしばらくかかった。『種の起源』の版元の顧問のひとり、ホイットウェル・エルウィン牧師は、この本を「突飛なばかげた想像の産物で、概説としては書きすぎだし、問いの徹底的な議論にはとうてい足りない」と評した。とはいえ、頭から本書を却下するのではなく、鳩に関係のない部分はすべて割愛するよう、ダーウィンに助言した。「鳩にはだれもが興味を抱いて」おり、そうした本なら「この国のあらゆる新聞雑誌に書評が掲載され、じきにどの家のテーブルにも載ることだろう」

ダーウィンが鳩を愛したのは、重要な情報をもたらしたからだけでなく、長年放浪したのちに家という感覚をくれたからだ。ビーグル号に五年間乗船し、その後も一箇所に腰を落ち着けるべきか十年悩んだあげく、彼は鳩のおかげで家族とともに家庭生活に根をおろすことができた。じつに愛情深い父親になり、ケント州に見つけた家、広い世界とさまざまな雑念から切り離された家を愛した。家は研究室かつ隠棲所となり、やがて世界を変える論文を練りあげる空間と時間をもたらした。「ダウン村でのわたしたちより世間から離れた生活を送れる人はほとんどいないだろう」と、亡くなる数年前に彼は書いた。「人生はじつに規則正しく流れ、わたしはそれを終えるべき場所に固定されている」

だが、鳩を使った実験は、心配の種ももたらした。妻のエマはいとこでもあった。ふたりは一〇人の子どもをもうけた。三人が夭逝し、三人が不妊症だった。ダーウィンは亡くなるまで、これらの悲劇に自分がなんらかの責任があるのではないかと悩んだ。動物の家畜化に終生関心を持ちつづけて、鳩を観察してきたので、健康障害が親から子どもに受け継がれうること、そうした遺伝が自分の家族の不幸――つきまとっているように思える病気と死――の要因かもしれないことを認識していた。「恐れているのは、遺伝的な健康障害です」と、一八五二年に、またいとこのウィリアム・ダーウィン・フォックス牧師に手紙を書いている。「死でさえも、その恐怖よりはましです」

ブラックプールを訪れる前、ぼくは王立鳩レース協会(一八九六年設立、後援者――女王)のゼネラルマネージャー、イアン・エヴァンスに連絡して、展示会を案内してくれないかと頼んでおいた。彼とはルネッサンス・ルームで落ちあい、そこではちょうど鳩のオークションがたけなわだった。正面に並べられた籠に、競売用の鳥が入っている。白いコートをまとった係員が、順番の来た鳩を籠から出して高く掲げ、聴衆に向けて翼を広げてみせる。オークションの進行役は、いかにも手慣れたようすで手続きを進めていく――ものが羊であれ、印象派の絵画であれ、鳩と同じく楽々と売るだろう。各組の冒頭で、競売される鳩の血統を彼はすらすらと早口で読みあげる。経歴を簡単に紹介して、いかに長く飛べるか、同等の個体にくらべていかに成績がよいかを語り、よく知られた雌親や雄親の名を挙げる。全国統一レース――地元クラブの鳥だけでなく、国じゅうから集まった鳥と競う――で好成績をあげた鳩は、とくに評価が高い。血統に有名な鳩がいる個体はどれも、入札者の注目を集める。

「さて、こちらは愛らしい二羽のブッシャートです」と進行役が告げる(彼は〝ブッシュ゠アート〟と発音した)。「つがいで、雄はグッド・レイディの息子、雌はシャドウの系統。長距離にかけては一流の鳩ですよ、みなさん。ゆうに七〇〇マイル（約一一〇〇キロ）飛べて、お手ごろの値段です」

ときおり、一羽の個体の何かに買い手が注目し、矢継ぎ早の入札がある。そして小槌が打たれ、検分され、所有権が移される。

「なんで、また買ったのよ？」ひとりの女性が、斑点入りの雄――きらめく目ときれいな横縞の翼を持つ美しい鳩――に二〇〇ポンド出した夫に尋ねた。「いまいる鳩だけで手狭なのに」

血統が強調されてはいるが、鳩選びは秘技とでも呼ぶべき複雑なものだ。バードウォッチングをする人は、ちょっと困ったことに、種それぞれにある〝ジズ〟、つまり遠くからでも識別できるような言い表しにくい数々の特徴――姿形、羽毛、行動――のことを口にするが、愛鳩家はそれと同じくらい定義がむずかしいものを探求している。

「資質は大切だが、口で説明するのはむずかしい」とイアンは言う。「見ればわかる、なのに、たいていは見ようとしないんだ」オークション会場の競翔家は、買おうと思う鳥に触って〝均整〟と呼ぶものを手で感じたり、ひと組のトランプよろしく翼を広げて風切羽の状態を確認したりしたがる。優秀なレース鳩の体は固く引き締まっているが、抱いた手いっぱいの大きさはほしい。頭部は野生や観賞用品種の個体より大きいことが必須だ（伝書鳩はほかの品種よりも脳が大きいことが実証されているし、ロンドンのタクシー運転手のように、海馬、つまり方向定位の能力をつかさどる脳の部位がひときわ発達している）。羽はきめ細かくやわらかで、目につく穴がないことが求められる。翼の縁に沿って先端まで並ぶ一〇枚の初列風切羽は、体に近い次列風切羽から一枚ずつ長くなっていなくてはならない。そして、なめらかに開き、翼を広げると指のように分かれなくてはならない。

オークションでは、買い手たちが鳩を胸にかかえたり、両手で抱きあげたり、会話しながら意味もなく尾羽をのばしたりしている。鳩の目を宝石鑑定用ルーペでまじまじとのぞきこむ者もいる。〝目のしるし〟説の信奉者で、瞳の色やパターン形成――特異な形状、虹彩と瞳孔の完璧な比率――など、本人もうまく表現できないような特徴から、勝てる鳩がわかると信じているのだ。目のしるしに関しては、愛鳩家向け雑誌でも熱く議論されており、勝利を収めた鳩の写真には目のクローズアップが添えられることが多い。もっと神秘的な手法をとる愛鳩家もいる。著名な鳩史家のW・アンダーソンによると、「フランスやベルギーでは、多くの愛鳩家たち、それも、たいていのことにはいかにも正常に見える人たちが、鳩を選ぶにあたって解剖学的な側面に注意を払わず、〝占い棒〟を用いる〝専門家〟に大きく依存している」

オークションでは、ほとんどの鳩が五〇ポンド以下の値で売られたが、値段がうんと――数百、数千ポンドにまで――つりあがる個体もいた。高値がついた鳩の多くは成鳩で、競技用か繁殖用として実績のある鳥だが、初心者の手にあまる。新しい鳩舎になかなかなじまないからだ。たとえ数年間飼いつづけたとしても、ひとたび放てば、ほぼ例外なくもとの家に戻ってしまう。彼らは競技用ではなく繁殖用の個体として売られ、おそらく二度と鳩舎の外の世界を見ることはないだろう。ぼくに必要なのは若い鳩数羽だ、とイアンに助言された。その年に生まれ、まだ特定の場所を家と認識していない個体だ。

そこで、勝てる鳥を見分ける秘訣を尋ねてみた。

「見分けるのは、無理だな」と彼は答えた。「なんでもいいから買って、どうなるか確かめてみるといい。だけど、オークションではだめだ。展示会場で買いなさい――ただし、最初の言い値は出さないように」

イアンは四〇歳くらいだが、短く刈った茶色い髪と少年のような目を持ち、愛想はいいが鳩の話題になるまでは口数が少なかった。生まれながらの愛鳩家なんだよ、と彼は言い、愛鳥たちとその成績について、穏やかで抑制的ながら畏敬の念にあふれた口調で語った。サウス・ウェールズ在住で、三〇羽の群れを訓練してレースに出し、クラブ内のレースでも全国レースでもそれなりに成功を収めてきた。英仏海峡を越えるレース、たとえばフランスのサント――鳩舎まで四〇〇マイル（約六四〇キロ）の距離――やタルブからのレースで勝利した。少年時代に一歳の雌をレース当日に帰還させ、サウス・ウェールズ・ヴァレーズをあちこち駆けめぐってほかの愛鳩家たちに報告したのだと、懐かしそうに語った。

「あの夜、連中はあまり愛想がよくなかった」

イアンの父親も、それから祖父も、鳩を飼っていた。愛鳩家の血が体に流れている。在ヴァレーズのスタートアップ企業を支援する大陸資本のプロジェクトで長年働いてきたが、数か月前に王立鳩レース協会のゼネラルマネージャーの職を得て、いまやずっと愛してきた鳥たちとともに仕事をしている。

鳩レースのどういうところがいいのかと尋ねたら、彼は哀愁を帯びた表情になった。このスポーツが労働者階級のクラブと鉱山組織――炭鉱労働者の福祉のために設立された組織――に起源を持つのは、すばらしいことだ、と彼は言う。この趣味のおかげで、競翔家が自分たちの住む土地とつながっているところがいい、と。

「かつて、うちの地域ではだれもが鳩を飛ばしていた。金曜日には、こぞって鳩を競わせた。パブに集まった人々、持ち寄りの鳩が入った籠、規正を待つ時計をしじゅう見かけた。自分たち子どもは、自然にこれに熱中するようになった。優秀な鳩を育てれば名をあげられる。血統をひとつ生み出し、それが有名になる可能性もあったんだ」

鳩レースはずっと労働者階級のもので、意外かもしれないが、都市の娯楽だ。十八世紀にベルギーはリエージュの炭田労働者たちが最初に考案し、あっという間にヨーロッパじゅうに広がった。十九世紀に入るころ、それまでは観賞用品種にしか関心を寄せていなかったイギリスの愛鳩家たちが、これらヨーロッパ大陸の鳩の途方もない旅に注目し、独自のレースクラブを設立しはじめた。アマチュアの生物学者で、ダーウィンが鳩がらみの手紙をおもにやりとりしていた熱心な愛鳩家のウィリアム・テゲトマイヤーが、これら新しい個体――ピジョン・ヴォワヤジェール（旅する鳩）――について一八六八年にこう綴っている。「飛翔の速さと力強さにかけては、わたしが知るどんな鳩種をもはるかに凌駕する……こうした飛翔力に加えて、ほかのどんな鳩よりも強い家への愛着がある」

鳩レースは、ひとりの人物がほぼ単独でイギリスに最初に持ちこんだ。アルフレッド・ヘンリー・オスマンという名の事務弁護士助手で、一八六四年にブロムリー・バイ・ボウで生まれ、愛鳩家の王朝樹立に着手することとなった。つねづね法律よりも鳩に関心を抱き、早々に仕事を辞めたあと『ザ・レーシング・ピジョン』紙を設立して、愛鳥たちと過ごす時間を増やした。そして、ウォンステッド・フラッツ公園の広い草地で最初の鳩レースを開催した。レイトンのわが家から道をまっすぐ行ったところだ。これら初期の〝羽ばたき競争〟は、鳩がペアで短距離を競うものだった。ペアの一羽が放たれ、持ち主が高く掲げたもう一羽のもとへ飛んで戻る。短時間のにぎやかなレースだったが、およそ鳩の帰巣能力を試すものではなかった。

オスマンはのちに、鳩を遠くへ連れ出して空へ放つレースを開催した。鳩の到着時間を記録できる特殊な時計――工場労働者が刻印するタイムレコーダーのようなもの――が開発される前のことで、レース終了後、時間を記録するために、リングをつけた鳩そのものをクラブに提示する必要があった。鳩が到着するや、飼い主はその体を抱えて通りを駆け抜けたが、やはりクラブハウスの近くに住む者に地の利があった。二十世紀初頭に記録機が普及すると、遠くに住む競翔家も対等に戦えるようになった。

鳩レースはしだいに人気を高めたが、参加者はおもに、産業化で田舎から出てきた都市の労働者階級だった。鳩の能力が時とともに向上した。最も優秀な成績を収めた鳩だけが繁殖を許され、速さと方向定位の能力が強化されていった。十九世紀には、二〇〇マイル（約三二〇キロ）の距離を安定して帰ってくれば優秀とされた。現在、レース鳩は日常的にその二倍の距離を飛べるし、傑出した個体は七〇〇マイル（一一〇〇キロあまり）の距離でもなんなく競える。

男たち――というのも、参加者はほぼ男性だったからで、多くは仕事中に地下で過ごすか窓のない作業場に閉じこめられていた炭鉱労働者または工場労働者――がこの趣味に心惹かれたのは、大地に縛られた感覚を振り払って飛翔できたからかもしれない。チャールズ・ディケンズはロンドン東部のスピタルフィールズを題材にした一八五一年のエッセイで、鳩を飛ばす行為を解放と脱出の象徴として描いた。「もし、あなたが地方の町あるいは田舎で働いてイースタン・カウンティズ鉄道を利用せざるをえないなら」

こうした印象と、スピタルフィールズで鳩がたくさん飼われているという一般的な認識を結びつけるだろうし、不潔な通り沿いにがたがたと揺られて、みすぼらしい家々の屋根の鳩小屋やトラップを眺めながら、なるほど、ここの住人たちにとって、なんであれこの環境を逃れて空へ舞いあがれる生き物とつながりたいと願うのは自然な感情なのだ、と考えたことを思い出すだろう。そして、すすけたちっぽけな小屋を、鳩たちに囲まれた家々の屋根にぽつぽつと見かけるうちに、あなたは——ささやかな賛辞を込めて言うなら、たぶん、わたしのと同じくとりとめない空想だろうが——ジャックに富をもたらすこととなる豆の木がうまく育たないさまを思い浮かべるかもしれない。スピタルフィールズのジャックたちは、その細い若枝を頼っても、巨人が金貨を蓄えているところまで昇ることは万にひとつもできないのだ。

鳩レースというスポーツは、誕生当初から都市生活と密接に結びついていた。一九七六年まで、イギリスの競翔家のほとんどは鉄道づたいに愛鳩を訓練した。一九一九年の家禽類輸送令（the Transit of Poultry Order of 1919）のおかげで、鳥類を単体で国じゅうに鉄道輸送できるようになり、協力的な駅長たちが鳩を空に放っては、帰りの列車で空っぽの放鳩籠を家に送りかえしてくれた。鳩たちはこうして、家を離れられない飼い主の代わりにあちこち旅をした。レースの開始地点、北はピーターバラ、ウェザビー、ベリック、サーソー、南はタルブ、バルセロナ、ローマといった放鳩地が、魔術めいた雰囲気をまといだした——競翔家の多くはけっしてその目で見られない、遠い場所を連ねた呪文だ。ロラン・バルトが『現代社会の神話』で主張したように、ツール・ド・フランスのおかげでフランス人がはじめてフランスの地図をまじまじと見たのだとすれば、イギリス人の多くは鳩レースのおかげで、同じように脳裏に地図を作りあげる強力かつ神秘的な機会を得られたのだ。

イアンはこのスポーツを愛してやまないが、将来については不安を抱いている。世界的に見れば、鳩レースは人気沸騰中だ――東アジアと中国ではとくに親しまれ、競翔家たちがヨーロッパの有名な鳩に大金を支払っている。ところが、イギリスではこの趣味が絶えつつある。一九五〇年代の全盛期にはイギリスだけで二五万もの競翔家がいたのに、現役の鳩レース参加者はそこから激減した。今日、王立鳩レース協会のメンバーは二万人そこそこで、しかもどんどん減りつづけている。若者があらたに加わらないうえに、高齢の競翔家が死亡したり、やめたりするからだ。クラブの会員はくたびれかけて、世間はどうやら彼らの趣味にますます反感を強めている。臭いや病気のもとだからと近隣住人が鳩舎の存在に苦情を言うし、一日に二回給餌と訓練を行なったり、換羽期や繁殖期に細やかな配慮をしてやったりする時間的余裕のある者も減っている。そもそも、若者は関心すら抱かないようだ。

「コンピューターで遊ぶのに忙しいんだよ」とイアンは言う。「外が好きじゃないのさ」

このスポーツにあらたに参入するのは、外国から来た人間だけだ。「移民が活動を存続させている。ポーランド、モロッコでは大人気のスポーツなんだよ。故郷を思い出させるんだろうな」

裏庭で細々と続けていたレース参加者は去り、巨大鳩舎でおびただしい数を飼って使い捨て感覚でレースに出す〝群れの飛ばしや〟に占拠されたクラブが増えた。各レースに数十羽を登録し、帰還しない鳩がいても気にかけない者たちだ。ドーピング問題も深刻化してきた。この問題は当初から存在してはいた――ジョルジュ・シムノンの最初の小説には、レース前に鳩の体重を軽くして飛行速度をあげるために、ハト科用の下剤を開発した科学者が登場する――が、今日では使用される薬の効果が絶大で、痕跡の検出もどんどんむずかしくなった。節操のない競翔家が、鳩の心臓が破裂するまでアンフェタミンやコカインを投与しつづけた。

「残念ながら、ドーピングに関してルールを導入せざるをえなくなった」とイアンは言う。「オランダとベルギーで摘発事案がいくつか起きている。連中は名誉のため、そして金のためにこれをやる。だが、鳥のためにも、このスポーツのためにもならない」

猛禽の襲撃が原因で手を引いた人たちもいる。愛鳩家の多くは、王立鳥類保護協会などの連中がぐるになって、猛禽を都市の中心部――鳩の訓練飛行をさせたり、レース中に鳩が通り抜けたりする場所――に再導入したのだと信じて疑わない。当然ながら、何よりも疎まれているのはハヤブサで、愛鳩家たちは〝パーシィ（軟弱野郎）〟というあだ名で呼ぶ。彼らは驚くほど陽気な残忍さでこのパーシィを嫌悪し、襲撃を止めるために数多くの手法を開発した。タカをぎょっとさせて愛鳩を守ろうと、鳩の脚に赤い光を点滅させたり、翼に大きな丸を描いたりする者もいた。鳩舎周辺を猛禽が飛ぶのを待ち伏せて、花火で追い払う者もいた。

「ときどき、ハヤブサが襲ってきて、一羽か二羽かっさらう」とイアンは言う。「だが、残りはパニックを起こして物にぶつかるんだ。殺られた鳩も多いが、被害の大多数はパニックに巻きこまれたせいだ」

タカは鳩舎の場所をいったん覚えたら、毎日やってきて襲い、一羽、また一羽と狩るようになる。対策として、王立鳩レース協会では〝猛禽対抗同盟〟と呼ばれるネットワークを築き、タカの襲撃を監視、報告して、この問題に注意を喚起している。だが、たいして効果があるようには思えない。

「世間のおおかたは、タカの味方なんだ」イアンは悲しげに言った。

鳩レースの倫理性については、どう考えているのだろう、とぼくは思った。動物の倫理的扱いを求める人々の会（ＰＥＴＡ）が、最近、このスポーツの禁止を求めるキャンペーンを始めた。鳥を小屋の外へ出して、何キロも離れた見知らぬ地に送り、家に帰る道を自力で見つけさせるなんて残酷ではないか、というのだ。

「ああ、きみは本当の意味で鳩を飼ったことがないんだな」イアンは言った。「彼らはペットじゃない。こんな名言がある、『鳥たちがあなたのものであるのは、トラップが閉じているあいだだけだ』ってね。鳩は野生の鳥ではないが、飼い慣らされてもいない。思うに、鳩舎の扉をあけるたびに彼らは自由になる。そこが気に入らなければ、よそへ行けばいい。現に、何羽かはそうする。だが、残った鳩たちは、きっと自分の家が居心地いいんだろうよ。これについては、何かすごく不思議な力を感じる。外に座って、鳩たちが家に帰ってくるのを見守りながら、どこへ行ってたんだろう、道中で何を見てきたんだろうって考えるんだ。長距離レース――そうだな、五〇〇マイル（約八〇〇キロ）以上離れたところ――から一羽帰ってきたらもう、ほかでは味わえない気持ちになる」

イアンは審査がらみの仕事があるというので、午後はひとりで展示会を見てまわった。そしてメインホールの裏手、ひと組の夫婦が立っているブースで、彼らを見つけた。一二羽の、販売用の鳩。嘴が大きくて平らで、卵から出てまだ一、二か月ほどらしく、海亀の赤ちゃんの甲羅みたいな革っぽさがあった。黄色い雛の羽毛がまだ頭と首まわりにちらほら見え、なんだかサイズの合わないブロンドのウイッグをかぶっているようだ。

ぼくの目を引いた二羽は、濃いグレーか灰青色で――どうやら、見る角度によって色が変わるらしい――翼のつけ根あたりに二本の黒い横縞が走っていた。みっしり詰まった羽毛はなめらかで、ベルベットさながら光を吸収する。まだ自分の体に慣れていないのか、少しばかり動きがぎこちないが、ぼくはイアンの助言を思い出して、均整のとれた、いい体つきだぞと考えた。

雛たちはときおり、甲高い鳴き声をあげる――若鳩は孵化後数か月ほどこういう鳴きかたをし、そこから鳩の一般名がつけられた。〝pigeon（鳩）〟はもともとフランス語だが、〝甲高い鳴き声の小さな鳥〟を意味するラテン語〝pipio〟から派生したのだ。二羽のうち一羽はずんぐりした大きめの体格で、もう一羽はすらりとして、長く優雅な首を持っている。目はまだ成鳩のオレンジ色ではなく、底知れないほど黒い。そのまわりの皮膚は乾燥し、窓枠のパテを思わせる質感だ。孵化後一か月といったところで、乳離れして巣立つ準備はできているが、まだ成熟しておらず新しい家への刷りこみがじゅうぶんできる。いまちょうど、籠のなかでばさばさと羽ばたく練習をしはじめたところだ。

ブースの男性が一羽を差し出したので、ぼくは抱きかかえて翼を広げ、イアンがやってみせたとおりに目と足をチェックした。翼がぐっと締まる感触が、手にあった。直系の血縁の成績を列挙した血統書が渡されたが、ぼくにはさして意味を持たない。祖父母の代の一羽、ドリーム・メイカーは、「無数の勝者を生み出した繁殖家、スーパー・ガビーがじかに手がけた。ロード・オブ・ザ・リングス、レイディ・オブ・ザ・リングスら複数の優勝鳩の父親または祖父」とある。

ぼくは値段を尋ねた。

「一羽六〇ポンドだ」と繁殖家は答えた。「ガビーの直系なんでね」

ガビーがだれなのか、わからないんだけど、とぼくは言った。

「ガビー・ファンデナビール。ガビーの名前を聞いたことないのか？　いくらなら払う？」と彼が尋ねた。

結局、二羽四〇ポンドで手を打った。考えてみれば、展示会の前に見かけた、ブラックプールの海辺で餌をついばむ鳩たちとなんら変わりない鳥に出すには相当な額だが、いずれ優勝するかもしれない鳥の代価としては、おそろしく安い。

繁殖家が、鳥の所有権を移転するための書類をくれた。

「この二羽はきょうだいだから、かけあわせちゃだめだ」と彼は言った。「よかったら、繁殖できるガビーの直系を売ろうか？」

べつの籠にいる羽がぼさぼさのさえない一羽を身ぶりで示したが、さきほど選んだ二羽にぼくの心は決まっていた。

「いつでも、ほかの鳥とかけあわせられますよ」彼の妻が言った。「でも、そうすると血統が失われちゃいますけど」

「血統を失っちゃいけない」夫がきっぱりとした口調で言った。「血統は失っちゃだめなんだ」

「あら、血統を失う人はたくさんいますよ」妻が目配せして言った。「新しい血を入れなきゃね」

彼女は代金を受け取り、おがくずを敷いた箱ふたつにそれぞれ鳩を収めた。

「青色系のいいペアだ」あとで、ぼくが買った鳥を見せるとイアンが言った。「こいつはとくにいい」そう言って、二羽のうち細いほうを抱きあげた。雌だという。いったい彼は、この鳥にどんな資質を見出したのだろう、とぼくは思った。

もうしばらく展示場をぶらついて、授賞式を眺めたり、ぼくには理解不能な競翔家への称賛スピーチをあれこれ聞いたり、帰宅後に鳩たちに食べさせるようにと各ブースで穀物の無料サンプルをもらったりした。だが、このあと長旅が控えているし、じきに餌と水をやる必要があることもわかっていた。たぶん、ほかの乗客がいやがるだろうから、列車内で二羽を箱の外に出したくはない。というわけで、少しして、ブラックプールの日が落ちはじめたころにイアンに別れを告げ、厚紙の箱ふたつを手にして会場を去った。

午前八時二〇分、マレー湾、家から七四〇キロ

インターネットの鳩フォーラムでは、サーソーから南下する鳩がどんな飛路をとるのかが、激しく議論されている。はっきりとわかる者はだれもいない。鳩たちの多くは以前にも同じ旅をしたことがある――レース鳩は三歳か四歳でようやく長距離をまともに飛べるようになり、サーソーのレースには、大半の競翔家が手持ちでいちばん成績のいい鳥を送っている――が、ぼくの鳩たちにとっては、かつてないほど家から遠い。いま飛んでいる土地がどこなのか見当がつかないはずだ。

ぼくは目の前の地図で、考えうる飛路を追おうとした。彼らの身になって考え、どんな地形を避けたがるか、どんな道筋で山々のあいだを抜けるか予想してみた。

おそらく最初は、群れがふたつに分かれる。イングランドの西のクラブに所属する鳩は独自の経路をとり、国のまんなかをインヴァネスめざして南下して、ケアンゴームズの西を飛ぶ。ぼくの鳥とその仲間たちは、みんなロンドンをめざすが、そのまましばらく東へ飛びつづけ、海岸線に沿って進む。

最初はA九号線づたいにまっすぐ南へ三〇キロあまりくだり、マレー湾の北側に面したラセロンをめざす。海岸線に着くと、選択の幅が広がる。直線ルートをとるなら、群れは海上に出て、荒れた広い水

面を約一〇〇キロ渡りフレーザーバラに向かうことになる。だが、海越えの訓練を受けてはいても、ほとんどの鳩はそれを好まず、できるかぎり避けようとする。たいていは陸地を離れないで、湾曲した海岸づたいに南西へ向かう。群れを抜けて海面を渡る鳥は、渡らない決断をくだした鳥より優位に立つだろう。

群れは道路をたどって飛び、眼下の町や村を越えていく。ダンビース、ベリーデール、ヘルムズデール、ブローラ。こうした名前も、彼らにはなんら意味をなさない。上空から見た陸地は無秩序で、緑と茶色の抽象的な模様にすぎず、もっと南で遭遇する整然とした畑のパッチワークとはちがう。森があり、水がある。遠くには、山もある。空気はぴりりとして、海の香りが混じっている。一時間ほど飛んで湾の中央部に着くが、風が北西から穏やかに吹き、空気はまだ冷たい。明るいうちに家にたどり着きたいなら、あと十四時間は飛びつづけることになる。

第三章　家づくり

鳩を家に持ち帰ったあとどうするか、はっきりとした計画のないままブラックプールを訪れたので、その夜ロンドンに戻ったとき、彼らを飼う場所がなかった。やむなく、キッチン横の差し掛け屋根の空間――洗濯機と食洗機のあいだ、物干しラックの下――に置きっぱなしの大きな段ボール箱に入れて、どこに住まわせるか考えることにした。

翌日、階下におりて箱を開いた。夜のあいだに悲惨な事態が起きたかもしれないと、なかば覚悟していた。だが、まだ彼らはそこにいて、隅っこで互いに寄り添い、のぞきこんだ人間に驚いてかすかな鳴き声をあげた。ぼくは一羽を抱きあげた。前夜、ナターリアに二羽を見せたとき、何度かためらいがちに試したあとで、怯えさせない動かしかた、鳩の背中と腹の下に指をあてて翼を押さえつけるやりかたを体得していた。そうやって持ちあげてみると、骨が空洞の体はいかにも軽く、生えそろったばかりのしなやかな翼を広げようともがいていた。

それから一週間、鳩たちはこの差し掛け屋根の空間で過ごした。ぼくはドーラ、ナターリアとともに、二羽がわが家になじんでいくようすを観察した。ときおり、二羽は翼を広げて羽を震わせ、トランプをシャッフルするような音を出した。シンクの上では、すべりやすい金属面になんとか立とうと奮闘した。ばさばさと羽ばたいて棚——糞から守るために新聞で覆ってある——の上に止まり、くつろいでやわらかな鳴き声を交わしあった。夜には、物干しラックの上へ飛んで、ぶかぶかの外套にくるまった老人よろしく羽を膨らませ、片脚立ちで眠りに落ちた。

ドーラは二羽の存在を喜んだ。餌やりが好きで、鳩を抱えて差し出してやると、そっと頭を撫でた。毎朝、ぼくは穀物缶を持って行き、がらがら鳴らしてから餌をやった。二羽が音と食べ物を結びつけて、いずれ外に放ったとき入舎訓練がしやすくなるのを期待したのだ。餌やりのあとは、夜のあいだに細くちぎられて床に散らばった新聞紙を片づけた。仕事に出かける前に床を掃除し、新しい新聞紙を敷いて大量の糞に備えた。一日おきに、シンクの蛇口の下で水浴びをさせた。

だが、二羽はみるみる大きくなるし、室内飼いの期間が長引けば長引くほど、自由を与えたとき近くに留まる可能性が減るだろう。これ以上ぐずぐずしていたら、力強く飛べるようになりすぎて、最初の舎外〔鳩舎の外に鳩を出して飛ばす訓練〕で家から遠くへ飛んでしまい、どこへ向かったか自分でもわからないうちに迷い鳩になりそうだ。どう考えても、彼らだけの家をこしらえる必要がある。

レース鳩のチームを飼育、訓練する方法を説明した本はそう多くない。この趣味はもっぱら口伝えで継承されてきた。鳩レース新聞を何紙か購読したはいいが、死亡記事や当該スポーツの最盛期をふり返る懐古的な記事ばかりで、新米の競翔家向けの実用的な情報はたいしてなかった。それでも、図書館で、鳩にしかるべき家を作る方法が書かれた本を何冊か見つけた——たとえば、言い回しが装飾的で仰々しいエドガー・チェンバレンの『伝書鳩（The Homing Pigeon）』、コリン・オスマンのきまじめな

『レース鳩――当該スポーツの実用ガイド（Racing Pigeons: A Practical Guide to the Sport）』だ。十八世紀の数学者にして博物学者のビュフォン伯ジョルジュ＝ルイ・ルクレールが書いた本には、よい鳩舎を建設するための助言がふんだんに書かれていた。いわく、鳩の群れをうまく帰巣させたければ牢獄や檻を築いてはならない、むしろ、彼らが住みたがって自分の意思で帰りたいと思える場所を作るべきだ。鳩は断じてペットではない、気に入ってもらえる家を提供すればありがたくも共存してくださる生き物だが、いつだってその家を自由に立ち去れる。「はっきり言って、彼らは犬や馬のように飼い慣らされていないし、食用の家禽のように自由を奪われてもいない。自発的に囚われているだけで、差し出された住まいがお気に召したから、そして食糧たっぷりの環境と便利で快適な生活にご満悦だから住みつづけてくださる短期滞在客なのだ」とビュフォンは言う。愛鳩家と鳩の関係は結婚のようなもので、飼育者と飼育動物ではなく、対等な立場での合意なのだと、彼は考えていた。

野生環境では、鳩は巨大なコロニーで数百羽の個体が健康に暮らすが、ぼくの鳥の場合、成長後に縄張りの役割を果たし、生涯ずっとここに帰ってくるような区画か巣箱を与える必要がある。鳩舎の縄張りと結びつきを強めれば強めるほど、戻ってくる動機が強まる。ビュフォンによれば、鳩をうまく帰巣させる唯一の方法は、彼らの家庭的な側面に訴えかけることだ。

木材を買い、兄のベンの助けを借りて、しだいに鳩舎の形ができあがった。ベニヤ合板製で、間口約三メートル六〇センチ。複数の区画に分けてあるので、秋に雄と雌を引き離して冬季の繁殖を防ぎ、休息させることができる。金網と合釘で窓をいくつかこしらえて、夜間に庭をうろつくキツネから守るため扉に鎧戸をつけた。鳩舎の屋根は、雨の吹きこみを防げるよう両側に張り出している。

いまは二羽だけだが、いずれ数を増やすつもりなので、前面に蝶番式の扉がついた巣箱を一二個、ベンに作製してもらい、雄を入れる区画に据えた。雌の区画では、屋根型の止まり木を一二個作って壁に固定した。三つめの区画は、翌春に雛が孵るのを想定して空けておいた。そして最後に、鳩たちが空を飛ばないときでも外の空気を吸えるよう、大きな檻をこしらえて、キツネの侵入を防ぐため下部に電気柵を張りめぐらした。

この鳩舎は、ぼくたちの歴代製作物のなかでも見栄えがよいほうではなかった。屋根葺きフェルトの中央部にしわが寄り、扉のひとつは少しゆがんで閉めるのに苦労した。だが、ぼくは満足していたし、鳩たちも気に入ったようすで、たちまちこの新しい家になじんだ。最初の日、二羽は鳩舎の隅々まで飛び、巣箱を探検した。止まり木に止まって、屋根に打ちつける雨音を聞きながらそっとつつきあった。ぴったりと寄り添い、互いの近しさに慰めを感じているようだった。その夜、ぼくは扉と窓に錠をかけて鎧戸をおろし、キツネの鋭い鳴き声に二羽がひどく動揺しませんようにと願った。じきに、外を自由に飛ばせるときが来るだろう。

ドーラが誕生する一か月ほど前、レイトンに引っ越して間もない土曜日の夜、ぼくは気づいたらホームセンターにいて――いまふり返ってみると、なんだかばつが悪いが――当時は〝危機〟に思えた経験をした。引っ越した当初は、ナターリアもぼくも日曜大工熱に憑かれていた。壁紙を剝がして本棚を造りつけ、床磨きの儀式にも着手した。ペンキの色をカタログから選び、電球や脚立やモップで身を固めて、さあ新居を手に入れたぞ、という気分になるのを期待した。家庭を作ると宣言すれば、実際にできるものと考えていたのだ。ナターリアはじきに興味を失い、賢明にも現実に目覚めてまもなく母親になる準備を進め、こんなばかげた考えに取りあわなかった。だが、ホームセンターの通路に立って剪定バリカンを見あげていると、ふいに、自分たちの世界がいかに狭まりつつあるか気づいて、ぼくはすさまじい不安に襲われた。

その前の数年間、自転車便の仕事をしているあいだは、浮き立つような自由を享受していた。一日に一〇〇キロペダルを漕いでロンドンの通りを走り抜け、荷物や文書はもちろん、電子メールやファックスでは送れないものはなんでも届けた。低賃金できつい仕事だが、大好きだった。それがもたらす肉体的な疲労が好きだった。自転車に一週間乗りつづけたあとの、至福感をともなう幻覚にも似た疲労。結局は意味のない仕事である点も好きだった。失うものもないが、得られるものもないところが。ぼくは何にも縛られず、人生はこれからも、タイヤの下の道のようにするすると単調に過ぎていくものと思っていた。これほどぐっすり眠れた期間はなかった。だが、配達の仕事を辞め、レイトンに引っ越して、人生最初のまっとうな仕事と思えるものを手にすると、ほぼ一夜にして自由の感覚を失った。

著名な都市の放浪者にして遊歩者《フラヌール》の草分けであるシャルル・ボードレールは、その〝手記〟『赤裸の心（Mon coeur mis a nu）』で、彼が〝家への恐怖〟と呼ぶ大いなる病《グランド・マラディ》を描写している。その冬、ドーラの誕生を待ちながら、ぼくはひょっとしてボードレールのこの大いなる病に冒されたのではないかと考えはじめた。自由を捨て去ったこと、父親業や仕事や家庭のあれこれ――玄関の乳母車とか――に疲弊させられそうなこと、ナターリアとともに築く家が一種の牢獄になりそうなことへの恐怖を抱いたのだ。この不安はひどく身勝手なもので、もっぱら男性であるがゆえの特権から生まれたものだとわかってはいた。だが、そうはいっても、やはり偽らざる気持ちだった。

出産予定日が近づくにつれて、ぼくは正体不明の強烈な旅行熱に襲われた。気がつけば、手を染めたこともない冒険を夢見ていた。ヨーロッパを徒歩で横断する、自転車でロシアを訪れる、大ブリテン島のまわりを優美な木製小帆船で航海する、などなど。ユーチューブのシリーズ動画に夢中になった。格子縞のシャツを着たひげ面の男たちが木製の帆船を復元して――自分たちが切り倒した木で木材をこしらえ、鉛を製錬して竜骨を作り、厚板材にほれぼれするようなニス塗りをして――果てなき海に乗り出すという動画だ。さらにぼくは、聞いてくれる人ならだれかれかまわず、荒野《ムーア》に旅に出かけるつもりだ、雨に濡れた新鮮な土の香りを嗅ぎ、低地地方の小川できらめくマスを捕まえるのだと語った。

ナターリアはぼくの計画に困惑しつつも辛抱強く対応していた。ある日、ぼくが小舟を買ってそれでフリースラント諸島まで帆走すると宣言したとき、車の運転もできないのに帆走なんて無理でしょう、と指摘した。それに、いまはほかの責務があるのよ、と。これほど冒険に心惹かれるのは、どこからどう見ても、すっかり人生が落ち着いてしまったからではないかと、ぼくは考えた。自分は家族を愛している。仕事も好きだ。抑うつ状態ではない。病気でもない。アルコールや薬物に依存してもいない。じつに健全だ。それでも、ときどき何かが――現実の逃避行動ではなく、その概念が――人生から失われつつあるように感じられた。

一八四五年のアメリカ独立記念日に、ヘンリー・デイヴィッド・ソローはマサチューセッツ州コンコードの町を出て、ウォールデン池畔に建てた小屋に移り住んだ。森での日々を描いた著書『ウォールデン――森の生活』で、そこへ移り住んだのは「深く生きて、人生の真髄をすべて吸いつくし、たくましくスパルタ人のように生きて人生とは呼べないものを残らずなぎ払い、大鉈をふるって、人生を追いこんで、最低限まで切りつめる」ためだったと、彼は書いている。そうすることによって、いまなお惑いを抱えた不満だらけの都会人に青写真を提供したのだ。『ウォールデン』は、森への、そして自己への隠遁の形で理想化された冒険を語った本だが、ぼくがその冬に再読して何よりも目を引かれたのは、ソローがこと細かに、執拗なまでに、森にわが家を建てる過程を綴っていることだった。

彼はその小屋――壁を塗っていない風通しのいい小屋――を、友人のラルフ・ウォルド・エマーソンの所有地に建てて、不法占拠者《スコッター》の権利として勝手に拝借した材木と石で煙突をこしらえた（小屋本体の骨組みはアイルランド人の鉄道作業員から買い、すぐさま彼を家族もろとも退去させた――一家がみじめなようすで早朝の光のなかを立ち去るさまを、罪悪感のかけらもなく『ウォールデン』で描写している）。そして、小屋を建てる過程をつぶさに説明し、家づくりは人類の基本的な機能であるべきだと主張した――音楽を作ったり、詩を書いたりするようなものだ、と。「人間が自分の家をつくることは、鳥が巣をつくるのと同じく本来あるべき姿なのだ」

ウォールデン池で、ソローは自由を求めて隠遁生活に入った。ニュースを読んだり手紙を書いたりするのをやめて、あらたな生活様式を見つけようと自然を観察しはじめた。ところが、わざわざ家を出たのに、自分が逃れたいと望んだ家庭的な空間を、ほぼ完璧に再創造してしまった。彼の孤高の生活は、ある意味、みずからこしらえた神話だ。なにしろ、母親や姉妹が住みつづけているコンコードの町からわずか三キロほどの場所に暮らし、栽培した穀物を売るため、あるいは、ただ世間づきあいをするためだけに、町へよく出かけていたのだから。毎週、祖母と昼食をともにし、しじゅう母親のもとを訪ね、ときには汚れ物を持参して洗ってもらったりもした。

自分の冒険が妻や母親の労役に支えられていた――それなしには成就しえなかった――男は、ソローがはじめてではない。彼を偽善者とみなし、隠遁という幻想に浸るために女たちの見えざる労働に頼って生活していた、と糾弾するのは簡単だ。だが、おそらく彼の事例もまた、家がもともと人工的な建造物であること、人を解放するのと同じくらい束縛しかねないものであることを示す標本のひとつに過ぎないのだろう。家は、ソローも認識していたとおり、つねに現実の場所であると同時に理想の存在でもある。建築されるのと同じくらい夢想され、感受されてきたのだ。

名詞の〝home〟は、〝人間または生物が住む場所〟であり、〝何かが生まれて、栄える場所〟でもある。動詞では、〝家を構える〟という意味にも、〝家に帰る〟という意味にもなる。語源的には、こうした二重の意味はヨーロッパ諸言語以前、印欧祖語の kei（〝横になる〟と〝何かを大切に抱きしめる〟というふたつの意味を持つ単語）にまで遡る。家、家屋、村を意味する古ノルド〔北欧〕語の heima は、古英語 ham と語源を同じくし、現代ヨーロッパのさまざまな言語で、〝人が住む物理的な構造物〟を意味する語と〝心情的な愛着を抱く住まい〟を意味する語に分化している。たとえば、フィンランド語の talo と koti、ドイツ語の Haus と Heim、オランダ語の huis と heem、デンマーク語の hus と hjem などだ。英語では、house と home になる。

現代にわりあい近い時代まで、わたしたちが家として認識する形態の構造物は存在しなかった。四百年前には、西洋人の大半は共同の空間でともに生活し、部屋やベッドさえも召使いと共用することが多かったし、ときには動物ともそうしていた。家具はごくわずかで、プライバシーは未知の概念だった。「中世では、人々は家屋で暮らすのではなく仮住まいをしていた」と、建築理論家のヴィートルト・リプチンスキーはその著書『心地よいわが家を求めて』で述べている。

こうした様相が大きく変わりだしたのは十七世紀で、このころに、とくにオランダで専門職を持つ都会の富裕層が台頭し、人々の住む場所と働く場所が分離された。家はもはやその持ち主の職業や家畜を勘案して作るのではなく、純粋にそこで生活する構造物として設計された。家族は私的なものになり、子どもは身体的に可能になったらすぐに働きに出す小さなおとなではなく、当然のように養育する対象とみなされた。

家が出現し、それによってプライバシーがもたらされると、ほどなく、さまざまな芸術に影響が見られはじめた。この時期、オランダの家庭を描いた絵画には室内装飾や家具調度がこれみよがしに示され、絵画はしばしば、自宅を所有する富裕層の視覚的な家財リストの役割を果たした。小説は、家が誕生した時代のすぐあとに現れた一文学形式だが、ほかの何よりも、さまざまなものの内側を──建物の内部だけでなく、人間の内面も──描き出すことを主眼としていた。識字率があがって安価な印刷術が生まれた結果、家でひとり静かに読み、近代化のもうひとつの大いなる創出物──余暇──において楽しむよう意図された著作物が登場した。

議論の余地はあるがイギリスで最初に書かれたとされる小説、ダニエル・デフォーの『ロビンソン・クルーソー』には、ホームのふたつの形態が念入りに描かれている。ひとつめは、ロビンソンが自分の家や、切り離された文明に対して郷愁を抱くさまだ。彼はしばしばロンドンでの生活をふり返り、ある印象的な場面では、ヤシの葉で日傘をこしらえ、砂浜を気取って歩きながらロンドンに戻った自分を想像している。ふたつめは、流れ着いた場所で家を造る、つまり見知らぬ島を勝手知ったる縄張りに変える試みだ。この小説は家事のマニュアルとしても読むことができる。いわば、遭難者の家政読本だ。文明から切り離されたクルーソーは、勤勉というプロテスタントの揺るぎない価値観と秩序を、置き去りにされた島の未知の土地《テラ・インコグニータ》に持ちこもうとした。

この小説は、家を整える過程に並々ならぬ関心を払っている。クルーソーはさまざまな物資と過ぎていく日々の記録を綿密に取っていた。雨露をしのぐ場所を作り、火を熾し、難破船の残骸から道具をひろい集め、山羊を家畜化していく過程が、現代の読者には苦痛に感じられるほど細かく描写されている。同時に、家と帝国の概念の長期にわたる暴力的な結びつきも始まる。クルーソーにとっても、より大きな植民地事業にとっても、広い世界はもっぱら原材料として存在し、勤勉な入植者の労働によって所有権が確立して形作られるものだった。だが、入植して領土を主張するにあたって、植民者は必然的に、以前からその土地に住んでいた人々を排除してしまう――そして、しばしば滅ぼす。

そうした家造り――よく知った人物が見知らぬ土地に隠れ家をこしらえる手法――の排他的な心地よさが、ひとつの形としてこの小説の構成そのものに存在している。批評家のエドワード・サイードは、デフォーらの小説で用いられた手法は、家造りの過程をただ描写するのではなく、読者のための家、ページの上の家をこしらえることにひときわ注力しているようだ、と書いている。故郷を去る経験を綴った重厚なエッセイ『故国喪失についての省察』において、サイードはほかならぬ文学――とりわけ、小説の形態をしたもの——は一種の家と考えうるし、一種の家造りとして読めると主張している。そして、歴史家のジョン・ルカーチを引用する形で次のように述べた。「古典的な叙事的作品は」

安定した文化圏から生まれている。そこでは価値観が明確で、アイデンティティが安定し、生活は不変だ。ヨーロッパの小説は、これとは対極にある経験、変化する社会の経験をもとにしている。そのなかで、相続権がなく放浪する中流階級のヒーローやヒロインが、永久にあとにした古い世界にどこかしら似た新しい世界を築こうとするのだ。

こうした新形態の物語がもたらす情緒と、それらが描く思考が、わたしたちの心理に影響をおよぼした。ジョン・ルカーチは、接頭辞の〝self（自己）〟がたとえば〝self-centred（自分本位）〟と〝self-esteem（自尊心）〟、〝self-love（自己愛）〟と〝selfhood（自我）〟といった単語のように顕著に見られるようになったのは、わずか三百年前、現代の家ができたのと同時期であり、主観性にかかわるほかの単語群——〝disposition（性向）〟〝ego（エゴ）〟〝embarrassment（当惑）〟〝sentiment（感情）〟など——も、同じころに現代的な意味を帯びるようになった、と主張する。「それらが使われだしたことは、人間の意識のなかにあらたなものが芽生えたことを意味する。すなわち、個人の、自己の、そして家族の内的世界の出現だ」と、ヴィートルト・リプチンスキーは述べている。もし、現代化によって家が誕生して、美術作品や音楽や小説でその創造が称えられたのなら、結果的に、家という概念が現代の人間を形成したのではないだろうか。

一月の終わりには、二羽の鳩――ドーラが朝食の席でいとも単純に〝エギィ（卵ちゃん）〟〝オレンジ〟と名づけた――は、彼らの新しい家になじみつつあった。当初はぼくが近くに行くと警戒し、鳩舎に足を踏み入れるたびに怖がって飛び立った。だが数日もすると、ぼくの存在に慣れてきた。毎朝、冬の薄明かりのなか、ぼくは扉と窓に設けたキツネよけの鎧戸をあけた。口笛を吹いて穀物缶を鳴らし、その音で二羽は食べ物を連想するようになっていた。次に、水を取り替えて餌をやり、パレットナイフで床から糞をこそぎ取る。ぼくが手を差し出すと、彼らはうなって翼でばさばさと打ち払った。

夜にはまた鳩舎に入って餌やりをし、話しかけながら抱きあげて翼を広げ、触られることに慣れさせる。一週間ほどで、二羽は懐いたと言わないまでもぼくの存在を容認し、鳩舎に入ってもパニックを起こして飛び立たなくなった。そして、日に日に飛ぶ力が強まった。そろそろ外に出してもいいころだ。オスマンの著書『レース鳩』によれば時すでに遅しの可能性があった。「はじめて鳩舎から出る冒険は」と彼は助言している。

遅くなりすぎないようにするべきだ。親から引き離して二週間ほど放っておくと、彼らが成長して飛ぶ意欲を強め、短距離を飛べるだけの力をつけたことに、愛鳩家のみなさんは気づくだろう。たくましくなりすぎた、と。鳩舎の扉をはじめて開いたとき、成長しすぎた鳥は喜び勇んで羽ばたき、疲れを感じだしたころにはもう、見知った範囲の外に出て家に帰れなくなっているだろう。

そう、エギィとオレンジは一週間前に放つべきだったし、せめて放鳩籠に入れて庭を回ってみせ、周辺の土地勘をつけさせるべきだった。だが、いまとなってはどうしようもない。雨と雪が一週間続いたあと天候が回復し、ようやく彼らを放す日が来た。

二月初旬の朝のことで、どんよりしているがここ二、三週間に比べて寒さはやわらぎ、空一面雲に覆われていても視界は良好だった。はじめて鳩舎から出す前の日は餌の量を減らすといい、とイアンから言われていた。そうやってお腹を空かせておけば、最初の飛行で遠くまで行きたい気持ちが抑えられるのだ。午前七時、いつも餌をやる時間に鳩舎に行って扉を開いた。そしてキッチンの椅子に腰をおろし、何が起きるか見守った。しばらくは、二羽とも自由を与えられたことに気づかなかった。だが数分後、開いた扉にオレンジが気づき、とことことそちらへ向かった。すぐに、エギィもあとに続いた。二羽は扉の枠に跳び乗って、おそるおそる頭を出し、外の空気を確かめた。数分ほどそこに留まって、庭を見回し、首をかしげて家の壁を見あげ、上空に目を走らせて危険がないか確かめた。

それから、突如として、これといったきっかけもなく飛びたった。まずは一羽、そしてもう一羽が空中にぴょんと跳び、庭の奥の桜の木へとぎこちなく羽ばたいた。枝が二羽の重みで驚くほどたわんだ。一瞬のちに、彼らはわが家の屋根にのぼった。そこでしばらくくつろぎ、軒沿いに歩いたり地平線をうかがったりしていた。ぼくは見守るのをやめ、鳩舎を掃除して餌入れに穀物を入れた。作業が終わるころには、二羽の姿は消えていた。

その日はずっと彼らを見かけなかった。時間が経つと、気分が沈みだした。このプロジェクトは失敗だ。ぼくが鳩たちにこしらえた家は、家庭的な要素が足りなかった。また一からやりなおす必要があるだろう。新しい鳥を買い、二羽に何が起きたのか、今後どうすればそれを避けられるのか突きとめる。ひょっとして、夜ごと聞こえるキツネの遠吠えに悩まされていたのかもしれない。あるいは、単純に成長しすぎて慣れなかっただけなのか。日が暮れてもまだ二羽が外にいるかと思うと、悲しかった。イアンにショートメールを送って、彼らが消えたことを報告した。「きっと、外に出すのが遅すぎたんだな」と返信があった。「でも、だいじょうぶ。連中がいなくなったのなら、べつのペアを孵してやる」

午後四時、外が暗くなりかけたころ、ぼくは最後にもう一度確かめようと庭に出た。すると、光が消えゆく空を背景に、一羽の鳥の輪郭が隣家の屋根に浮かびあがった。見覚えのある姿形だ。反対の屋根にいる野生の鳩よりも均整がとれて、細く、優美。それが近づいてくるのが見える。最初はおずおずと、やがてしっかりした足どりで。

数分後、わが家の窓台におりてきて、足に赤いタグがついているのが見えた。ぼくが飼い主であると示すしるし。オレンジが帰ってきたのだ。空気が張りつめて、ぼくの心臓は早鐘のように打ったが、怯えさせたくないので無関心を装った。ひたむきな、だが静かなまなざしでじっと見つめた。強く念じさえすれば鳩舎に入ってくれる、とでもいうように。

オレンジがあたりを見回し、首をかしげた。ぼくは鳩舎に行って扉をあけた。そうしているうちに、もう一羽の翼の音が聞こえた。エギィが夕闇のなかを羽ばたいて、隣家の屋根におりたのだ。

ぼくはそっと口笛を吹き、穀物缶を鳴らしはじめた。驚かさないように、抑え気味の音で。一、二分後、オレンジが窓台からフェンスにさっと飛びおり、それから庭の小道を歩きだした。ゆっくりと、急ぐようすもなく、ぼくのほうへ向かってきて、鳩舎の扉に近づき、ぴょんと入った。

エギィはもっと用心深かった。まだ屋根の上でぐずぐずしていた。今度は、エギィの入舎を待つあいだオレンジをどうするかという問題が生じた。鳩舎の扉をあけっぱなしにしたら、エギィが勇気を振りしぼって入る前に、餌を食べおえたオレンジがまた出ていくかもしれない。しっかり確保しておかないと。ぼくは家から段ボール箱を持ち出し、オレンジをなかに入れて、扉をあけ放した鳩舎に置いた。

エギィはこの作業を興味深げに眺めていたが、近づこうとはせず、かといって飛び去りもしなかった。ぼくは扉から離れ、木の下の暗がりに立って、じっと待った。最後の光がついに消える寸前、エギィが翼をたたみ、屋根からすうっと長い急降下をして、鳩舎の前の小道に着地した。扉の枠にぴょんと跳び乗り、忍び寄るものがないか確かめるように何度か小さく旋回していたが、やがて軽く羽ばたいてひと声鳴くと、最後にもう一度旋回して鳩舎にぴょんと入った。

ぼくも一緒に入り、うしろの扉を閉めて、オレンジを箱から出した。二羽が餌を食べるようすをしばらく眺めて、ついさきほどのできごとにばかみたいに驚いていた。魔法みたいだった。イアンが言ったとおりだ。ほかのだれも知らないし、たとえ話してもとくに気に留めないだろう奇跡。ブラックプールで買った鳥二羽――なじみのない、計り知れない生き物たち――が、ぼくがこしらえた小屋を出て飛びたった。ぼくの世界を上空から眺めた。風を翼で感じた。そのあとで、みずからの意志で帰ってきたのだ。すでに彼らの家になっていてほしいとぼくが願う、この場所に。

午前一〇時四五分、ダンディー、家から五八二キロ

どの飛路をとったにせよ――マレー湾を突っ切っても、海岸沿いに弧を描いて南へくだっても――鳩はもう自分たちのリズムをつかんでいる。しだいに気温があがり、さらに南へ行けばもっと暖かくなるだろう。地表では、すでに二〇度に達している。彼らが飛ぶ三〇メートル上空は、一二度だ。無視できるほどわずかな追い風を受け、彼らは時速八〇キロで進む。持続可能な速さ。何時間もこの調子で飛べるだろう。一秒ごとに三回羽ばたく。一時間に一万八〇〇回、およそ五キロカロリー――ピーナッツひと粒分――を消費する。つまり一回の羽ばたきでは、たったの〇・〇〇〇四六二九六二九六三キロカロリーだが、回数が多ければかなりの量になる。このくらいの長距離飛行では、体重の三分の一を失うこともある。

飛んでいるあいだは、足を体のうしろへ折り曲げて空気抵抗を減らす。呼吸するたびに、空気が肺に入ってから気嚢へ放出され、呼吸の合間は肺がすっかり空になって、人間よりもはるかに効率的に酸素を得られる。心臓は肉厚で、酸素の豊富な血液を一分間に七〇〇回体じゅうにめぐらせる。

彼らは山脈を避ける。フレーザーバラからは、海岸の弧に沿って東へ向かい、船舶が出航準備をして

いるピーターヘッドを過ぎて、ロングヘイヴン、クルーデンベイ、ウィニーフォールドを越え、それからアバディーン付近まで飛ぶ。空気は暖かいが海は荒れ模様で、当面は、波が見える距離を保ちつつ陸地の上を飛ぶ。

隊列はばらばらで、ガンのようにきちんと交替で先頭を務めてもいないが、いっせいに羽ばたくことで巻きあげられる乱流の空力的な恩恵は受けている。群れで飛ぶ鳩は集団で進路を決定し、経験豊かな鳥――進路決定にいちばん自信がある鳥――がほかの鳥に最も効率的な帰路を教える。だが、この集団的な決定がどうやってくだされるのかはまだ正確にわかっていない。

ダンディー近辺で、鳩たちは最初の疲れを覚える。この近辺から、ウィンキーという名の一羽の伝書鳩が、一九四三年二月二四日に戦時史上とくに有名な飛行をした。ウィンキーはブリストル・ボーフォートの乗員に任じられたが、この雷撃機はノルウェーに向かう途中、エンジントラブルに見舞われて北海に墜落した。乗員たちは生き延びたものの救命筏に取り残され、凍てつく海面を浮き沈みしていた。不時着水の前に送られた短い無線電信は受信状態が悪く、正確な居場所を伝えられなかった。

機体が壊れた衝撃で、二羽の鳩を収めていた箱が海中に落ちた。二羽とも濡れて油まみれになり、一羽は乗員がメッセージを装着する間もなく空へ逃げ出した。

この鳥がウィンキーだ。二歳のブルーチェックの雌で、NEHU四〇NSという番号のリングをつけていた。空に飛び立った時刻は、午後四時半。夜の海をブローティ・フェリーめざして約一九〇キロ飛び、翌朝八時二〇分、テイ川の湾曲部にある鳩舎に戻った。メッセージは運んでいなかったが、飼い主のジョージ・ロスという男性は鳩の到着後すぐに英国空軍に報告し、聡明なひとりの下士官が無線通信の時間とウィンキーの疲労状態と帰還時刻をもとに、乗員のおおまかな居場所を計算した。捜索範囲がかなり狭まったおかげで、乗員たちは十五分後に発見された。

その朝、四名の命が救われた。救助された男たちはウィンキーを称える食事会を開き、一年後、彼女は勇敢な動物に授与されるディッキンメダルを贈られた。戦争終結後に死ぬと、剝製にされてダンディーのマクマナス博物館に寄贈され、いまもそこに展示されている。

詩人のダグラス・ダンは、ウィンキーの飛行を題材にした詩のなかで、国境と国土をかけた戦争のさなかに、人間の地理にともなうわずらわしいあれこれを鳩たちがいかに超越しうるかを描いた。地図とコンパスで進路を計算するのではなく、ウィンキーは――いまマレー湾を飛び越えている鳩たちと同じく――〝本能の計算表〟を参照し、テイ川の窪地を見つけて、名称など知るよしもないそれをたどって家に着いた。場所の名称は、ぼくたち人間が思うほど重要ではないのだ。動物との暮らしで慰めを得られる理由のひとつは、彼らが人間の利害関係や人間の境界に無関心なことだろう。「任務などどうでもいい」とダンの詩は続く。

そして、郵便の旅で渡った未知の海も
進んだ方角も
眼下の森が帰属する国も
空や季節をわがものだとうそぶく者も
さらには、川や山が呼ばれる名前も

第四章　探索

　ドーラが成長し、自分たちもなんとか家庭生活になじもうともがくあいだ、ナターリアとぼくは子どもをもうひとり持つ可能性を頭の奥に押しこめていた。この問題は、将来もっと時間の余裕ができて、もっとしっかり根をおろしたと思えるときに取り組もう、と。この一年のあいだ、ぼくはある文学賞の審査員を務めていた。大量の文章を読むことを求められる仕事だ。そこで家の最上階の自室に引きこもり、ナターリアはその穴埋めをしようとひとり奮闘していた。だが、ぼくがブラックプールへ出かける二、三か月前に、事態は好転した。読み仕事が終わって、ついに互いのための時間をまた持てたのだ。一〇月に、ナターリアの妊娠が判明した。幸福感がどっと押し寄せてきたが、もう一度喪失を味わう可能性や、前年の経験がもたらした鈍い痛みを考えると半減した。それでも、秋が過ぎて冬が訪れるころには、ぼくたちは――最初はおずおずと、やがて手放しで――もうひとり子どもを授かるという考えを受け入れた。予定日は夏で、ぼくたちは赤ん坊の誕生を前提に生活設計しはじめた。

　一月と二月は寒かった――苛酷な二か月で、暖炉の火の前にうずくまって寒さをしのいだ――が、三月初旬に、天候が変わりだした。大気に春を感じられる日があった。木々の枝に芽が膨らんで、家の向かいにあるクリケット競技場の落ち葉の下からクロッカスが顔を出した。ぼくが庭に出て鳥を眺める時間が増えた。

鳩レースのカレンダーはふたつのシーズンに分かれている。成鳩のレースは一歳以上の鳩が対象で、四月から七月にかけて開催される。若鳩のシーズンは、レース参加年の一月一日以降に生まれた鳩が対象となり、成鳩のシーズンが終わったあとに始まる。ちょうど、ぼくたちの第二子が誕生するころだ。若鳩のレースは、成鳩のものより距離が短い。最長でも五〇〇キロ以下なのに対し、成鳩はレースによっては一一〇〇キロあまり飛ぶ。エギィとオレンジは、生後一年のあいだ若鳩のレースのみ参加できる。その間《かん》に、翌年成鳩として競うための経験を積むだろうから、そうなったらサーソーに送ってみよう。ぼくはなんとなくそう決めていた。最初のレースまで、準備期間は五か月。最低でも六週間前には、遠征訓練——鳩舎からしだいに遠くへ連れていき、見知らぬ場所から帰還できるようにする訓練——を始めなくてはならない。だが、この訓練の前にまず、二か月ほど鳩舎のまわりを心おきなく存分に飛び、生物学者が〝行動範囲〟と呼ぶもの——鳩舎周辺の縄張り——の土地勘をつける必要がある。

エギィとオレンジはうまく飛べてはいるが、訓練を始めたら彼らを失う確率は高い。失踪は——鳩舎のまわりを飛ぶのであれ、訓練中やレース中であれ——伝書鳩の生涯一年めにはよくあることで、小集団や単独で飛ぶほうが、大きな群れの一部として飛ぶよりも迷い鳩になりやすい。翌年の成鳩レースのために鳩を確実に残してシーズンを終えたいなら、もう何羽か手に入れる必要がありそうだ。

にわかには信じがたいことだが、鳩のオンライン販売が隆盛だ。シーズン中、専門業者のオークションサイトには週に何百羽もの鳥が掲載される。熱心なアマチュアが庭の小屋で繁殖させた鳩もいれば、有名な個体を買い占めて血統を売りにする巨大種鳩飼育場で生まれた鳩もいる。よく知られた血統の子孫は、値がたいそう張ることもある（二〇一三年、著名なベルギーの競翔家、レオ・ヘレマンスの鳩舎で産まれた〝ボルト〟という名の鳩は、二六万ポンドで中国人実業家に売られた）が、オンラインでは安めの個体も見つけやすい。

ぼくはウェブサイトをあちこちめぐって、群れを大きくするための鳩を探しはじめた。イアンに助言を求め、有望そうな血統へのリンクを送ってもらった。血統の名前――ヤン・アールデン、ヤンセン、フィンケンボルグ――の響きや、種馬とちがって個々の優勝鳩ではなく有名な繁殖家にちなんで名づけられることが気に入った。ある夜遅く、酔った勢いで、コーンウォールの繁殖家のダークチェックの長距離鳩六羽を落札した。三日後、彼らがやってきた。横に〝生きた鳩〟と書かれた段ボール箱で届けられ、まばたきしながら甲高い声で鳴いていたので、鳩舎に入れてエギィとオレンジに合流させた。一週間後、もう四羽――ダスキーブルーの雌――をヨークシャーの業者から買った。数日後、さらに二羽がノーフォークの愛鳩家から届き、ぼくはたしかに配達されたと電話で報告して、届いた鳥たちの強靭な体つき、飛ぶときの力強さ、元気のよさを褒めた。

いまや鳩舎に一四羽の若鳩がいるが、訓練を始める前に、新居になじませなくてはならない。エギィとオレンジがはじめて舎外飛行をしたあと、鳩舎の横にトラップ――入ることはできるが出られないように細いバーを何本かつけた小さな箱――を設置し、そのまわりを囲む馴致用のケージを金網で作っておいた。このケージに、新しい鳥を――一度に六羽ずつ――入れた。彼らは到着台に立って、庭を見回し、空を見あげた。一時間ほどそこに放置しておいてから、トラップを開き、穀物缶をがらがら鳴らした。当初、彼らは鳩舎に自由に入れることに気づかず、しばらくはバーのほうにそっと導いてくぐらせる必要があった。だが、二、三日もすると、ががら鳴る音が何を意味するのかわかって、呼ばれたらすぐにトラップに入るようになった。

三月の初旬に、群れの全羽をはじめて自由に飛ばせるときが来た。最初にエギィとオレンジを放したときよりも、遅い時間に決行することにした。たとえ彼らが飛び去ろうとしても、日没までにそう遠くへは行けず朝まで近辺をねぐらにするだろう、と期待してのことだ。午後四時にトラップを開いた。空はどんよりして、風は弱かった。そして季節はずれの寒さだった。一羽、また一羽と鳩が出てきた。エギィとオレンジはすぐに飛びたち、木々を越えていった。新しい鳩たちは屋根の上に飛んで、壁の向こうに高く伸びているスイカズラをついばんだ。ときおり、一羽が飛ぼうとして翼を広げ、数センチほど体を浮かせたが、大気にすっかり身をゆだねはしなかった。どうやら、鳩舎から遠く離れるのが怖いらしい。彼らの家は拠りどころであり、世界の探検を始めるための足がかりとなるのだ。

四〇分ほどのちに、エギィとオレンジが戻ってきて屋根に止まった。ぼくはトラップを開いて缶を鳴らし、口笛を吹いた。若鳩たちは一瞬戸惑ったようすだった――この音は食べ物が手に入る合図と理解しているが、どこからその食べ物が来るのかよくわからないのだ。数羽がパニックを起こして空中へ羽ばたいた。一羽が飛んできて、ぼくの頭に止まった。だが、エギィとオレンジがトラップに入ると、新参鳩の四羽があとに続いてバーをくぐり、そこでようやく、ほかの鳩たちも何を求められているのか気がついた。しばらくすると、全羽がトラップをくぐって入舎し、餌を食べはじめた。

それから二、三週間は毎朝、毎夕に鳩を飛ばして、ぼくの生活はたちまち、彼らの出入りが刻むリズムに分割された。朝、ぼくが鳩舎に行くと、彼らはトラップの扉のそばで、外に放たれるのをいまかと待っている。扉をあけてやるとすぐに飛びたつ——最初はぎこちなく、翼をばさばさと体に打ちつけて下の空気をかき乱し、それからもう少しなめらかに、葉を落とした木々の枝を抜けて垂直に舞いのぼる。こずえを結ぶ線を越えると風に煽られ、突風に見舞われた帆船よろしく体を傾けて、弧を描くように視界から消える。

毎朝、彼らが外を飛ぶあいだ、ぼくは階下のキッチンテーブルで仕事をして、周辺視野で羽ばたくさまをコンピューターの画面越しになんとなく見ていた。やがて、彼らの飛ぶようすからいろいろわかってきた。雨の日には、彼らは家の近くから離れない。びしょ濡れになる雨でも成鳩ならチョークみたいな脂粉が羽を守ってくれるが、彼らの羽はまだそうした防水機能が発達していないのだ。だが、風が静かで晴れ渡った日には、青い空へぐんぐん昇り、互いにふざけあってフェイント攻撃を繰り出したりかわしたりする。太陽の方角へ向かうたびに、薄青色の腹部と羽ばたく翼の先端が陽光を受け、赤々と燃えるような輪郭が浮かぶ。裏庭の壁に、彼らの影がちらちらと揺らめく。

飛ぶ姿はじつに楽しそうだ。あふれんばかりの喜び。ときどき、制御を失った——飛ぶというより、落ちている——ように見え、建物に衝突するのではないか、家の前の通りに張りめぐらされた電線に頭皮を削がれるのではないかと恐くなる。ハト科を意味するColumbidaeは、〝(水に) 飛びこむ、潜るもの〟を意味するギリシア語をもとに名づけられ、水を掻いてすいすい泳ぐ人間のように羽ばたくさまからきている。よく訓練された鳩が群れで固まって飛ぶときは、飛行にほとんどエネルギーを使っていないように見える。強風に抗う場合は、両の翼を高く持ちあげてVの字を作る。そのほうが、乱気流を抜けやすいのだ。まるで遊んでいるような飛びかただが、じつは彼らは学んでいる。見えない大気の渦や流れのなかでいかに効率的に体を動かすかを、そして、眼下の土地がどんなようすなのかも。

一時間ほどして疲れを覚え、家の上を旋回するたびに高度をさげていく。そしてついに、何度かすれすれまでおりたあとで、鳩舎の屋根に一羽、また一羽と、低い羽ばたき音を立てて着地する。おりるとき、翼は後方へ打ちおろされ、尾は大きく広がって空気ブレーキの役割を果たす。たいていは数秒でトラップに入り、われ先に餌を食べようと争うが、前夜に与える餌の量を誤ると、すぐには入らず、屋根の上をぶらついてあたりを眺め、日だまりを長々と楽しんで、しだいに必死さを増すぼくの口笛とがらがら鳴る缶の音に知らぬ顔を決めこむ。ときどき、出勤前に入舎させられないと一日じゅう外にいて、夕方ようやく餌を食べに帰ってくる。一度か二度、夜じゅう外で過ごしたこともある。そうなると、ぼくはよく眠れず、翌朝、彼らが屋根の上に並んで入舎待ちしているのを見るまでやきもきして過ごす。

子どものころ鳩に関心があったのに、エギィとオレンジを迎え入れる前、ぼくはたいして鳥の観察をせず、鳥類の生活についてかぎられた知識しか持たなかった。だが、自分の鳩を眺めるうちに、空のこと、それを分かちあう鳥たちのことが少しわかってきた。彼らについて勉強しはじめ、スマートフォンでその着地を動画に撮り、スローモーション再生して、疾走する馬を撮影した写真家のマイブリッジよろしく、巧みな動きの秘密を突きとめようとした。半分の速さで見て、その機敏さに驚かされた。家の屋根から下向きに飛びおりて、鳩舎に着地するまでに体を一八〇度回転させ、両足をぐっと伸ばして着地面に触れたのち、ようやくそのささやかな体重をあずけるのだ。ドーラも彼らに魅了され、わが家の上空を飛びかうほかの鳥についても知りたがったので、高倍率の双眼鏡と鳥の識別図鑑を購入して一緒に名前を覚えた。観察するうちに、さまざまなことを学んだ。「注意を向けることが、深い愛情への一歩です」と詩人にして野鳥観察家のメアリー・オリバーが書いたとおりだ。

鳩の飛行日誌を書き、天候、風の向きと強さ、鳩舎の外に出た時刻と飛んだ時間を記録した。そして耳を傾けた。わが家の庭は、静寂とは言えない場所だ。バスが低音を響かせてハイロードを通過し、遠くで何かの機械がガチャガチャと鳴り、足場職人が互いに大声をかけあい、屋根職人のガストーチがゴーゴーうなる。空の高いところを、ロンドン・シティ空港に着陸する飛行機が轟音をたてて過ぎていく。それらすべてを背景音に、ぜんまい仕掛けのように規則正しく、頭上を通る鳩たちの機械的な低い翼の音が聞こえてくる。

空は複数の異なる層で構成されているのだと、ぼくは気づいた。各層の生息動物が交流しあうことはめったにない。地表レベルでは、春の陽が空気を暖めはじめると、小さな羽虫がテレビの砂嵐か、意識を失う前に見える黒斑よろしく大群をなして飛ぶ。その上の、樹木の高さでは、開花した桜の蜜をハチやアブがぶんぶんと吸う。小鳥たちが庭の奥のフェンスの上すれすれを通り過ぎていく。カササギが毎朝軽やかに飛んで木々の梢からカチカチと鳴き、近隣の庭の餌台に集まってくるムクドリやアオガラを追い散らす。ぼくはスズメのつがいが隣家の雨樋《あまどい》に巣を作るさまを観察し、春の雨が到来しても流されませんようにと祈った。

その上の、屋根より少し上だがまだ地表に近いところが、鳩たちの生活する層だ。野生の鳩が向かいの家々にコロニーを作り、午後になると、道を越えてこちら側の庭にやってきては、餌台の下に落ちた粒をついばむ。生意気なまでに効率よく、羽ばたきひとつむだにしない飛びかたで、木々のあいだをさっと急降下してくるのだ。ときどき、はるか上にレース鳩の群れを見かけるが、のちに、テリーという名前の愛鳩家のものだとわかった。長身の物静かな男で、田舎の獣医のような雰囲気をまとい、ロンドン東部のクラブのほとんどでレースした経験があり、ハイロードのバス車庫の裏手にある鳩舎から鳩を放っている。テリーの鳩は彼そっくりだ。すっきりした端正な体で、ぼくの鳩よりもはるかに高く速く飛ぶ。

毎夕、鮮やかな緑色をしたインコの群れが一斉射撃よろしく家々を飛び越し、湿地のポプラ林のほうへ向かいながら、SFの光線銃《フェイザー》みたいな甲高い鳴き声をあげる。このワカケホンセイインコはロンドンでは比較的新参者だが、鳩と同じく都市部で繁栄しつつあり、とくにここ二、三十年のあいだに、地球の温暖化でいっきに繁殖した。いまもささやかれる噂――すばらしすぎて、事実を確認する気になれない噂――によると、初代のつがいは、ジミ・ヘンドリックスが宣伝目的かロックンロール魂の奇妙なやさしさで、カーナビー・ストリートから放ったという。あるいは、ハンフリー・ボガートの『アフリカの女王』のセットから逃げ出したという説もある。映画の一部が、一九五一年にアイルワース・スタジオで撮影されたのだ。始まりの地がどこであれ、彼らが足がかりを築いたのは一九六〇年代のロンドン西部で、それから卓越風に乗ってロンドン市内を東へ少しずつ進出していった。

はるか上空の、いわば貸切空間には、滑翔したり偵察したりする鳥がいる。カモメ、ガン、ウたちで、目的を持って渡りをする個体もいれば、魚を獲るかねぐらを求めるために東の貯水池へ向かう個体もいる。その上を飛ぶのはタカだ。あるとき、二羽のハイタカがハイロードのアパート群のはるか上空でぼくの群れを蹴散らすのを目撃した。二羽が近づくと、野生の鳩たちがパニックに陥って向かいの屋根から飛び立った。タカはそれから五分ほど、旋回と急降下を繰り返してぼくの群れを追いまわし、はぐれた個体を捕まえようとした。最終的にあきらめて北へ飛び去ったが、ぼくの鳩は何時間も入舎しようとせず、一羽はついに帰還しなかった。

数週間後、ぼくの鳩たちはやや遠くを探検しはじめた。たとえば、家の裏手にある古い工業団地の低木を越えて東に向かう。この工業団地は周辺開発の目玉だったが、現在は休閑地でキツネのすみかと化し、隣人が毎晩彼らに与える骨が、朝気づいたら囓りかけのままうちの庭に散らばっていたりする。あるいは、鳩たちは西に飛んで、クリケット場の縁沿いに並んだプラタナスの木々を越えていく。ときおり北にも飛び、家々のあいだを縫うようにしてウォンステッド・フラッツへ向かう鉄道路線をたどる。鳩たちはその翼で眼下の通りのレイアウトをなぞり、テラスハウスでできた人工の渓谷を地図化し、地表の道の形を大空に描く。彼らを眺めていると、ぼくも一緒に飛んで、新しい縄張りをともに学んでいる気になった。

やがて、彼らが遠く視界の外へ飛んでいっても信頼できるようになり、彼らもまたぼくを信頼しはじめたのか、入舎後にぼくの手から餌をついばむようになった。だが、三月中旬のある日、いつもどおり外に出て飛びたったあと、木々のさらに上へ昇って鉄道路線のほうへ向かい、反対側の家々の屋根を越えて姿を消した。ぼくは目を凝らして待った。たぶん、ハイロードをたどってクリケット場につきあたり、東のほうからまた姿を現すだろう。数分経ち、さらに数時間経って、さすがにぼくも、いったい彼らはどうしたのだろうかと心配になった。

鳩の生涯のはじめのころは、成鳥になったときに知らない場所から帰還するための能力を発達させる重要な時期だ。家の近くを飛んでいるあいだ、鳩たちはいわゆる〝有視界飛行〟で方向を定め、見覚えのある建造物をつないで確立した明確な線をたどる。縄張り内では、鳩は道路や鉄道ほか人が造った目印を用いて道を見つけ、いったん安全な帰路だとわかったら、鳩舎に戻るには最も効率がいいとは言えなくても、それに固執する傾向がある。生物学者はこの現象を〝ルート・ロイヤリティ（経路への忠誠）〟と呼び、ＧＰＳで鳩を追跡した研究が、彼らの帰還飛路がいかに〝定型化して〟予測可能であるかを実証している。愛鳩家はやがて、自分の鳩が所定のレース地点から帰ってくるときに好む飛路を把握し、帰還予定時刻に空のどこを探せばいいのかがわかるようになる。

生後二、三か月の群れは、ぼくの若鳩がやったように、外に出たあと遠くへ飛び去って姿を消すことがけっこうある。そのまま何時間も探検し、ときには一日じゅう外に留まる。この行動は〝探索《レンジング》〟〝経路選択《ルーティング》〟〝ランニング〟と呼ばれ、どんな競翔家もこの期間は神経をすり減らす。たまに失踪もするが、探索は鳩の方向定位の能力の発達にとって重要な要素だ。というのも、これら初期の飛行で、彼らは生涯ずっと頼ることになる地表の目印を覚える。数か月間うまく探索ができてようやく、鳩舎ではなく遠征先から空へ放つ放鳩訓練を始められる。

鳩たちが知らない場所から放たれたときどうやって家までの経路を見つけるのかは、動物の方向定位の能力の研究分野においてとくに激しく議論されてきた。チャールズ・ダーウィンの友人にして文通相手だった愛鳩家のウィリアム・テゲトマイヤーは、帰巣能力は視覚のみで説明しうると考えていた。著書『伝書鳩（Le Pigeon Voyageur）』で、次のように主張している。「新しい土地で放たれた」鳥は、なんらかの知られざる本能的メカニズムによって家へ引き寄せられるのではなく、もっぱら「しだいに大きくなる円を描いて」飛び、「長時間かけて見覚えのある物体をはるか遠くに見つけ、そこでようやく、家をめがけて矢のように飛んでいく」。物覚えがよい個体は、同じ場所から二回めに放たれたとき、探索にむだな時間を費やさないはずだ、とテゲトマイヤーは考えた。「飛路を知っているので、ぐるぐる旋回することなく、すぐさま出発する」

十九世紀には、テゲトマイヤーだけでなくほとんどの生物学者が、鳩は有視界飛行を用いるか、一種の推測航法、つまり生物学者たちが今日〝経路統合〟と呼ぶものを利用して方向定位するものと信じていた。彼らは家から遠ざかるときに方向転換をひとつひとつ把握しておき、帰還経路を見つけるさいどの方角に向かうべきか計算できるのだ、と。考えてみれば、人間にも、よく知らない街を歩きまわるとき、角を曲がったり方向転換したりしてホテルをどんどん離れたのに方角を見失わない人がいる。また、アリは巣を離れて食糧を探すときこの方法で方向定位する（この仮説は、蟻の脚に小さな竹馬をつけて歩幅計算を狂わせ、結果的に巣にたどり着けなくした研究によって証明された）が、十九世紀の生物学者の多くは、動物のちがうタイプの方向定位もこれによって説明できると信じていた。

一八七三年に『ネイチャー』誌に宛てた書簡で、チャールズ・ダーウィンはロシアの探検家フェルディナント・フォン・ヴランゲルの話——動物が推測航法で方向定位する証拠であると考えられるもの——を紹介している。シベリア北部で、フォン・ヴランゲルはシベリア人が「天空にも凍った海にも道しるべがないのに、しじゅう方向を変えて氷丘を長々と歩き」ながらも、目的地まで正しい進路を維持する「すばらしい手法」に目を留めた。地図もコンパスもなしに方向定位するシベリア人は、なんら特別な知覚に頼ってはおらず、固有受容覚――空間での肉体の位置関係を把握する感覚――と記憶を視覚に組みあわせるだけで説明がつくのだと、ダーウィンは主張した。いわく、シベリア人は「わたしたちには存在しない特別な感覚」を有するわけではない。それよりも、外に出かけるさいに方向転換や距離をひたすら記憶し、家に戻りたくなったらそれを用いて経路を決めているのだ。「程度の差こそあれ、人間はだれでもこれを行なえる。シベリアの原住民はどうやら、おそらくは無意識のうちに、この能力を卓越したレベルで発揮できるらしい」と、とダーウィンは結んでいる。このメカニズムで動物の帰巣についても説明できるのだと、彼は考えた。

ところが、ダーウィンが支持したにもかかわらず、鳩が推測航法で方向定位するという説は、比較的早く反証された。暗い円筒形の容器に鳩を入れて回転させながら外に連れ出しても、なじみのない放鳩地点から帰還飛路をなんなく見つけられたのだ。また、麻酔をかけて外に連れ出したのちに放った鳩でも、帰巣能力の低下はいっさいなかった。どうやら、ほかの要素、もっと神秘的な要素が背景にあるらしい、とわかってきた。

だが、ひとつ確かなのは、鳩舎のまわりを飛ぶとき、鳩は記憶を用いて方向定位し、若鳩のころ自分がどこにいるのか突きとめるために発達させた視覚的な地図を利用することだ。一九五六年、ドイツの動物学者グスタフ・クラマーは、一度も空を自由に飛んだことがない鳩が、遠い放鳩地点からうまく帰還できるのか確かめることにした。まずは、巣立った鳩たちを小屋に閉じこめて、運動はできるが外に出て飛ぶことはできない状態にした。そして、これらの鳩がはじめての放鳩地点から飛びたってすぐ向かう方角を観察し、彼らが〝視界から消えた方位〟を書き留め、ほかの愛鳩家が姿を見失ったと報告した地点を記録したところ、長距離の方向定位の能力は小屋育ちの鳩でも自由に空を飛べた鳩にくらべて劣っていないことを、クラマーは発見した。ところが、なじみのある縄張りに戻ってきたあとで入舎する能力については、はるかに劣っていた。上空から鳩舎がどのように見えるのか、彼らにはさっぱり見当がつかなかったのだ。家だと理解させるには、若鳩のときに空からそれを見させる必要があった、と彼は結論づけている。探索させていない鳩は、したがって、うまく帰還することができない。彼らには自由を与える必要があった。帰還のしかたを学ばせるには、家を離れさせる必要があったのだ。探索で培った方向定位の地図を、彼らは生涯ずっと利用することになる。

ぼくの人生の大部分において、〝家《ホーム》〟は自分が生まれた場所を意味していた。つまりヴィクトリア朝風のテラスハウス――みすぼらしくて寒いが、愛情と本にあふれていた――で、いまもまだ両親はそこに住んでいる。居心地がよい建物ではなく、一般的に家庭的と描写されるような場所ではなかった。だが、ぼくはここで、家とはどういうものかを最初に学んだ。オランダ出身の母は、オランダ語でヘゼリフハイト gezelligheid と呼ばれるものにこだわっていた。こぢんまりした心地よさ、といった意味になるが、オランダ人は英語に翻訳できないものだと主張する。ぼくたちきょうだいが――大学に進学したり、海外に移住したりして――巣立ったあとも、このテラスハウスの家と、母親がぼくたちのために作った家庭が、ぼくたちの心を引き寄せる場所でありつづけた。

家はぼくたちの出発点、ぼくたちみんながそのまわりを回る中心点だ。哲学者のガストン・バシュラールは著書『空間の詩学』で、帰巣本能を一種の感情と描写し、生物みんなが共有する原始的なものだと主張している。家は「われわれの最初の宇宙、あらゆる意味で文字どおりコスモスだ」と彼は言う。「世界のなかのわれわれの片隅」であり、そのなかで、それを通して、自分が人間だと最初に認識することになるのだ、と。神学者のミルチャ・エリアーデは、家について、その観点から世界がはじめて存在することとなる場所、そこから現実が〝築かれる〟場所である、と考えた。エリアーデにとって、家は起点であり、アコヤガイの殻のなかで真珠を形成させるための砂粒みたいなものだった。それなしには、ほかの何ものも存在しえないのだ。

鳩は自由に空を飛ぶ機会を与えられてはじめて家に帰るすべを学ぶが、その過程で失踪することも、ときには命を落とすことすらもある。必要な行為ではあるが、リスクが高い気がする。ヘンリー・グリーンの小説『生きること（Living）』では、鳩の群れが家の上を飛ぶさまが、家に心をつなぎとめられるさまの隠喩となって、愛し愛されることを学べば、ひとつの場所に留まるのはどういうことかがわかるのだと、ほのめかされている。グリーンの小説の語りは、飛翔中の鳥さながら思考と思考のあいだを軽やかに行き交うが、本書の中心的な意識のひとつはリリー・ゲイツのもので、この若い女性はバーミンガムの工場労働者という人生の枷から解き放たれたいと願っている。逃げ出したい願望と根をおろす必要性との板挟みになっている自分を、ゲイツは痛いほど認識していた。そして、いままでの人生から恋人と一緒に逃げ出そうとリヴァプール行きの列車に乗ったときに、故郷の隣家周辺を飛んでいた鳥たちに自分をなぞらえた。「というのも、レース鳩が空を飛ぶとき」と、グリーンは饒舌でまとまりのない語りで綴っている。

餌をくれる家の上をつねに旋回するか、たとえその家から遠い場所で放たれてもまっすぐそこに飛んでくるので、彼女の思考も扶養してくれた家から遠くへは引き離されないだろう。われわれにとっては、そしておそらく鳩にとっても、これは食べ物だけの問題でない。自分が愛し愛される人々に囲まれてしばらく過ごしたなら、その人々は自分の一部になるのだ。

グリーンの描いた風景から、ぼくたちはこんなふうに考える。家は愛情と同じく、安定した動かない地点を提供し、ぼくたちの思考や生活はそのまわりをめぐるのだ、と。だが、家は出発点でもあり、それが意味するものを完全に理解できないまま立ち去らざるをえない場所なのだ。

鳩たちが探索を始めて数週間後、ナターリアとぼくは妊婦健診のために病院へ行った。お腹が目立ちはじめ、胎動が感じられるようになった――彼女の肌の下で新しい生命がぴくぴく動き、かすかだが、ちゃんと存在しつづけているのだ。病院は、ドーラが産まれたのとはちがうところだが、どことなくなじみがあった。独特の匂い、場当たり的に増築された病棟、人を惑わす複雑な標識。産科病棟の受付では、妊婦がパートナーと一緒に座って、健診を待っている。ぼくは不安だった。ここにはドーラを連れてきていないが、それは前回の流産の原因がわかっておらず、もし今回も何かよくないことが起きていた場合に動揺させたくないからだ。だが、ナターリアは平然としていた。今回はちがう気がする、妊娠するべくして妊娠した気がする、と彼女は言った。体調万全な感じだ、とも。

ぼくたちはにこやかな技師に呼ばれた。たぶん一日に何度も未来の両親を診察室に迎え入れているはずだが、わくわくした表情を保っている。壁に大きなスクリーンがあり、その横には女性の体を描いた淡い水彩画が掲げてある。それから、〝撮影禁止〟の張り紙も。技師がナターリアに横になってくださいと言い、プローブにジェルを塗って彼女の腹にあてた。それまではまだ理論上の存在だった——生きた人間というより概念だった——赤ん坊が、画面にぼんやりと現れて像を結んだ。ぼくたちからそむけた顔の近くで両手を握り、華奢な背骨が画像のまんなかを走っている。両脚を畳んだ姿は、なんだか卵のなかで丸くなっているかのようだ。技師がプローブを動かし、キャプチャー画像に黄色い線を引いてナターリアの体内地図をこしらえ、器官の大きさのごくわずかな差異を測り、異常がないかをチェックして、すべてがあるべき状態だと確認した。そして性別を知りたいかと尋ねたが、ぼくたちは驚きを取っておきたいと答えた。羽ばたきのような、くぐもった心臓の鼓動音が聞こえた。

診察室を出るときに赤ん坊の写真を数枚渡され、受付で四ポンド払うようにと言われた。何がなんだかよく見分けはつかないが、目にしたものにぼくたちは心を奪われた。月面か、深い海溝の底の写真みたいだった。頭部の繊細な白い塊と、たぶん腕か脚だろう、ぼんやりした線がいくつかある。春の陽光で褪せるまで冷蔵庫に貼ってあったそれらの写真は、なんだか、家族みんなで迎える未来の地図に思えた。

その春、鳩が探索を始めると、ぼくたちは下界でそれに加わった。毎朝、自転車でドーラを託児所かスーパーマーケットに連れていった。湿地に向かって川べりで過ごすこともあった。この世界はドーラの目を通して見ると、小さくて、静穏で、安全だった。ぼくたちが暮らすこの地域のことを、娘は〝惑星〟として話した。その軌道は、娘の関心が届く範囲だ。「あたしたち、あの惑星に住んでいるの？」と、テレビで目にしたもの、一度も訪れたことがない遠い場所について尋ねた。「それは、あたしたちの惑星にいるの？」新しくできた店や、近くに引っ越してきた友人のことをぼくたちが話すと、そう尋ねた。娘の言語能力の限界が、彼女の世界の限界になっていた。

　ナターリアとぼくがここへ越してきた当初、まだドーラが誕生する前は、レイトンは灰色でよそよそしく感じられた。一見して、マッスルジムと馬券売り場だけの土地に思えた。だが、じきに、ここには生活もあることがわかってきた。大仰な名前のカリスマ派の教会——〝永遠の道《エヴァーラスティング・パス》の教会〟とか、吉報を運んできた白い鳩を象徴にした〝聖なる不朽の聖櫃《ホーリー・アンド・エターナル・タバナックル》の教会〟——が、これといって特徴のない工業団地に身を潜めて、信者を呼びこんでいた。クラプトンやロンドンフィールズなど富裕層向けになってきた地域から、地盤を失った怪しげな会社がここへ押し出されていた。ハイロードの先にはモガディシュ〔ソマリアの首都〕という名前のカフェがあり、外にソマリア人タクシー運転手が集まって、カートの葉を噛んだり小さな銀のコップからコーヒーを飲んだりしている。ロマの女性が鮮やかなドレスと金のイヤリングを身につけて徒歩でわが子を学校へ送り、すれちがう疲れた男たちは、川沿いの工場や倉庫で夜勤を終えて帰宅する途中だ。パブに入る金がない労働者が街角にたむろして酒を飲み、茶色い紙袋にくるまれた缶を握りしめている。

　それ以外の人たち、ぼくたちのような人間も、この地域に移り住みつつある。こぞって自転車とわが子を引き連れ、北欧風のミニマリズムデザインや廃墟っぽさに惹かれて入植している。ときおり、新しいコーヒーショップ——敷物のない磨かれた床、裸電球、建築現場の足場を再利用した棚——が、高級化の最先端を行く地域にちがいないと確信して、ハイロードに誕生する。このあたりはいまもロンドン中心部に安くバス通勤できる市内最後の場所だが、貧しさゆえに以前からここへ押しやられていた人々は、ぼくたちのような、エドワード朝時代の家と広い緑の空間に無限の可能性を見出した新参者と、不安定な停戦協定を結んでいる。

引っ越してすぐ、ナターリアとぼくは水辺づたいに長い散歩に出かけ、自分たちがどんなところにいるのか確かめようとした。家の直近の土地は低く、じめじめして水けが多かった。小川や古い農業用水路が縦横に走り、テラスハウスの家並をくねくねと抜けている。西には、大きく横たわる湿地。東にはエッピング・フォレストの緑地帯が広がって、ねじれた木々や黒々とした底知れない池がいくつもあり、かさこそ鳴る包み紙やコンドームの包装が下生えに散らばっている。

ドーラが誕生したあとは、一緒に探検するようになった。日々の散歩で、ポーランド人が経営するデリカテッセンや、つねに閉店セール中のディスカウント工具店の前を通り、ドラムビート——安い装身具やしなびた料理用バナナが並べてある〝母なるアフリカとその海外移住者たちの鼓動〟の店——や、数えきれないほどの理髪店とチキン料理店とつぶれたパブを通りすぎた。日中、ナターリアが仕事に出かけているあいだ、ドーラとぼくは野生の鳩がねぐらにする鉄道橋まで散歩し、さびた鉄の下で彼らが家づくりをするさまを眺めた。その上を、列車ががたごとと通過した。ネットワーク・レール社が施した鳩除け対策——プラスチックの鳥よけスパイクや張りめぐらされたネット——をものともせず、鳩たちはいかにも満足げに巣に座って、眼下の車を糞まみれにしている。小さな世界ではあるが、ぼくたちはしだいに魅了された。

パトリック・カヴァナは、その詩「イノセンス」で、最初はいかに狭く感じようと、まわりの世界にしっかり注意を向けていれば、特別でありながら普遍的でもある真実に近づけるはずだと語っている。自分が育った「小さな農場」の生け垣や草地に「縛りつけられて」いるのではなく、成長するにしたがってわかってきたように、まさに縛りつけられたこの状態が彼に自由を与えている。その土地に関心を注げば、広く認められた真実、境界を越えて続く真実に近づける。「生活に通じる愛の戸口は、あちこちに通じる戸口でもある」と彼は綴っている。子どものころに知りつくした小さな場所について書いたり考えたりすることで、カヴァナはほかの方法ではなしえないほど深く、世界全体について考えることができた。「たとえひとつの草地、ひとつの土地でも、完全に知ろうとしたら生涯をかけた試みになる」と、べつの機会に彼は書いている。「詩的な経験の世界では、広さではなく、深さこそが意味を持つ。生け垣の切れ間、狭い小道に顔を出したすべすべの石、樹木の多い牧草地の風景、四つの小さな草地が出会うところを流れる水――ひとりの人間が完全に経験できるのは、せいぜいこのくらいだ」

とはいえ、カヴァナも認識していたように、地元を称えることには危険が潜む。彼は『地方尊重主義と地方第一主義（Parochialism and Provincialism）』というエッセイで、世界との関わりかたが大きく異なるふたつの精神を区別した。地方の人間は、親密だという理由で狭い世間を重んじるが、この親密さがともすれば排除に――新しい経験の排除だけでなく他者の排除に――結びつく。かたや地方を尊重する精神は、身近なものをそのまま受け入れる。カヴァナいわく、そうした精神は「普遍的存在に取り組んでいる」のだ。生まれた場所からどんなに遠く離れても、つねに何かが引き戻そうとする。「温かい子宮からいかに遠くへ旅しようとも」と彼のエッセイは結んでいる。「家からいかに遠くへ旅しようとも」

幼少期は、探索の期間、世界を構築する期間だ。家とはどういうものかという認識を形作ると同時に、その家を広い世界と関連づけて考える時期でもある。幼少期に学習した土地には――ナターリアとぼくがドーラの目を通して住人になった土地にも――はっきりした境界があり、自分が育った場所は、ほかのどんな場所よりも本質的に堅固になる。神経科学者の話では、ぼくたちは自分の動きを通じて最初の記憶、場所に結びつけられた記憶を形成する。世界の歩きかたを学ぶと同時に、その世界に錨をおろしていくのだ。家はいわば、子ども時代に作った地図であり、ぼくたちは生涯これを抱えて生きていく。

午前一一時一五分、エディンバラ、家から五三七キロ

ここは四方に水があり、鳩たちには匂いでそれがわかる。東の水は、遠くノルウェーやデンマークまで達し、北の水はベルゲンの海峡をかすめ、そこを越えるとほどなく北極圏の荒野に届く。南と西にも水はある。国土に切りこむフォース湾、からからに乾いた土地に深く浸入する海面だ。

スコットランドの突出部を過ぎて、鳩たちは家の最初の匂いを捕らえる。この土地にはなじみがある。自分の目で見て、計測した土地。彼らの大半は、以前のレースでこの遠い北の地から飛んだ経験がある。

午前一一時過ぎ、群れはテイ川の河口にさしかかる。ほんの数キロ離れたふたつの土地をひとつ飛びするのだ。視界は良好。対岸がはっきりと見える。八キロ先の、やや広いフォース湾の入り江まで南下しても、なんなく見渡せる。まっすぐ飛んで、約一一キロの海面を数分で渡る。

さらに南下するにつれて大気はいっそう熱を帯び、鳩たちは汗をかけないので、飛びながらあえぎはじめる。何羽かにとっては、耐えがたい暑さだ。エディンバラの郊外で、ぼくの鳩のうち一羽――NHUS63345という番号のリングをつけた名もなき青い雌――が水を目にして舞いおりる。A一九九

号線沿いにある小さな池のぬかるんだ岸に着地し、からからの喉を潤す。嘴を水に深く浸し、ストロー代わりにして。鳩特有のしぐさだ。喉の渇きが癒えると、頭をあげて、道路のほうへ歩いて戻る。たぶん、来るのが見えなかったのか、それとも疲れきって避けられなかったのか、とにかく、サーソーから二九〇キロの地点、イースト・カルダーの村近くの道で、レース開始の四時間後、この鳩は車に轢かれて死んだ。三日後に、ひとりの男性が電話をくれて、道でその亡骸を見つけたのだと言った。

「自分もあの子らを六十五年飛ばしてきたんだが、いなくなったときはいつも、何があったのか知りたいと思った。だから、話すべきだと思ってね」

残りの鳩は海岸沿いに飛びつづけ、やがてまた南下しはじめる。いまや彼らは目的を持って飛んでいる。もうじき、スコットランドの境界に着くだろう。そこから先は、イングランドが眼前に広がっている。目で見えるはるか先まで続く、緑色と茶色のつぎはぎ模様が。

第五章　家への旅路

鳩たちが一か月ほど探索をこなしたころ、ぼくはスティーヴ・チョークリーに会いに行った。ロンドン東部ノースロード鳩レースクラブの事務局長にして帳簿係、主任計時係、管理者、雑用係でもある男性だ。わが家からハイロードを二十分ほど自転車で走った先の、ストラトフォードのこぢんまりしたテラスハウスに住んでいる。鳩の群れが家の上空を密なフォーメーションを組んで飛ぶのを見て、ぼくはここへ来て正解だと思った。群れは成鳩のチームで、午後の運動に出しているのだと、ドアを開いて応対したときスティーヴが言った。

スティーヴは大柄で、丸顔のあごにうっすらと無精ひげを生やし、よたよたと緩慢に歩くさまは、控えめな熊を思わせる。平たい縁なし帽にラグビーシャツ姿、ロンドン下町訛りの裏声で話す。握手した手は暖かく、意外なほど柔らかかった。

父親のジョージと隣りあわせの家に、家族と住んでいる。ここへ引っ越してきたとき、彼らはふたつの庭をひと続きにして三方を鳩小屋で囲んだ。そして、ふたりで何百羽もの鳥を飼った。スティーヴは副業でフィンチ類も繁殖させ、ぼくたちが話すあいだ、それらが小さな籠で羽ばたいたりさえずったりしていた。

ジョージはロンドン東部のボウで育ち、生まれてこのかたずっと鳩を飼ってきた。その父親もそうだった。十四歳で、ジョージは学校を辞めた。

「学校へはちゃんと行ってたんだが、爆撃された」と彼は言う。「だからべつの学校へ行ったら、そこも爆撃された。そのあとはもう、行かせてもらえなかった」

戦時中にロンドンの外へやられたが、疎開先のコーンウォールの家を逃げ出した。世話をしてくれた女性がきらいだったのと、鳩たちが恋しかったからだ。

「そのあとは、一度も家を離れなかった」

ロンドンに戻ると、父親と一緒にあちこちの市場で働いた。ローマンロード、レザーレーン、チャペル……。ローワー・テムズ・ストリートの旧ビリングズゲート魚市場では、かなり長く働いた。

「移転のときには、建物が崩れるんじゃないかと、みんな思ったね。なにせ、地下室の氷のおかげでバラバラにならずにいたから。おまえさんの背丈くらいの厚みがある氷だよ」

のちに、ニュー・スピタルフィールズに移って、果物と野菜の卸売をした。鳩を飛ばすにはうってつけの仕事だった。午前九時にはあがれて帰宅でき、一日じゅう愛鳥と過ごせるのだ。

スティーヴも同じ仕事に就き、いまはジョージと同じく、リー川沿いの道を行った先のニュー・スピタルフィールズで夜勤をしている。夜には、市場はナトリウム灯のオレンジ色の光に包まれるという。

彼が何よりも好きなのは、自宅の庭に腰をおろして、繁殖させたフィンチ類がさえずるのを聞き、家のまわりを飛ぶ鳩たちを眺めることだ。鳩への熱い思いが絶えることはない。愛鳩のスピードと敏捷さ、有名なレースで収めた成績、謎に包まれた帰巣本能について語るとき、彼の目はきらきら輝く。

スティーヴの鳩舎――大きく、しっかりした造りで、暗緑色に塗られている――の第一区画には、レース鳩のチームが収容されている。前シーズンを通じて成績がとくによかった雄を精選し、計一二羽を来シーズンのためにとってあるのだ。一九九〇年代はじめからこの血統の鳩――もともとは、短距離ないし中距離レース向けにイギリスで繁殖された品種、ハートグ――を飼いつづけ、同系交配と戻し交配をこつこつと重ねて、いまやほぼ独自の系統を確立した。毎年二〇羽から三〇羽の若鳩を誕生させては、成績がよかった数羽を翌年のチームに加えるという。

クラブでは、スティーヴが管理業務の大半を担うが、ジョージは名誉会長にしてレース世話人だ。レース当日には、国じゅうの観測員ネットワークを駆使して飛路上の天候を確かめ、そのうえで放鳩の指示を出す。彼は息子を誇りに思っている。レース運びのうまさや、鳩たちが示す忠誠も誇らしく、「いつも息子のために働いてくれる」と彼は言う。

「こいつは、正真正銘の鳩男なんだよ。たいていのやつはレースごとに二〇羽、三〇羽の鳩を送りこむ。スティーヴはたった一二羽で競う。去年は何羽残してシーズンを終了したんだったかな、スティーヴ？　一〇羽？」

「一一羽だよ」スティーヴが控えめながらもうれしそうに答えた。

止まり木にいるスティーヴの鳩は、完璧な状態に見える。ぼくの鳩舎の鳩より体が大きく、艶もいい。風が強すぎるか霧が立ちこめるかしないかぎり、スティーヴは毎日、朝と午後に二時間ずつ飛ばす。レースシーズン前の準備期間中は、一日おきに遠征を行ない、レース地点をたどって最長八〇キロ先まで連れていってから、放鳩して帰還させる。いつも必ず、彼より先に着くという。若鳩のうちは、もっときびしく訓練する。旗追いする——旗で鳩たちを脅して家のまわりを飛びつづけさせる——必要は一度もなかった。おれの鳩たちは健康そのものだし、おれのために飛ぶのを楽しんでるから、と彼は言う。

レース鳩用鳩舎の隣には、〝囚われ鳩〟が収容されている。ちがう鳩舎で育ったか、レースさせるには高価すぎて繁殖目的にしか使わない種鳩だ。庭の奥にさらにふたつ鳩舎があり、孵化後一年のあいだ若鳩を成鳩から引き離して収容している。これらの鳩舎は、夏の数か月は完全な暗闇にして換羽を防ぎ、シーズン遅くまで風切羽を維持して、長く競えるようにする。

愛鳩家の多くはそうだが、スティーヴも猛禽に深い憎悪を抱いている。

「アパートや森を越えてくるやつらは、そう悪くはないんだ」と彼は言う。「反対のほうから、街を越えてやってくるほうが、たちが悪い」

タカの襲撃が増えたのは、自然保護の連中と、英国王立鳥類保護協会のよけいなお節介のせいだ。

「高層ビルのてっぺんにハヤブサの巣箱を据えて、カメラを取りつけ、繁殖を観察できるようにした。自然に反する行為だよ」

ひょっとしたら鳩レースも自然に反すると思う人がいるかもしれませんよ、と言いたかったが、ぼくは言わなかった。なにしろ、スティーヴはいまや滔々と、管理された再野生化計画の愚かさ、自然の秩序に介入する傲慢さを罵っている。

「やつらはスコットランド沖の島を買い、あちこちに装置をばんばん据えた。そのせいで、鳥がみんな逃げ出した――調査対象は一羽も残らなかった。そこで、代わりに街でやろうと決めたんだ。ちょっとは遠慮してほしいもんだよ」

　スティーヴとジョージはおおかたの仲間より幸運だった。庭の奥に背の高いポプラ並木があって、そこにカラスの大群が住みついている。狩りの偵察に猛禽がやってくると彼らがどっと襲いかかって、鳩をそこそこ安全に保ってくれる。ほんの二〇〇メートルあまり先に鳩舎を構えた愛鳩家仲間は、それほど幸運に恵まれなかった。

「やつらに悩まされてる」とスティーヴは言った。「鳩舎がどこにあるかいったんわかると、やつらは二、三日おきに戻ってきては襲う。それで鳩が怯えてしまう。やられる数はそう多くない、恐怖のほうが問題なんだ。入舎のときに怖い思いをしたら、もう戻ってこない。そのまま逃げてしまう。何羽も失うことになるんだ」

　ジョージがぼくのためにお茶を淹れてくれて、そのあと父子一緒に鳩レースの複雑さ、むずかしさを説明しはじめた。競翔家として少しでも成功を収めたければ、長期戦を覚悟しなくちゃだめだ、とスティーヴは言った。繁殖には時間がかかるし、訓練は骨が折れるし、レースごとにどの鳩を参加させるか選ぶにはチームを注意深く観察してよく知っておかなくてはならない。一度でもよくない〝トス〟――鳩舎から遠くへ連れていって放す訓練――をしたら、その年のレースを台無しにしかねない。タカの襲撃で、何か月もの放鳩訓練が水の泡になることもある。いちばん優秀な鳩でさえ〝トラップ・シャイ〟に陥って、レースから戻ってもなかなか入舎しようとしなくなる。

　ただ家のまわりを飛ばすだけでも、問題は起きる。ときおり、若鳩の一群が、巣分かれするハチの群れよろしく鳩舎を離れ、晴れ渡った空を一方向へまっしぐらに飛んでいき、二度と姿を現さないことがある。そうした〝飛び去り〟はまれだが、事例がないわけではない。一九五〇年代から九〇年代にかけてロンドンでレースをしていた有名な愛鳩家、アルフ・ベイカーは、飛び去りは占星術上の星の運行が引き起こすのだと信じ、太陽と月が同時に空にあるときにはけっして鳩を外に出さなかった。だが競翔家の大半は、この飛び去り行動は鳩が集団で暮らすという事実から生じ、新しい若鳩の一群が誕生したら、もとの群れと別れてべつの場所に独自の巣を作ったほうが進化的に有利なのだろうと考えている。

疾病も壊滅的な状況をもたらしかねない。まんいち鳩舎が病気に襲われたら、一夜にして大半の鳥を失うこともある。それほど急速に、群れ全体に広がるのだ。世間一般に言われているのとはちがい、鳩がとくべつ感染症にかかりやすいわけではないが、彼らを死にいたらせる病にことさら不快な響きがあるのは事実だし、たとえばクラミジア、ヘルペス、大腸菌などは、人間の領域にも存在するのでいっそう恐ろしく感じられる病原体だ。ひょっとして、だからこそ、愛鳩家は魔術的な治療や怪しげな強壮薬にあれほど入れこむのかもしれない。

鳩レースに必要なスキルの一部は――いや、おそらく大半は――繁殖で、これには時間がかかる。厳密な意味で系統と呼べるものを生み出すのに、ときには二十五年も費やす。

「自分が何を求めてるのか、わかってなきゃだめだ」と彼は言う。「求めるレース内容に合った鳩をつがわせなくちゃいけない。そして彼らにも、何を期待されているのか学ばせないとな」

系統の改善は、シーズン中の成績がよくなかった鳥を間引くことを意味する。スティーヴは鳩舎内の優生学的な競争について、冷徹なまでに明快に語った。

「弱い鳥をとっておいても、しょうがない。餌代がかかるだけだ」

スティーヴはレイライン、つまり地磁気の乱れとデッドゾーンをともなう土地のエネルギーが上空を飛ぶ鳩を混乱させるのだと信じていた。いわく、鳩は電磁気を感知して方向定位する。地球は「ドーナッツ」状の力線《レイライン》を放ち、それぞれのラインに異なる周波数がある。鳩は遠い地から、家で感知できるものに近い周波数のラインをたどる。長いあいだ、何代もの鳩が同じ土地の上を同じ鳩舎に向かってレースするうちに、脳だけでなく翼や骨のなかで、自分たちが飛ぶ縄張りのことを理解するようになる。親から子へとこのラインが伝えられていき、数世代ののちには、群れはいっそう効率的な帰還飛路を身につける。そして長年の精選により、壮健にして、生まれつき家を知っている鳩の血統が確立される。いわば集団記憶の遺伝で、父母や祖父母がかつて飛んだ場所についての記憶が継承されるのだと、スティーヴは考えている。

二〇〇三年、フランス人芸術家のマタリ・クラッセはボーヴォア愛鳩家協会に鳩舎の建築を任された。結果としてできた〝キャプシュール〟は、背の高いオレンジ色のドーム構造で、古代エジプトの鳩舎の有機的な曲線形状をもとにしている。クラッセによると、この作品は、環境だけでなく関係を保全するという発想から生まれた――この地域で何百年間と保たれてきたのにいまや消滅しそうな、鳥と人間との密接な関係だ。「鳩を愛するものがおらず」と彼女は言う。

人間と鳥に関する知識やノウハウがなく、自然選択も徒弟制もなく、慣習の継承もなかったら、おそらく鳩は残るだろうが、それは帰巣する鳩、旅する鳩《ヴォワヤジエール》ではない……もたらされたのは、鳩が人間をすぐれた愛鳩家に変身させて、愛鳩家が鳩を頼もしいレース鳩に変身させる関係だ。

鳩はつねに人間と密接に暮らしてきた。伴侶種（コンパニオン・スピーシーズ）としてはおそらく最も古いし、彼らと人間の関係は文明の発達を反映している。まずはシュメール人――文字を発明した人々――が、キリスト誕生の五千年から一万年前にこれを飼い慣らした。古代シュメール――メソポタミア南部の肥沃な地域で、現在のイラクに位置する――では、鳩が大寺院で飼われ、生け贄動物や伝令として利用され、同時に愛情と知識の象徴にもなっていた。鳩はまた、郷土《ホーム》のしるしを探しにノアの箱舟を発ち、洪水に見舞われた世界を飛んだ。古代エジプトの各地に、歴代の王の訃報を伝えた。ローマ帝国の空を飛んで、辺境の属州から首都にメッセージを届けた。ハンニバルはヨーロッパ各地のスパイと連絡をとるために鳩を利用した。プリニウスは『博物誌』で、デキムス・ブルトゥスがマルクス・アントニウスにムティナを包囲されたさい、鳩の足にくくりつけた手紙を執政官に送って脱出したさまを描いた。「塁壁も、警戒怠りなき包囲軍も、川に張りめぐらした網でさえも、アントニウスになんの役に立っただろう、翼の生えた伝令が空を渡ったとあれば」と彼は問いかけている。

中世ヨーロッパでは、貴族だけが鳩の飼育を許され、大邸宅ではたいてい檻が設けられて鳩が食料として飼われ、その糞は有用な肥料だった。西洋世界で火薬が発見されると、鳩の糞は貴重な硝酸カリウムの供給源となった。

だが、ほかの何よりも、鳩は伝令として重宝されてきた。人類史上ほぼずっと、情報は物理的にものを運べる速さでしか伝えられず、産業革命までは、長距離のメッセージ伝達に最も効率的で信頼できるのは鳩を使うことだった。十九世紀から二十世紀はじめにかけて、鳩は、ヨーロッパ各地で生まれつつあった情報通信ネットワークを補完する重要な役割を担った。一八五〇年にロイター通信社を設立したポール・ジュリアス・ロイターは、四五羽の鳩の群れを養成し、ブリュッセル－アーヘン間で途切れていた創生期の電信網をつなぐのに利用した。そしてベルギーとドイツの情報通信を独占し、わずか数年で財をなした。マイアー・アムシェル・ロートシルトの五人の息子は、鳩を使って連絡を取りあいながらヨーロッパ各地を渡り歩き、父親の銀行王朝を強固にした。このネットワークを通じて、ワーテルローの戦いの結果をイギリス政府よりも先に知ったと言われている。

普仏戦争で一八七〇年から七一年にかけて包囲されたパリでは、鳩が気球で包囲網の外に運ばれて、遠くはロンドンの市民も、壁の向こうに閉じこめられた愛する人に手紙を書くことができた。手紙はトゥールに運ばれ、マイクロフィッシュに縮写された。それを尾羽にくくりつけられた鳩が放たれ、パリに飛んで帰った。到着後はメッセージがスクリーンに映され、紙に書き写されてから、人間の手で届けられた。この手法で、一羽の鳩が一度に二五〇〇通もの手紙を運ぶことができた。

二十世紀初頭まで、新聞社の多くはオフィスの屋根に鳩小屋を構えていた。記者たちは鳩を使って速報記事を送り、株価や競馬の結果といった最新情報を得ていた。フランスでは、黎明期の自転車レースツアーを追うジャーナリストが自転車の前に鳩籠を据え、道端からレース情報の最新版を送っていた。こうした鳩ネットワークは特ダネの提供にじつに有益だったので、新聞社はときどき鷹匠を雇ってライバル社の鳩を捕まえさせた。

戦時中は、伝書鳩通信の信頼性と秘匿性がことのほか重宝された。第一次世界大戦中、前線から銃後の兵士に情報を伝達するため、また、無線が壊れた戦車の司令官が自車の動きを知らせるために、鳩が使われた。英国陸軍の通信部門責任者だったファウラーは、第一次世界大戦後に次のように書いている。「もし、前線の通信ラインや手段をひとつだけ残してただちに放棄する必要が生じ、その唯一の手段の選択が自分にゆだねられたなら、わたしは躊躇《ちゅうちょ》なく鳩を選んでいただろう。戦いが激化して、毒ガス攻撃や空襲はもとより、大砲や機関銃にもすべてが屈したとき、われわれが助けを求めるのは鳩たちだ」

第二次世界大戦中、爆撃機の乗員は鳩を携行し、まんいち撃墜されたら、現在位置を詳しく知らせるメッセージとともに放して救済を待つことになっていた。一九四一年から終戦まで、何千羽もの鳩が小さなパラシュートにくくりつけられ、〝コルンバ（鳩）作戦〟の一環として占領下のフランスに投下された。鳩につけられた札には、発見者は敵の動きや武器の配置情報を知らせるようにという指示が書かれ、多くの市民が命の危険を冒してそれに従った。大戦の終わりごろには、鳩が兵士とともにノルマンディーの海岸に上陸した。結果的に、伝令目的には一羽も使われなかったが――上陸部隊の無線がその日はちゃんと作動したので――数羽が血まみれでイングランドの鳩舎に戻ってきた。フランスの海岸で調教師が射ち殺され、混乱のなかで籠を抜け出したのだ。

鳩の並はずれた帰巣本能と知覚能力の利用――いや、搾取――が頂点に達したのは、二十世紀なかば、技術革新でもはや彼らが必要なくなる直前に、心理学者のバラス・フレデリック・スキナーが行なった研究だった。スキナーをはじめ、行動心理学者たちは鳩を重宝したが、それは彼らが従順だか

鳩が戦車から放たれるところ（Pen and Sword Books/Universal Images Group/Getty Images）

ら、視覚が鋭いから、そしてぼくたち人間と同じく、パターン認識能力があるからだ。一九四二年、スキナーは生物制御による弾道ミサイル誘導システムを開発するようＣＩＡから依頼され、制御を行なう生物として鳩を選んだ。鳩に小型ハーネスをつけてスクリーンの前から動けないようにし、標的――空から見た海上の船や道路の交差点――の映像を見せた。そして、標的を認識したらスクリーンをつつくよう訓練し、うまくできたときには餌をやってこの行動を強化した。つつかれた場所が嘴に搭載された小さなコンデンサーで方位情報に翻訳され、その情報を使って標的にミサイルを誘導する仕組みだ。一九四三年、スキナーはこの手法をＣＩＡの訓練師に実演してみせたが、彼らは訓練の有効性や鳩の標的認識能力に感心したものの、このプロジェクトをまじめに受けとらなかった。「完璧な実演だった」と、スキナーはふり返っている。「だが、生きた鳩が任務を遂行する光景は、いかにみごとであっても、われわれの提案があまりに突飛なことを委員会に認識させただけだった」

スキナーの〝プロジェクト鳩〟はついぞ実用化されなかったが、鳩が第二次世界大戦中に伝令として活躍したことから大衆の認識が変わった。戦後、多数のイギリスの鳩が、勇敢な動物に贈られるディッキンメダルを授与された。野生の害鳥ではなく、英雄とみなされるようになったのだ。戦後の時代に、鳩レースは娯楽としておおいに人気を博した。一九五〇年代から六〇年代のイギリスでは、参加数で見ると最も人気のあるスポーツだった。

ぼくたち人間が鳩と密接に暮らしていたのははるか遠い昔で、いまや彼らはよくて無視、悪ければ罵倒されている。だが、スティーヴとジョージに出会い、その生活がいまなお鳩を中心に回っているのを見て、ぼくは彼らから何か学べるのではないかと考えた。彼らとその鳩のあいだには親密な関係があり、それがすばらしく感じられた。感傷的な男たちではないが、群れはふたりの一部であり、ふたりは群れの一部であるようだった。個々の鳥をすべて見分けられ、鳩舎の外からでも病気や体調不良の鳩がわかる。深い心遣いで鳩を見守っており、その心遣いは愛情と表現するのが最もふさわしいのではないかと思えた。

生物学者にして哲学者のダナ・ハラウェイは、職業人生のはじめからずっと、動物と近しく生活することのなんたるかに関心を寄せてきた。彼女に言わせれば、わたしたちのだれひとりとして、自分を隔絶した孤独な個体と考えてはならない。好むと好まざると、わたしたちの生活は他者——人間だけでなく、動物も含めた——の生活と切っても切れないほど絡みあっていて、この絡みあいを認識すれば、世界に根をおろすことのなんたるかがよくわかってくる。

ハラウェイがこういったこと――他者の生活と密接な関係を結び、これに共感し、一体感を持つこと――を考えはじめたのは、一九八六年のエッセイ『サイボーグ・マニフェスト』のなかだった。彼女はこのエッセイで、工業化とコンピューター技術の登場が地域の破壊、家《ホーム》の破壊をもたらしてきた、と主張した。さまざまな仕事が自動化され、世界各地に外注されるにつれて、地域共同体はどんどん脅かされている。わたしたち人間は、科学技術と資本主義による疎外化の影響に痛めつけられて、かつてないほど孤立化してしまった。

ハラウェイはこうした考えを、著書『犬と人が出会うとき――異種協働のポリティクス』で発展させた。ぼくたちが人間ではない動物と交流するときにどんなことを行なうのかについて語った、風変わりで刺激的な本だ。フロイトの一九一七年の論文『精神分析に関わるある困難』を土台にして、ハラウェイは過去三百年間にぼくたち人間から個人の主権を奪った三つの概念的な〝傷〟を説明した。ひとつめの「コペルニクスの傷」は、「ほかならぬ地球、人間の生まれ故郷を宇宙の中心から動かし」た。ふたつめの「ダーウィンの傷」は、自分たちが動物のひとつの種にすぎないという事実を人間に突きつけた。三つめにくるのが精神分析学の傷で、これは「無意識の存在を認め、その結果、理性があるから人間はほかの何よりもすぐれているとされるのに、その理性を含めた意識的なプロセスの卓越性を消し去った」

フロイトに言わせれば、これらの傷のせいで、現代人は自分の内面が家のない状態であるように感じる。人間の思考と肉体は互いに独立したべつのものである、というデカルトが唱えたモデル――魂は肉体という家に住む――が破綻すると、自分たち人間が最高位にあるという感覚も消える。だが、ハラウェイの考えによれば、動物との関係が、こうした実存的な家のない状態から解放されるための見本をくれるかもしれない。自分の体がじつは何でできているのかがわかるにつれて、存在の本質的な連帯を認めざるをえなくなってきた。ヒトゲノムが見つかる細胞は「わたしが自分の体と呼ぶ世俗的空間を構成する細胞全体の一〇パーセント」にすぎない、と彼女は言う。ほかの九〇パーセントは「細菌、真菌、原生生物などのゲノム」で満たされている。「この小さな伴侶たちは数でわたしをはるかに凌駕する。つまり、わたしはこれら小さな〝同じ釜の飯を食べた仲間〟とともに人間のおとなになった。ひとつの存在になることは、つねに、多くのものとともにあることを意味する」と、ハラウェイは結ぶ。ぼくはスティーヴとジョージを訪ねて、ハラウェイの考えをあらたな形で理解した。この世界で心豊かに生きたければ、それを分かちあうものたちと「ともにある」べきだ、という事実を彼女が力説したことがうれしい。ハラウェイにとって、そしてぼくが出会った鳩の競翔家たちにとっても、人生は共同事業だ。ぼくたちは離れ小島ではなく、群島なのだ。

人間の作為と不作為がもたらす生態学的な悲劇に瀕したいま、彼女のプロジェクトは希望を与えてくれる。ハラウェイは最新の著書『困難とともにある（Staying with the Trouble）』で、この世界に関心を持ち、それを分かちあう有機体と〝親密でありつづけ〟れば、家を持つのはどういうことかについて、あらたな考えかたが生まれるのだと主張する。自分たち人間は主人《あるじ》や管理者としてこの世から隔たっているどころか、否応なくつねにそこに組みこまれていると自覚すべきなのだ。ハラウェイが描く理想は、彼女が〝テラポリス〟と呼ぶもの、すなわち、動物と人間が一体となって生み出す共通の環境であり、鳩はそのテラポリスの原型的な市民だ。彼らは「日和見主義の社会的な種で、無数の時と場所に生きることができ、現に生きている」と彼女は言う。「じつに多種多様で、多くの言語でさまざまに分類され、英語では野生と家畜の世界に分けられて」いる。その雑種性ゆえに、鳩は「ともにある」ことの完璧な象徴だ。完全な野生とは言えないが、完全に野生ではないとも言えない。人間に支配されるのではなく、むしろ「人間とともに家畜化されて」いる。伝令役として、彼らはつねに、自然と科学技術の葛藤の強力な象徴とされてきた。生物としては、野生と家畜のあいだの曖昧な領域を占める。彼らを介し、彼らとともに、わたしたち人間もテラポリスのよき市民になるすべを身につけられるだろう、とハラウェイは言う。

スティーヴは――これまでに会った愛鳩家はみんなそうだが――ペットを飼うおおかたの人間よりも、ハラウェイの言う〝ともにある〟状態に当てはまっているようだ。競翔家として成功する鍵は、個々の鳥にも、それが属する群れにも等しく注意を向けることだと、彼は語ってくれた。そういう意味では、鳩の飼育は犬や猫を飼うことより、養蜂に近い。レースに勝利するのは個々の鳩だが、競翔家に長年の成功を収めさせるのは、その系統――共同体の連続性――だ。

二月に冬の換羽をぶじ終えたあと、スティーヴは成鳩をかけあわせたが、いまちょうど、最初のひと腹の卵が孵りはじめていた。キーキー鳴く雛鳩を何羽か見せてくれた。薄い膜に覆われた目はまだ見えず、生えはじめた羽毛のあいだから黄色い雛毛がのぞいている。孵化後わずか二、三日の雛を、ジョージがぼくの手に載せた。しわくちゃの体はとても暖かく、なんだか毛の生えた陰嚢を思わせる。体のわりに大きな嘴をあちこち突き出しては、食べ物を探している。ジョージは雛の指三本を識別リングにくぐらせてから、最後の一本をぐいと押しこんだ。生涯ずっと、雛はこのリングをつけることになる。ぼくが性別を尋ねると、スティーヴは振り子を取り出し、雛の上でゆらゆら揺らした。
「前後に揺れてる。雄だな」と彼は言った。

スティーヴとジョージに会った一週間後、ぼくはロンドン東部ノースロード鳩レースクラブの人たちと一緒にいて、記録時計がもうじき規正されようとしていた。このクラブは、レイトンハウス・ワーキングメンズ・クラブに本部を構えている。ストラットフォードのスティーヴの家から角をひとつ曲がったところの、これといって特徴のない建物だ。外からは低層アパートに見えるが、羽毛がふわふわ渦巻く駐車場が片側にあり、隅に木箱が積み重ねられている。

クラブの部屋は暗かった。カウンターがひとつ、テーブルと椅子がいくつかと、ダーツボードがひとつ。一角にあるスロットマシーンは、ほとんど使われず放置ぎみ。音を消されたテレビの大画面でF1のレーシングカーがコースを回っている。カウンター脇の掲示板には、チャリティー募金会、数日後の競馬レース、表彰式、鳩関連行事のポスター。そしてトイレに〝小便器に吐くな。大便器を使え！〟という張り紙がある。

ぼくはスティーヴとジョージから、今シーズン最初の会合があるのでクラブに来なさいと言われていた。まだレースには出られないが――なにしろ成鳩は一羽もいないし、若鳩のシーズンが始まるのは六月なので――ほかの競翔家に会って訓練の秘訣を教わればいい、と。到着したとき、ぼくはやや緊張していた。こじゃれた古着加工の芸術家風スモックと折りたたみ自転車が、競翔家たちにどう思われるか不安だった。彼らは部屋の奥、レディースナイトのときだけ活用されるダンスフロアと玉突き台の横に座っていた。それぞれ椅子をあてがわれていたので、ぼくはドア脇に積み重ねられたスツールを手に取り、テーブルのひとつの端に着席した。それから品よく母音の力を抜いて、こんにちはと言った。

「やっこさん、鳩男なのか?」と、このクラブの会長を務めるブライアン・〝ウッドゥ〟・ウッドハウスが尋ねた。週一で『レーシング・ピジョン』紙にコラムを寄稿する有名な愛鳩家で、秘密の勝利法を明かすと謳った指南DVDを売っている。

「じきに、そうなる」とスティーヴが答えた。

ブライアンは白髪で、賢そうな愛想のいい顔つきだ。このクラブでもとくに成功を収めた競翔家で、噂ではレース中に有利な風を吹かせる呪文を使えるという。

その日は、ほかに一〇人あまりのメンバーが参加し、全員が男性だった。スティーヴとジョージ、ふたりのジョニー――ビッグ・ジョニーとジョニー・ストックウェル――と、アルビーがひとり、デイヴがふたり。ぼくの隣の男性はスティーヴという名前で、昨年、退職後に鳩の世界に入ったばかりだ。競翔家にはよくあるとおり、長年カナリヤを飼っていたが、次から次へと死ぬわ、餌代が高くなりすぎるわで、代わりに愛鳩家になった。彼は自分の新しい趣味について諦念めいた雰囲気を漂わせていた。いずれはこの趣味に手を染める運命だった、と言わんばかりだ。まだ新参者なので、ぼくと同じく、集団の端をちょろちょろしていた。

ジョニー・ストックウェルとアルビーはいとこどうしで、おじが鳩を飼っていたことから自分も飛ばすようになった。少年時代はよくトラファルガー広場で野生の鳩を捕まえ、レースの手始めとして、庭の塀に釘で打ちつけたオレンジの木箱めがけて競争させた。

ボブは背が高くてほっそりした体つき。髪は砂色で、分厚い眼鏡をかけ、ポケットに鳩が刺繡されたジャケットを着ている。イギリスのブランドにこだわり、愛車ジャガーのリヤウインドウには〝ＥＵ離脱〟のステッカーが貼ってある。彼の隣のスマイリーはモロッコ人で、レースを始めたばかりだ。まっ白な成鳩を三羽飼っていて、どのレースにもその三羽が参加し、いつもちゃんと戻ってくる。故郷のモロッコでは、兄弟と組んで飛ばしているそうで、最近の放鳩の動画をスマートフォンで見せてくれた。

「ここより、うんと大規模なレースなんだ」と彼は言った。「運営もはるかにいい。何万羽も飛んで、いつも天気良好だよ！」

クラブのほかのメンバーはうっすらと笑った。ラマダン中、彼が自分の鳩の持ち寄りにも顔を見せないときは、みんなぶつぶつと文句を言った。また、持ち寄りの真っ最中に、彼が静かな片隅を探して祈りを捧げることもある。

以前は、ロンドン東部にこうしたレースクラブが何十とあったが、少数ながらいまもこの地域在住の競翔家で構成されたクラブとしては、ロンドン東部ノースロード鳩レースクラブは最後まで残されたひとつだ。ほかのクラブはしだいに縮小した――わずか二名しかメンバーがいないところもある――か、数を保つために合併し、結果的に持ち寄りのために競翔家たちが遠距離を移動するはめになっている。

「以前は、ウォルサムストウ地区だけで六つのクラブがあった」とスティーヴは言う。「いまは、おれたちだけだ。新しい血がちっとも入らない――子どもはみんな家にこもって、コンピューターゲームで遊んでる」

その名称から察しがつくとおり、ロンドン東部ノースロード鳩レースクラブは国の北部《ノース》から鳩を飛ばし、週一の放鳩の地点はＡ一号線沿いに北上して遠くスコットランドまで達する。ロンドン南部のクラブのほとんどは〝サウスロード〟、つまり得られる金銭も名声も大きい大陸をレースの起点にしている。だが、ヨーロッパ大陸からのレースは高くつく。なにしろ、鳩を訓練するためには、まず海を渡らなくてはならない。失う鳥の数も増える。ノースロードの競翔家たちはイギリス海峡を〝濠《ほり》〟〝墓場〟と呼び、いちばんの鳥を飛ばす気にはなれない、と言う。ほかにも、サウスロードの現状について声を潜めて語られる噂がある。訓練飛行を隠れ蓑にして密輸品を持ちこむ愛鳩家の話だ。二本の脚それぞれに一〇グラムのコカインをくくりつけて一〇〇羽の群れを飛ばせば、たとえ途中で何羽か失踪したとしても大金を手にすることができる。

競翔家の多くは、かつて肉体労働者――建設労働者、工場労務者、市場商人――だったが、怪我や健康障害でやむなく仕事を辞めている。全員が鳩に強い愛情を抱き、腕に鳥たちのタトゥーを入れた者もいる。人差し指と親指のあいだには、ツバメ。上腕には優勝鳩を描いて、その下に記憶すべきレース成績が彫ってある。

はじめのうち彼らはぼくに知らん顔し、仲間内で会話していた。自分の鳥や、自分の病気――糖尿病、関節炎、痛風――についてだ。ある男性がつけている携帯式の血圧計が、数分ごとに腕のカフに空気を送っていて音が静かに響いた。メンバーのほとんどは、トレーニングウェアに楽な靴といういでたちで、デイヴが自分のソックスを自慢げに見せた。春の陽気で足首がむくんでも平気なように、ゴムを抜いてあるのだ。

何杯か飲むと、彼らがうちとけてきた。クリスはインコの侵入についてぼやいた。毎晩、鳩が入舎したあとで、庭に飛んでくるという。

「やつらはよそから来た」と彼は言った。「まったく、たちの悪い連中だよ。うるさいのなんの」見つけしだい撃ち殺すのがいちばんだと、みんなが同意した。デイヴはさらに、隣人――〝くそいまいましい野郎〟――についても毒づいた。リモート操作のドローンを彼の庭の上空で飛ばすようになったのだ。「そいつに、うちの鳥がみんな怯える」

アルビーは昨シーズンに経験した悲惨な放鳩のことを語った。

「一二時一五分前になってから、わざわざ雨風のなかへ放つなんて、どこのあほんだらだよ？」と問いかけた。「あれだけ失踪が出たのも、当然だ」

何をしにここへ来たのかとアルビーに訊かれ、ぼくは鳩を何羽か買ったのでレースさせたいのだと答えた。

「で、何が望みなんだ？」と彼は尋ねた。

鳩に興味がとてもあって、レースをさせたいが、勝利を手にすることはちっとも期待していない、とぼくは答えた。

「笑わせるな。みんなそう言って始める――じきに庭が鳩舎だらけになって、女房に逃げられる」

クラブに登録するために、スティーヴがぼくの鳩舎の位置を計算し、その経度と緯度を書きつけた紙をくれた。この地点からレース距離が測定され、ぼくの鳩の平均速度が計算される。競翔家はみんな、どうやら数メートルの誤差で互いの鳩舎の正確な位置を知っているようだ。彼らは略語混じりで放鳩地点や風向きや有名な鳩の系譜について話した。そしてぼくに、鳩たち――よい鳩たち――の話を語ってくれた。レースに出されて迷い鳩になったか、ひどい傷を負って帰ってきた鳩たち。そのうがぱっくりと裂けて、飲んだ水が穴からごぼごぼとほとばしり出たり、翼の羽がごっそり抜けて筋肉組織がむきだしになっていたり。また、何年もゆくえがわからなかったすえに帰ってきて、すぐに飼い主に気づいてもらえた鳩の話もしてくれた。彼らの鳩への深い情愛の中心にあるのは、鳩がどうやって帰巣するのか、それが何を意味するのか、という謎だ。

そろそろ時計を規正する時間になり、スティーヴに部屋の奥へ呼ばれて、みんなで玉突き台の緑色のベーズに腰をおろした。クオーツ時計が登場する前の時代には、鳩レースの記録時計は信頼できないことが多く、レース中にそれぞれ遅れたり進んだりしたので、シーズンのはじめと各レースの前後にマスター時計に照合する必要があった。各レースの開始時に、このマスター時計に合わせて記録時計が規正され、レース後、鳩の帰還が打刻されたあとでまた規正されたのだ。ふたつの時間表示に少しでもちがいがあれば、それが織りこまれて計算され、勝者が決められた。時計がデジタル化された現在では、規正はもっぱら儀式的なもので、レースの始まりと終わり、そして新しいシーズンが正式に始まった瞬間を知らせる手段となっている。

スティーヴが記録時計をひとつずつ確認し、レースリングを取り出してから閉函したあと、それをみんなに回してひとつずつ持たせた。

「あと一分だ、諸君」と彼が言った。

沈黙が降りた。彼がカウントダウンする。「一〇、九、八……」

カウントがゼロになると、みんなが時計の上部にあるボタンを押し、大きな音とともに時刻が合わされた。

　最初の成鳩レースは数週間後で、それから三か月後に、ぼくの鳩が競える若鳩のレースが始まる。七月中旬までに、ピーターバラが起点の最初のレースに彼らを備えさせなくてはならない。ぼくは手帳にレースの日付を書きこんで、競翔家たちにさよならを言うと、自転車でハイロードを走って帰った。

午後一二時三分、ベリック＝アポン＝ツイード、家から四八六キロ

彼らは三〇〇キロあまり飛んできた。一か月前にベリックからの合同レースに参加したばかりで、鳩たちの記憶はまだ新しい。そのときは涼しく、イングランドとの境界の空は厚い上層雲に覆われて、エギィとオレンジは群れのなかでもいいタイムを出した。

鳩が新しいルートを覚えるのに長い時間は必要としない――一回の飛行で、知らない土地の地形をじゅうぶん把握できることが多い――が、いま、眼下の土地にはほとんど見覚えがない。何週間もの渇水で黄色くなっているのだ。彼らは草地ではなく道の形をなぞって飛び、リボン状のA一号線沿いにハーディントンを越え、イースト・リントンとダンバーを越える。

だが、ふたたび海岸に突きあたると、陸地をあとにする。変わりやすい北の風が穏やかな北西の風になり、ベリックに着いたあとはまっすぐ海に出て、タカの襲撃を避けるために激しい波の上を低く飛ぶ。彼らはタカが水上の鳥を襲いたがらないのを知っている。まんいち狙いをはずしたら、海に突っこみかねないからだ。鳩たちはいまや低く、波の上わずか一メートルを飛んでいる。風向きが変わらなければ、いちばん速い集団は海岸線をたどって進み、四〇〇キロ南のノーフォークまでそのまま飛びつづ

ける。

だれか、通りすぎる彼らに気づくだろうか。ひょっとしたら、境界付近の愛鳩家が、不揃いの列をなす彼らが北方から海を越えてくるのを見かけるかもしれない。だが、彼らは見過ごされやすい。一〇〇〇羽の鳩は、いまやばらけてしまった。ベリックを越えてすぐ、滝のような雨に見舞われて――ぼくは衛星を使った天気予報サイトで、沖のほうから雨が迫って空がにわかに暗くなるのをリアルタイムで見ている――先頭の鳩たちはずぶ濡れになる。経験の浅い数羽、孵化の遅かった当歳鳩たちが、羽についた水の重みに耐えかねて、ルート上の草地や木々におり、乾くのを待つはめになる。だが、にわか雨はすぐにやんで、ほとんどの鳩は無傷でくぐり抜ける。彼らは旅を続け、家をめざして休まずに羽ばたく。

第六章　祖国《ホームランド》

ぼくが〝ビッグ・ジョニー・ピジョン〟というあだ名でしか知らない男性は、生まれた場所にずっと住んでいる。ロンドン東部のオリンピックパークの端に建つ、一九三〇年代のこぢんまりしたセミデタッチドハウス〔見かけは一軒家だが、右と左で世帯が分かれている。イギリスでは一般的な形の家〕で、麝香《じゃこう》のような甘い動物の匂いがする。敷地は、リー川のふたつの支流が形成する湿地状の島だ。たどり着くのはむずかしい――ぼくが訪問したときは、あらたに造成された公園をまっさらな自転車レーンづたいに抜け、（その地域でよく見かける低木に縁取られた）こぎれいな水路や掘り割りにジグザグに架けられた橋の迷路を越え、曲がり角を見逃さないよう数百メートルごとにスマートフォンの地図の青い矢印を確認するはめになった――が、ジョニーはこういう状況を気に入っている。

彼との出会いはクラブで、譲れそうな若鳩が鳩舎に何羽かいるので、二、三週間して親鳥から離したら引き取りに来いと言ってくれた。

「きれいな鳥たちだ」と彼は言った。「白に見えるくらい色が薄い。銀色と言ってもいい。空中にいても見逃す恐れがない。何キロも先から来るのが見えるはずだ」

クラブでとくに成功している競翔家ではないが、ひたむきさに関してはぴか一で、鳩たちを献身的に見守っている。ぼくが訪ねると、ジョニーは庭に立ち、自分の鳩が舎外中にときどき休むヴィクトリア朝風の揚水場と、バザルジェット・ノーザン・アウトフォール――ハックニー・ウィックからベックトンまでの巨大な地上下水路で、ロンドン中心部から郊外へ廃水を運ぶ――を指さした。家の裏手の市民菜園に隣接する区画では、市がマンションを建設しているところだが、ジョニーにはそれらを透かして向こうの土地が見えるらしい。

「ここはまわりが平らだから、何キロも先が見渡せる」と彼は言った。「レース後にはよく、鳩たちがひと続きになって飛んでくるのを眺めた。入舎の十分前に姿が見えはじめるんだ」

人には好まれない土地のようだが、ジョニーは満足している。この家で生まれ、数年前に母親が亡くなるまでここで一緒に暮らした。いまはひとり暮らしだ。三晩以上自宅から離れて過ごしたことがない。パスポートも持っていないし（「そんなもの、なんでいる？ そもそも金がかかりすぎるし、このごろじゃ、だれだってもらえてる」）、大ブリテン島の外に出たことは人生で一度もない。この家と、それが建っているこの景観が、彼の全世界だ。

家には犬が数匹いて、籠に入った数羽のカナリアが、彼がお茶を淹《い》れてくれているあいだキッチンで歌っていた。ジョニーが最初に鳩のつがい――高く飛翔する能力とスタミナで名高いティップラー――をもらったのは、家族のなかではじめてイレブンプラスの試験（小学校の最終学年時に中等学校へ進学するために一部の生徒が受ける試験）に受かったときだ。一六歳で学校教育を終え、オーバーグラウンド鉄道で働いて、その鉄道網上で鳩たちを訓練し、一度に二羽ずつケンブリッジやピーターバラへ連れて行っては、帰りの列車に乗る前に駅のホームから放った。鳩たちはいつも彼より先に戻っていた。

いまでは、ジョニーはめったに家を離れない。一度に数十メートル以上歩くのがつらくなったし、運転できないからだ。レースの日には、車で十分のクラブへタクシーで持ち寄りに出かけるが、ほとんどは家で過ごし、空を眺めている。

「鳩がいなかったら、だれとも会わなかっただろうな」

庭に戻ってから、ジョニーは鳩たちを見せてくれ、レースに出す鳩や繁殖する鳩を選ぶさい何に留意すべきか語った。まずは、羽の損傷、つまり栄養不足のせいできちんと生えなかったときにできる小さな穴だ。それから体の形と、彼が〝手ごたえ〟と呼ぶ、抱きかかえたときに感じる潜在的なエネルギーについても語った。鳩が空中でうまく飛べているかを、風切羽の下にできる埃の線――翼を繰り返し打ちおろすうちに体から擦り落とされる自然な粉――で見分ける方法も教えてくれた。このしるしは浜辺についた満潮線のようなものだ、と彼は言う。これなしには目に見えない労力の、いわば一時的な記録なのだ。

ジョニーは鳩舎に入って、ぼくのために孵した二羽の若鳩を連れてきた。銀色がかった美しい鳩で、暗がりでは幽霊みたいに透きとおって見えた。

「こいつらを気に入らないなら、あんたのガールフレンドはどうかしてる」彼は言いながら、ぼくに手渡した。

二羽は孵化後二十八日で、同じ巣で育ち、ぼくが抱くとたじろいだがおとなしかった。家に連れ帰るために、もう使わない大きな訓練用の籠をジョニーがくれた。

いとまを告げるまで、ぼくたちは長いあいだ庭に座って春の陽を浴びながら、家のまわりを飛ぶ鳩たちを眺めていた。晴天だが風は強く、ジョニーの鳩たちは海面で遊ぶイルカさながら空中をすいすい抜けていった。ほとんど羽ばたかずに彼の家を飛び越し、太陽のほうへ引き寄せられていく。

生まれてからずっと住んでいながら、ジョニーは自分の家がロンドン全体の地理のどこに当てはまるのか、ごくぼんやりとしか把握していない。だが、空の知識にかけてはだれにも負けない。毎年春と秋に家の上を飛ぶ鳥たちの渡りの経路や、クラブのほかの競翔家の鳩舎がある場所を熟知している。レースから帰ってくるときの進路を見れば、たいていはどの競翔家の群れかわかる、と彼は言う。そして、どこに住んでいるのかとぼくに尋ね、今後どの風をぼくの鳩が苦手にするか、どの風を歓迎したらいいかを考えてくれた。

「ちょっとでも東の風が感じられたら、ぜったいに飛ばしちゃだめだ」

彼は長距離レースが好きで――「短距離に手を出す気はさらさらない」――長年のあいだにそれなりの好成績を収め、クラブ主催のベリックからのレースとサーソーからの合同レースで優勝したが、一一二〇キロ離れたシェットランド諸島のラーウィックからは好成績を出したためしがない。彼の鳩は海を渡るのが苦手だからだ。

当時はまだ名前はなかったが、一九五四年の夏、西ドイツの鳩舎にいた一羽の鳩が、ミュンヘンからのレース中に迷行した。帰還飛路を探すうちに、鉄のカーテンを飛び越えて東ドイツに入った。数日後、氏名不詳のチェコ人夫婦がこの鳩を見つけた。そして餌と水を与えたあとで、自由欧州《ラジオ・フリー・ヨーロッパ》放送宛のメッセージを脚につけ、空に放して帰還させた。「お願いです」と、そのメッセージには書かれていた。「どうか共産主義との戦いの手をゆるめないでください。共産主義は打倒すべき存在だからです。わたしたちがクレムリンの支配力からすみやかに解放され、ヨーロッパ合衆国が設立されることを切に願います」署名には「不屈のピルゼン〔チェコの都市プルゼニのドイツ語名〕」とあった。

この鳩が鳩舎に帰還すると、メッセージは報道機関に届けられ、当の鳩は政府当局に引き渡されたあとアメリカへ送られた。各紙の報道で「リーピング〔飛び越える〕・リーナ」と名づけられ、フォート・モンマスのアメリカ陸軍鳩部隊本部に到着後、英雄として迎えられた。一〇〇〇羽の伝書鳩が、彼女を称えて放たれた。

数か月後、リーナについて疑問がささやかれはじめた。彼女がどこから来たのか詳細情報が報道によってばらばらで、だれも元の飼い主を突きとめられなかったのだ。いまでは、リーピング・リーナの物語は、アメリカの戦時公債への関心を喚起する目的で作られたプロパガンダとみなされているようだ。だが、多くのアメリカ人は、事実はどうでもよかったらしく、この話に信じるべき理念を見出した。アメリカ人作家のエレーナ・パサレロはこの話について次のように書いている。「わたしたちの多くにとって、概念は家のようなもの――飛んで帰って、ねぐらにするべきもの――です。そして、救いをもたらす枠組みのなかで形作られた概念――たとえば、羽の生えた友人――は、事実よりもはるかに遠くへ飛べるのです」でっちあげかどうかは、どうでもよかった。リーピング・リーナは、この飛行で飛び越えた人間界の領土や境界線からの解放の象徴となった。

一九四三年、フランスからイギリスに亡命した哲学者のシモーヌ・ヴェイユは、国境を越えて祖国《ホームランド》を離れざるをえないのはどういうことかについて、本を書いた。ヴェイユはその前年に両親とともに祖国を離れてアメリカに渡ったが、いずれフランスに戻ってレジスタンスに加わることを期待してイギリスに移った。著書『根をもつこと』はなりたちが異色で、もともとは、彼女が当時文書起草委員として働いていたレジスタンス組織、自由フランスのために、戦後フランスの政治制度確立に関する政策レポートとして執筆したものだ。そして彼女のほかの作品と同じく、死後はじめて刊行された。

ヴェイユは『根をもつこと』のなかで、自分が考える一四の「魂の欲求」について概説し、そのうち最も重要なのは家という感覚に対する欲求だと主張した。「根を持つことは、おそらく最も重要でありながら最も認識されていない」と彼女は書いている。ヴェイユにとって、祖国《ホームランド》という概念、そしてひとつの場所に帰属することの意味は、当時のヨーロッパをずたずたに引き裂いた民族主義勢力のせいで否応なく複雑になっていた。自分がどこかに帰属していると感じたなら、その共同体への義務を認識しなくてはならない、と彼女は主張した。祖国は地理的な概念だが、それと同じくらい心理的なものでもある。根がないという考えは、彼女にはことさら深刻だった。というのも、彼女の祖国はいかにも脆弱だったからだ。その亡命には逃亡という側面もあり、ヴェイユはあとに残した人々に対する倫理的な義務を感じていた。一九四三年に結核と診断されたとき、彼女の言う〝占領下のフランスの民〟との連帯からあらゆる治療を拒んだ。食べ物の摂取量も、残してきた人々が得られる量にかぎり、わずか数か月後にアシュフォードのサナトリウムで亡くなった。検死官は「故人は精神の均衡を乱して食べるのを拒み、自分を死に追いやった」と報告したが、彼女の伝記作家、リチャード・リースのことばを借りるなら、じつは「愛のために死んだ」のだ。

ぼくは根を持つ欲求の重要性を深く感じながら育った。だが、この感覚は、ややもすればそれにともなう国家的な帰属とアイデンティティへの不信のせいでこじれていた。いま思えば、両親がそれぞれほかの土地の出身だったせいもあるだろう。母は亡命者と言えないまでも、国外からの移住者だった。オランダの森にある大きな家で育ったが、その森の木は、地元で織物工場を経営していた母の祖父が戦前にホラント東部の小村近郊の土地に植えたものだった。そこでは何も起こらず、午後は長く無為に過ぎていった。父はリンカンシャーの、オランダと同じくらい平坦な土地で育った。可能なかぎり早く家を出て、一七歳で大学に入り、その後はデヴォンでジャーナリズム研修を受け、グラスゴーで最初の仕事に就いた。のちにロンドンに移り住み、そこでぼくの母と家庭を築いた。

出会いはボルトンのクエーカー教徒の勤労奉仕キャンプで、ふたりとも一六歳だった。父についての母の最初の記憶は、火のそばに座っている姿で、残り火をつつきながら発音の練習をして磨きをかけ、出自がわかる訛りを消そうとしていた。「ぼくは火の番人をしてる」とアクセントをつけて言った。「ぼくは火の番人をしてる。ぼくは火の番人をしている」文通による長距離恋愛を長々と経たあとで、ようやく母が父との結婚を承諾してオランダからロンドンへ移住した。

母はこの街にひとりも知人がおらず、まわりに溶けこむために変わらなくてはならなかった。父と同じくアクセントを練習し、外国人であることを示す特徴を剝ぎ取った。そして四人の子どもをもうけたが、ぼくたちが大きくなるにつれてときどき感じたのは、愛情のために根を引き抜かれた母にとって、異国の地で唯一心が安らぐ場所は、自分のまわりに築いた〝家〟だけだ、ということだった。

母の母、グードルンもまた、わが子にとって外国の人間だった。ドイツ人で、一九三〇年代にロンドン旅行をしたとき未来の夫ウィレムに出会った。ともに二一歳だった。祖母は英語を学ぶためにイギリスに来て、ウィレムは家業を学ぶためにランカシャーの織物工場を訪れていた。ふたりは友人たちから〝イギリスのリヴィエラ〟、すなわちトーキーにドライブ旅行しようと誘われた。最初の恋愛期間は短かったが、それだけでも文通が続くにはじゅうぶんだった。ふたりは数年にわたって長い手紙をしため、可能なときは互いに訪問しあった。

ぼくの母と同じく、グードルンも母国語ではない言語で綴ったが、現存する手紙を読むと話題が豊富で生命力に満ちていた。いま何をしているのか、将来の夢は何で、国に望むことはなんなのかを書いていた。早くも二通めの手紙で、〝いちばんの野望〟は〝たくさんの子ども〟を持つことだと、ぼくの祖父に打ち明けた。とはいえ、アイデンティティの問題、祖国のなんたるかが、つねに不安の種となっていた。祖母は家族のことを気にかけ、「ちがう国ではいつまでも外国人のように感じるのではないかと不安です。幸いにも、オランダはとにかく平和を愛する国なので、わたしたちのふたつの国のあいだで戦争が勃発する恐れはないでしょう」

一九三四年、ヒトラーが権力の座に就いた一年後、グードルンはドイツの将来に関する不安をウィレムに吐露した。手紙はどんどん暗く、たいそう民族主義的になっていき、読み手の不安を掻きたてた。「わたしは何についてもとことん切実に感じる性分です」と、同じ年のべつの手紙に書いた。「心のなかで、つねに強烈なドイツ人魂を持ちつづけています［……］祖国があってはじめて、完全な人間になれるのです。人は祖国のために生き、この世にわが子を誕生させるのですし、祖国のためにあらゆる労力を注がなくてはなりません」
その年の終わりごろに婚約すると、祖父母はひとつの場所に帰属するとはどういうことかについて対話しはじめた。グードルンは『Deutsches Einheits-Familienstammbuch』、すなわち婚姻登記簿に登録する者全員にナチス政権が与えた〝Rassenhygiene（優生学）〟の本をもらったと告げる手紙を書いた。「状況がここまで悪化しているこの瞬間に祖国を離れるかと思うと、悶々とせざるをえません」と、結婚直前に書いている。祖母はこのあと永久にドイツを離れるつもりでいた。

考えてみればあと戻りのできない一歩で、わが子はドイツ人にはならず、そういう観点では、母親にとって異国の人間なのです。わたしは絶えず、人種的にわたしたちはひとつだ、政治上の境界は多かれ少なかれ恣意的なもので、日々変わりうる、と自分に言い聞かせています。ひょっとしたら、ある日、ヨーロッパが一丸となって大きな敵に立ち向かわないともかぎりません――黄色や黒色の人たちを相手に。

ふたりは一九三五年、ナチスの旗のもとにボンで結婚した。結婚式を終えると、グードルンはオランダへ移住して、ぼくの祖父の父親が植えた木々のなかで暮らした。祖母の父オットーは、化学産業イーゲー・ファルベンのコングロマリット化を推し進めた弁護士だったが、のちにこの企業体は、アウシュヴィッツ＝ビルケナウとダッハウのガス室で使われた毒ガス、ツィクロンBを製造することとなる。結婚の四年後に戦争が勃発し、グードルンは沈黙した。ドイツの家族に宛てた手紙はどれも開封されて検閲官のペンのしるしだらけになったが、たわいもない話題にあふれていた。終戦後に生まれたぼくの母の記憶にある祖母は、ふさぎこんだ寡黙な女性で、会話が浮きたって騒々しくなってくると穏やかな声で黙らせていた。子ども時代や、自分の父親のこと、戦争のこともめったに話さず、六七歳のときに免疫不全で亡くなった。ぼくはときどき、祖母の物語もまた、母が逃れようとしていたものではないかと思うことがある。

ジョニーを訪問した一週間後にアマツバメが到来し、ほとんど見えないくらい高い空をすいすいと飛んだ。存在に気づいたのは、甲高い鳴き声が聞こえたからだ。「彼らはまたなし遂げた。つまり、地球はいまなお仕事をしているということだ」と、テッド・ヒューズはその詩「アマツバメ」に書いた。高気圧に覆われた穏やかな日には、ぼくの鳩のはるか上空を、不安定な木の塀を悠々と歩く猫さながら自信に満ちて飛んでいる。晴れわたった空をアマツバメが高く飛び交う日に鳩を放つと、その姿が目に入るのか、眼下の土地をよりよく観察できる位置につこうと鳩たちは張りあうように青い空へどんどん昇っていく。あの空からは何が見えるのだろう、とぼくは考えた。南を弓なりに走る川？　ロンドン市街のきらめく高層ビル？　ひょっとして、地平線が弧を描くのも見えるだろうか。

ナターリアのお腹が膨らんできた。もう二、三か月もすれば誕生する赤ん坊のために、ぼくたちは計画を立てた。家の奥の部屋をドーラ用にしてペンキを塗り、生まれてくる子が古い部屋を使えるようにした。ベビーベッドと、予備の座席つきの大きな乳母車を買った。ナターリアが自宅出産を望んだので、助産師に連絡して段取りを話しあった。彼女は催眠出産《ヒプノバーシング》の講習を受け、お産は試練ではなくひとつの経験だと考えるよう励まされた。ノートを与えられて、「自分の務めは、肩の力を抜いてお産が始まるようううながすこと」と書きつけていた。彼女は過去をふり返らなかった。

五月、西インド諸島出身のアイリーンという名前の助産師が、せかせかした有能さをにじませながら、わが家へ事前調査にやってきた。出産プールを使うつもりはあるか、なぜ自宅出産を望むのか、だれが立ち会うのかを彼女は知りたがった。ソファーに横になるようナターリアに告げ、胎児用聴診器を取り出してお腹に当てた。ドーラとぼくはかがみこんで筒の穴に耳を当て、ナターリアの皮膚の下で鼓動する小さな心臓の音に耳を傾けた。

口に出しては言わなかったが、ナターリアもぼくも来たるべき出産に不安を抱いていたので、準備期間中、鳩たちは気を紛らわせるありがたい存在だった。彼らはわが家の庭だけでなくぼくの想像力も占拠していた。夜ごとに、暗闇でばたばた羽ばたく翼を、空からひらひら落ちてくる羽を、見知らぬ土地をいっきに飛び越えるさまを、ぼくは想像した。彼らの欲求に意識を向けるようになった。どのくらいの世話と注意力を求められているのか、最初のレースの準備にまだ何が必要なのか。毎朝、彼らを飛ばしたし、仕事からの帰宅時間が遅くなって午後にもう一度舎外ができなかったときは、夜の餌やりをしながら罪悪感を覚えた。鳩舎は毎日掃除をする必要があった。だが、彼らの求めを束縛と感じるよりも、同じ場所に留まるという考えを気に入りはじめた。鳩はぼくたち夫婦の営巣欲求の象徴なのだと考えて、自分たちの世界の小ささを楽しむようになった――明確な境界線、くっきりした境目を。

アルビーとウッドゥにさらに数羽もらい、ビッグ・ジョニーからのと合わせて、いまやぼくの群れには二〇羽の鳩がいた。彼らは鳩舎のまわりをじょうずに飛んだ。大半はすでに二か月間の探索飛行を経ていた。レースシーズンが近づきつつある。そろそろ遠征訓練を始めるころだ。

鳩レースの訓練の中間段階で、競翔家は鳩舎のまわりのあらゆる方位から放鳩訓練をしなくてはならない。この放鳩の目的はふたつある。ひとつめは、放鳩籠に入れられることに慣れさせ、最初のレースに送り出される前に心構えをさせておくためだ。なにしろ、何十羽もの見知らぬ鳩たちとともに木箱で輸送されることになるのだから。ふたつめは、この〝四方〟訓練で見覚えのある縄張りの範囲が広がって、さまざまな方向から鳩舎に近づく経路を学ぶので、まんいち鳩舎を飛び越したり、レースから帰還途中に風でコースをはずれたりしても、家に帰る道が見つけられるようになるからだ。

一九七六年まで、ほとんどの競翔家は鉄道を使って愛鳩を訓練していたが、イギリス国有鉄道が鳩を運べる貨車を走らせなくなって以降、道路でやらざるをえなくなった。運転ができないぼくは、自転車で運んで訓練するしかなかった。クラブのほかの愛鳩家にはからかわれたが、自転車で鳩とともに近辺の土地を探索するという考えが気に入った。かつて自転車便の配達人をしていたころ、道の隆起や小石を乗り越え、脚とサドルを介して街路の質感を肌で知り、ロンドンを発見するのが好きだった。いまは、飛行中の鳥になったつもりの視点を通して、少し離れた場所からこの街と近づきになるのだ、とぼくは考えた。

最初の放鳩訓練の地点は、慎重に選ばなくてはならない。リー川のこちら側の緑地空間には猛禽がうようよいると、ジョニーとスティーヴに警告された。彼らいわく、エッピング・フォレストには何百羽もハイタカがいる。ウォンステッド・フラッツの草地ではノスリが旋回している。建物が林立する地域も安全ではない。教会の尖塔や、高層ビルの最上階、かつて工場だった建物の煙突に、ハヤブサが巣を作っている。周囲の土地をよりよく探査できるからだ。自分の鳩を猛禽から守りつつ放鳩籠から飛ばして慣らすには、もっと家に近い地点から始めたほうがいいだろう。

五月末に、はじめての放鳩訓練に連れ出した。レース前夜は閉じこめられた状態で過ごすことになるので、それに慣れさせるため、前の夜に鳩たちを籠に入れた。その夜、ぼくが近づいたとき彼らは穏やかで、それぞれ翼開長ぎりぎりの間隔を空けて、キャビネットに飾られたトロフィーよろしく止まり木に並んでいた。ジョニーがくれた籠に一羽ずつ入れていくと、クークー鳴いて互いにつつきあっていたが、やがて静かになった。ぼくは籠を鳩舎の床に置き、扉を閉めて夜を過ごさせた。

あけがた、また鳩のところへ戻った。前夜は餌をやっていなかった。そうすれば、空へ放してもまっすぐ家に向かい、鳩舎に着いたら早くなかに入りたがるだろう。出発するときに太陽が昇ってきたが、朝の空気は冷たかった。道に車はほとんどいなかった。ぼくはハイロードを自転車で走り、それから脇道に入って北へ向かった。クークー鳴いたり抗議の声をあげたりする鳩の籠を自転車の前面に載せて丘をのぼると、汗が出てきた。空は霞がかって、なんだか雷雨が来そうな感じだ。丘の上に着いたあとは、東に向かってエッピング・フォレストをめざした。

最初の放鳩地点として決めておいたのは、ホロー池と呼ばれる場所だ。森の端にあり、わが家からは二キロ弱の距離。第二次世界大戦中に囚人が砂利を掘り出してできた環状の池の横に、広々と開けた空間がある。木々――節くれだったカシや枯れかけたトネリコ――が池を縁取っているが、中央は障害物がなく、四方をよく見通せた。池は船遊び場として人気で、茂みにコンドームの包みが散らばっている。一年ほど前、犬を散歩させていた人が、トテナムのギャングの腐乱死体が下生えに隠れているのを発見した。カーペットに包まれて、ネズミがちょろちょろしていたという。

ぼくは草地の中央を突っ切って、自転車をスタンドで立ててから、鳩が落ち着くまで数分待った。空に放つのが早すぎてはいけない、とジョニーに警告されていた。鳩たちが定位にどんな知覚能力を用いているにせよ、それに波長を合わせる時間が必要なのだ。

ジョギング中の女性が通りかかって、一緒にいる小型犬が放鳩籠の匂いを嗅いだ。彼女は何が入っているのかと尋ねた。

「鳩です」ぼくは答えた。

「あら、散歩のお供にしているの?」

「これから外に出すんですよ、たぶん家まで飛んで帰るはず……だから」

彼女はこの発想をおもしろがった。そういえば、首にメッセージをつけた白い鳩を一週間前にこの池で見かけたのよと言い、あなたの鳥かしらと訊いた。それから、木にテープで貼られたポスターを示した。「先週、ここを飛ばしたときにハリスホークが迷子になりました」と書いてある。「見かけたら、連絡をください」

数分後、ぼくの鳩たちはぼんやりした状態から覚醒し、またごそごそと動いて互いをつつきはじめた。空へ放たれる準備ができたしるしだ、とジョニーに聞かされていた。七時一〇分、籠の前面のフラップをあけると、一羽めの鳩がおそるおそる朝の空気のなかに出てきた。残りもすぐあとに続き、籠から力強く飛び出して、たちまち高く昇っていった。群れは南東へ、家から離れる方角へと向かい、それから旋回して池のほとりの並木をたどった。方向を変えるたびにぐんぐん高く昇り、ぼくの心も一緒に舞いあがる。ジョニーのきらめく白い鳩が群れを率いているのが、はっきりと見えた。見守っていると、もうしばらく左から右へ空を横切ってから、鳩たちはとるべき飛路を見つけた。かなり家に近いので、おそらく視覚のみに頼って方向定位するのだろう、見覚えのある目標物が見える高さに達すると、群れが小さく固まって、地平線めがけて一直線に飛びはじめた。三十秒もたたずに視界から消えた。

姿を見失ってすぐ、ぼくは自転車に乗って追いかけはじめ、森を抜け、丘を越え、ハイロードを走った。二十分後に家に着いたとき、ドーラとナターリアはもう起きていた。ふたりともキッチンに座って朝食をとりながら、鳩舎の屋根を眺めている。そこには、鳩たちが止まって入舎を待っていた。

作家W・G・ゼーバルトの両親は、一九三六年、ぼくの祖父母の一年あとに結婚した。ふたりが出会ったのはバイエルン南部の小さな山間の村、ヴェルタハ・イム・アルゴイで、ドイツ国防軍《ヴェアマハト》の兵士だった父ゲオルク・ゼーバルトがスキー休暇でここを訪れたときのことだ。結婚後、ふたりはゲオルクの隊の配置に従ってドイツ国内を点々としたが、一九四三年に、母親の育ったこの村へ戻ってきた。そして一九四四年五月一八日、マックス（ゼーバルト本人がそう呼ばれたがった）が誕生した。彼は八歳までここで暮らし、のちの回顧によれば、幸せな子ども時代を送った。

ヴェルタハ・イム・アルゴイでは、ゼーバルトは戦争の影響から隔絶されていた。村は空襲されず、前線から遠かった。ドイツのほかの地と鉄道で結ばれておらず、訪れる人もほとんどいなかった。戦後、父親はフランスの捕虜収容所で二年過ごし、彼の子ども時代にはほぼ不在だった。代わりに、ゼーバルトは母方の祖父に育てられ、長い山里散策に連れ出されて植物や鳥の名前を教わった。人生のこの期間——閉鎖的な空間、欠けているもの、祖国が複雑な位置づけにあるという強烈な感覚——が、彼の著作すべてを形作ることとなる。

ゼーバルトはぼくの祖父母と同じく、そしてたぶん母もそうだが、戦争に関するドイツの〝黙殺の共謀〟と彼が呼ぶものと、終戦後に訪れた国家的な記憶喪失——彼の見解では戦後ドイツ文学の一大特徴である、記憶の抑圧——に悩まされた。彼の子ども時代、戦争のことはいっさい話題にのぼらなかったが、あるとき学校で、ベルゼンで撮られたニュース映像を見せられた。だが、見たものについての議論はなかった。逃げ出すかのように、ゼーバルトは一九六〇年代にドイツからイギリスに移り、まずはマンチェスター、のちにノーフォークに住んで、残りの生涯を妻のウテ、娘のアンナとともに過ごした。

イーストアングリア大学でドイツ文学を教えていたとき、学問的な著述に多くの制約があることに苛立ちを募らせ、四〇代で奇妙な、枠にはめにくい本——小説でも紀行文でもなく、その中間のようなもの——を書きはじめ、それによって名声を得ることになる。代表作『アウステルリッツ』は、生前に英語で刊行された最後の著作で、祖国の失われた記憶を発掘しようという試みだった。小説の冒頭で、名もなき語り手が一九六七年のアントワープの中央駅でひとりの男を目にして話しかける。男の名前は、ジャック・アウステルリッツ。本書を通じてふたりは出会いを繰り返し、たいていはロンドンのリヴァプール・ストリート駅にあるグレート・イースタン・ホテルのバーで、アウステルリッツが語り手に自分の人生を物語ったり、簡単な講義をしたりした——講義内容は、建築について、時間の性質、要塞の設計、それから伝書鳩の歴史と習性について。

アウステルリッツは、ゼーバルトやぼくの祖母と同じく、歴史のせいで祖国を追われた。生まれはプラハで、母親はオペラ歌手だった。ナチスがチェコスロバキアに侵攻したあと、父親はパリに逃げ、アウステルリッツは母親の取り計らいで子どもの移送《キンダートランスポート》〔第二次世界大戦勃発前の九か月間に実施された、ナチス占領下の地域からおもにユダヤ人の子どもを救出する活動〕を介しリヴァプール・ストリート駅に送られて、ノース・ウェールズのバラに住む非国教徒の説教師とその妻に引き取られた。その後、ティーンエイジャーになってはじめて、自分の名前がほんとうはダヴィーズ・イライアスではなくジャック・アウステルリッツだと知った。

学校でジェラルドという名前の少年と出会ったが、アウステルリッツが語り手に話したところによれば、その少年は「ひどいホームシックに悩まされて」いた。「よく家族の話をしていました」とアウステルリッツは言う。「とりわけ熱がこもったのが三羽の伝書鳩の話で、ジェラルドに言わせれば自分が鳩の帰還を心待ちにしていたのに負けぬくらい、三羽はいま彼の帰りを待ちわびているというのです」あるとき、ジェラルドの鳥の一羽が、家のちょっと上流のドルゲライから帰還中に迷い鳥になり、翌日、片翼を傷めた状態で家の小道を歩いて戻ってきた。「遠い道のりをひとり戻ってきた鳩のこの話を、私はのちにくり返し思い起こさずにはいられませんでした」と彼は語る。

あの鳩はどうやって険しい山地を飛び抜け、さまざまな障害をくぐり抜けて、目的地に正しくたどり着くことができたのだろうか、と。そして今も、空を行く鳩を見かけると、とアウステルリッツは語った、心が騒いで、その問いがどうしても胸をよぎらずにはいられないのです。理屈では何の繋がりもないものの、私にとってその問いは、後年ジェラルドがあんな亡くなり方をしたことをいやおうなく思い起こさせるのでした。〔鈴木仁子訳〕

ジェラルドがケンブリッジに行ったのちもアウステルリッツは何度か会っていたが、いつしかジェラルドは飛びたいという思いに憑かれ、小型飛行機を買って、サヴォイアルプスに墜落し命を落とした。ゼーバルトの著作中、家は物理的にも心理的にも避難場所とされていたが、家という概念が、慰安をもたらすのと同じくらいやすやすと、人々——よそ者、見知らぬ者、外国人——を排除するために使われかねないことも、彼は認識していた。ゼーバルトの大きな功績は、散文『なじみのない故郷（Unheimliche Heimat）』の構成を介して、じかに対峙することなく、子ども時代に体験した戦後ドイツを呼び起こしたことだ。晩年に行なった講義で、ドイツはいまや非現実的な「とめどないデジャブーのようなもの」に感じられる、自分に残されたただひとつの本物の家は「ページの上にある」と、彼は語った。鳥たちが、べつの形の連続性をもたらしてくれた。『土星の環』という作品では、やはり名前のない語り手が一種の放心状態でサフォークのだだっ広い平原を歩くが、彼は子どものころ夏の夕べにツバメが飛ぶのを眺めて、「この世界をばらばらにならないように繋ぎとめているのは、ひとえにこのツバメが空中に軌道を描いているからだ」と想像していたという。

二〇〇一年、ゼーバルトは自動車事故でこの世を去った。亡くなる直前の朗読ツアーに同行したアメリカ人編集者によると、ゼーバルトが大西洋を越える飛行機上で人生最後に読んでいた本は、伝書鳩についての論考だった。死後、その最後の旅で彼が朗読したアメリカ版の『アウステルリッツ』に、戦時中の鳩に関する『ニューヨーク・タイムズ』紙の記事の切り抜きがはさんであるのが見つかった。

午後一時三七分、サンダーランド、家から三七八キロ

鳩たちはいま、家までの中間地点にいる。彼らはそれを知っているだろうか。すでに六時間あまり飛んで、何羽かはそろそろ疲れてきた。群れのおもな鳥たちは、正午過ぎにだれにも見られず認識もされないまま、ベリックの上空を通りすぎる。その集団から十分遅れて、落伍鳩の一団がやってくる――たぶん二、三〇羽程度で、海岸沿いに南下する途中で群れからはずれてしまった。

鳩たちは陸地をつたってはいるが、岬と岬のあいだは飛び越し、海上に出ては崖の上空――ごつごつした赤い砂岩、層状に埋もれた化石の上――にまた戻る。リンデスファーン島を飛び越えて、ノーサンバーランド海岸を南下していく。風が東から押し寄せる。それがだんだん強まり、南下するにつれ気温が上昇する。

何羽かにとっては、耐えられないほどだ。ニューカッスルを過ぎるとき、ぼくの鳩の一羽、NWHU2017S64475というレースリング番号の青い雌が、群れからはずれた。それ以前のレース――ベリックからと、ウィットレイ・ベイから――でしっかり飛んで、眼下の土地をよく知っている鳥だ。たぶん、トラックの木箱のなかでじゅうぶん水分を取れなかったのだろう、喉の渇きを覚え、池か運河の

ちらちら光る水面を見かけて、ちょっと休んで水分補給しようと降下した。

地上では、いっそう激しく翼の疲れを感じた。家に引き寄せられる力が弱まった。抱きに帰るべき卵もない。直近の雛二羽は何週間も前に巣立っている。いまや空腹も覚えだした。公園脇の溝から油膜の浮いた水を飲み、通行人がカモに投げてやったパン屑をあさっている野生の鳩の群れのほうへ歩いて行く。

一時間後、休息して力を取りもどし、また空へ飛び立つ。前よりはゆっくりと、海岸線をつたっていく。サンダーランドに近づいたところで、べつのレース鳩の集団に遭遇する。南の放鳩地点から北へ向かう群れだ。彼女はそこに加わる。こんなふうに国内各地に向かう群れが空でかちあうことは、レースの最盛期にはよくあることだ。一度に数万羽もの鳩がイギリス上空を飛んで、人知れず旅をしている。

ぼくの雌は集団の端を飛ぶ六羽と仲よくなり、そのあとについて、ソーンヒルの中心から南の、ある愛鳩家の裏庭の鳩舎めがけて急降下した。庭には見覚えがなかったが、トラップは自分の鳩舎のものによく似ている。六羽のあとから到着台に降り、一緒に入舎して、床に置かれた小箱からがつがつと餌を食べる。

数日後、レースが終わってかなり経ってから、この鳩舎の持ち主でグレンという名の男性が、迷い鳩の存在に気づいた。リングの番号に電話をかけ、応答したぼくに、あなたの迷い鳩を見つけたと告げる。彼は、鳩の状態はよさそうだ、「おとなしくて、いい鳥じゃないか」、だめにしたくなかったら徘徊させておいてはいけないと言い、この鳩をどうしてほしいかと尋ねる。ぼくは二、三日以内に迎えの宅配便を行かせると答える。

レースはとうに終わったが、電話の一週間後、記録時計の開函規正がされてから二週間後に、彼女は鳩舎に届けられる。旅を中断したわりに、ちっとも疲れたようすを見せずに。

第七章　空へ放す

若鳩のチームに初レースの準備をさせる最善の方法については、相当な意見のちがいがある。オスマンの『レース鳩』には、次のように書いてある。

愛鳩家の多くは、二マイル〔約三・二キロ〕の地点から最初の放鳥を行ない、次に五マイル〔約八キロ〕、一〇マイル、一五マイルと段階を経て、およそ六〇マイル〔約九六キロ〕にある最初のレース地点まで距離を増やしていく……じゅうぶん遠くまで連れ出していない鳥にありがちなのは、籠から放たれたあと鳩舎を飛び越し、そうと気づかないうちに知らない場所に迷いこんでしまうことだ。だからこそ、多くの愛鳩家は、鳩舎の東西南北からそれぞれ少なくとも一回は放す。

さほど周到ではない競翔家は、放鳩訓練を一度きりしかしない。それも家から一、二キロほどの、すでに鳩たちになじみのある土地の上を飛ばす。とりあえずクラブの仲間には訓練をやったと言えるからだ。「こんなふうに扱われた鳥は、短距離レースなら勝つ見込みがあるし、じっさいに勝ってもいるが、それはただ、残りの鳥たちに率いられてレース距離を飛んだあと、たまたますばやくトラップをくぐったにすぎない」とオスマンは忠告する。忍耐強く、さまざまな場所から何度も放鳩してじっくり訓練することが、シーズンを通じて好成績をあげるチームを養成するのに最も望ましい方法だ、と。

よく訓練された鳩のチームは、放鳩籠に入れられることにも、知らない地点から放たれることにも慣れている。ぼくは放つということばが好きだ。鳩に一種の自主性を与える響きがあり、ぼくが長いあいだ切望していた感情を表現するものだからだ。ひとたび放たれたら、鳩たちはどこへでも好きなところへ自由に行ける。しかも、入念に訓練されて、帰る理由を与えられていたなら、たいていは自分の意思で家に帰ってくるわけで、その事実に心を打たれずにはいられない。だが、レースに向けた準備となれば、家の縄張りの外に連れ出す必要がある。鳩と家との絆は遠くへ伸ばしてはじめて強まる。

ホロー池で最初の放鳩をしたあと二、三週間は、可能なかぎり鳩たちを外に連れ出した。天気がよければ籠に入れ、自転車にくくりつけて出かけた。仕事に出かける日は、朝早く、ドーラとナターリアが起きる前に連れ出した。家で一日じゅう書き物をして過ごした日は、夕方、日が暮れる前に出かけた。というのも、暗くなりすぎると彼らは方向を定位できず、外のねぐらで一夜を明かそうとするからだ。

ドーラが保育園に通いだしたので、朝にときどき、娘と放鳩籠をまとめて自転車に積んで出かけた。娘を門の前で降ろし、手を振ってさよならすると、どこか近くの場所から鳩を放して、仕事に向かった。東に自転車を走らせ、ウォンステッド・フラッツのどまんなか、ヒバリが歌を歌い、チョウゲンボウが頭上で羽ばたいているところから鳩を飛ばした。南の方角、オリンピックパークの中央からも放った。ある夕暮れどきには、ノースサーキュラーロードのはずれまで自転車を走らせて、開けた広大な野原から鳩を放したが、そこでは独り者の男たちが集まって、穏やかな春の空にリモコン式ドローンを飛ばしていた。

こんなふうに見知らぬ領域へ進出するときは、水をたどることが多かった。ある日、いまは用水路みたいなものだが、かつてはリー川の主要な支流だったチング川を遡り、チングフォードの戸建て住宅のあいだを抜け、小道を疾走して、下生えをネズミがちょろちょろ走るみすぼらしい公園から鳩を放った。その公園で、ぼくは川の源流を見つけた。また、リー川を南下してストラットフォードを抜け、テムズ川と合流するリーマスにたどり着いて川岸から鳩を飛ばし、はたして彼らは飛び立つときにテムズ川の河口から漂う海の匂いを感じとっただろうかと考えた。

夏の訪れとともに気温が上昇すると、どこかへ出かけるときにはほぼいつも、籠に入れた鳩数羽を自転車の前に載せるようになった。キングス・クロスに連れて行って大英図書館の中庭から放ち、自分は館内で本を読んだ。彼らがどんな飛路で家に帰るのか想像するのが楽しかった——ペントンヴィルの丘を越えて反対側にくだり、ダルストンめざして低く飛んで、リー川沿いにハックニーを抜け、湿地を越えるのだろうか。また、友人の誕生日パーティーにも何度か連れて行き、マンションのバルコニーや郊外の庭から芝居がかって鳩を放した。一度など、ブルームズベリーの職場へ連れ出してオフィスの窓から飛ばしたが、同僚に気づかれるとまずいので、二度とやらなかった。

彼らを放すたびに、同じ感覚を味わった——舞いあがるような高揚感の直後に襲いかかる、強烈な、心を苛むような不安。どうやっても無視できず、彼らがぶじ家に帰り着いたとわかるまでくすぶりつづける不安だ。鳩たちの飛行に影響をおよぼしたり、帰還の確率をあげたりしたくても、ぼくにできることはほとんどない。ただ待って、信頼して、祈るほかない。ぼくは、手を放して彼らにまかせること、帰還経路は覚えられるが迷い鳩にならない程度の自由を与えることを、学ばなくてはならなかった。

ドーラの人生の一年めは、ナターリアとぼくがそばにつきっきりだった。誕生時につらい経験をしたせいで用心深くなりすぎて、娘が三歳になってようやく、ぼくたちと離れて夜を過ごさせた。ぼくたちは絵に描いたような新米の親で、自由と過保護の適切なバランスをとろうと努めてはいたが、いま思うと、溺愛の方向に過ちを犯すことが多かった。驚いたことに、ナターリアよりもぼくのほうが心配性だった。公園や水泳プールでも、ドーラが手の届かないところに行くとたちまちやきもきして、やれブランコから落ちないか、止める間もなく深いほうへ行かないかと心配した。娘と離れているあいだはつねに、悪夢のシナリオが頭のなかで展開されていた。だが、その年の春、娘が保育園に通いだして離れて過ごす時間が増えると、ぼくは娘を自由にさせることを学びはじめた。

家の外の公園に出かけると、ドーラはごっこ遊びをしたがった。娘がブランコのところへ行って、ぼくに押してくれと頼む。

「あたし、木とおんなじくらい高く昇りたいの」と娘は言う。「鳩とおんなじくらい高く」それから、こう言う。「飛んでけーって、言って」ぼくは背中を押してやり、ぐんぐんスピードが出て高くあがると、娘に向かって「飛んでけ!」と叫んで、また戻ってきたら「こんなところで何をしてるのかな?」と尋ねた。娘はきゃっきゃと大喜びし、ぼくはこの遊びが追放と帰還を儀式化しているように感じた。

ジークムント・フロイトは『快楽原則の彼岸』で、一歳半の孫息子エルンストが同様の遊びをするさまを描いている。エルンストは聞き分けのよい男の子だが、「知的な発達はけっして早いほうではない」と、フロイトは謙遜している。この遊びでは、さまざまなおもちゃを手に取っては部屋の隅へ放り投げる。同時に「長く引き伸ばした〝おーおーおーおー〟という大きな声」を発するのだが、フロイトは〝フォート!〟つまり〝いなくなれ!〟と言いたいのだと判断した。のちに、フロイトは孫息子が木製の糸巻きと糸で遊ぶようすを観察した。エルンストはベビーベッドの横に糸巻きを垂らし、見えなくなると「おーおーおーおー」と言う。それから、また糸巻きを引きあげ、うれしそうな「ダー!(あった!)」の声で迎える。

フロイトはこの〝フォート‐ダー〟の遊びは、孫息子が反復を通じて別離のトラウマを克服しようとする試みの表れだと理解した。なぜ、わたしたちは自分に痛みをもたらすものと対峙するのだろう、とフロイトは自問する。そして、こうした体験は必要であり、胸のうちで望んでいる、なぜならこれによってトラウマに対処できるようになるからだ、と結論づけている。エルンストにとって、大好きな物と別れてまたその出現を目にすることは、別離への不安を克服する手段なのだ。

ドーラの成長にともなって、ぼくはエルンストの遊びのことをよく考えるようになった。たぶん、鳩の訓練を始めたのも理由のひとつだろう。家からの距離を少しずつ増やして放つたびに不安を覚えるのは、不快であっても避けては通れない強制別離の行為だ。鳩もぼくも、その行為から学ぶ必要があった。ときどき、放した当日に彼らが戻ってこないと、ぼくは陰うつな気分になり、彼らがどうなったか案じて悶々とし、ろくに眠れず、朝早く起きて庭におりては、帰還したかどうか確かめた。ぼくが訓練飛行から先に帰り着き、帰還のようすを見守ることができたとき、彼らはたまに(知らない土地の上空で群れが分裂するか、タカに追われ散り散りになって）三々五々に現れることがあり、着陸の順番を辛抱強く待つ飛行機よろしく空で一列に待機していた。ごくまれに、背中や胸に傷を負って帰ってくることもある。タカに襲撃されたか、パニックになって木の枝に引っかけたのだ。

公園や川沿いの曳船道や道路の待避所から鳩を飛ばすうちに、ぼくは想定される帰還経路を構想するようになった。コンピューターの地図で予想飛路をたどり、衛星画像を拡大して彼らとともに道路や家々の上を飛んで、しだいに、わが家がこの街のほかの地域とどのようにつながっているか理解しはじめた。彼らと想像の旅をともにして、自宅を一歩も離れることなくあちこち出かけることができたのだ。

知らない場所で家に帰る道を見つけるには、ふたつのものが必要になる。ひとつは地図、もうひとつはコンパスだ。コンパスは方位情報を与えてくれるが、現在の居場所と目的地の位置関係がどうなっているのか教えてくれない。地図は、自分が地表のどこにいるのか、目的地はどの方角なのかは教えてくれるが、いったん出発したあと家までの経路を保ちつづけるには役立たたずだ。地図はあるがコンパスがなければ、家がどこなのか突きとめられない。コンパスはあるが地図がなければ、自分の居場所と家との位置関係がわからない。

こうした方向定位の〝地図とコンパス〟モデルについて、一八八二年、フランスの生物学者、C・ヴィギエがはじめて動物にも当てはまると唱えたが、その土台となるメカニズムに継続的な科学的関心が注がれたのは、二十世紀になってからだ。グスタフ・クラマーは、外を飛んだ経験がない鳩はうまく帰還できないことを最初に発見した生物学者で、一九四〇年代に、籠のムクドリがどうやら体内コンパスを持っていそうだと気づいて、鳥の方向定位の問題に関心を抱いた。そして〝Zugunruhe（ツーグンルーエ、渡りの衝動）〟という造語で、渡り鳥が移動の時期に示すそわそわしたせわしない動きを表現し、この期間中、彼らが籠のなかで、自然の渡りの経路に最も近い場所に集まりがちなことを確認した。

鳩は独特の帰巣能力を持ちながら季節的な渡りの衝動は示さないので、帰巣行動をもたらす生物学的メカニズムを調べるにはうってつけの被験体だと、クラマーは判断した。そして一九四〇年代から五〇年代にかけて、のちに〝太陽コンパス〟と呼ばれる仮説の実験を行なった。鳩を大きな円形のケージに入れ、その縁にそって一二個の容器を置く。餌が入っている容器はひとつだけで、鳩たちはやがて、特定の方位の容器に餌が入っているものと予期するようになる。その後、ケージを回転させても、鳩たちは餌を探す方位を変えなかった。したがって、彼らは餌が入った特定の容器に視覚的に反応するのではなく、べつのメカニズムを使って餌のある場所を突きとめているにちがいない、とクラマーは結論づけた。

すでにクラマーは、鳩がきわめて正確な体内太陽コンパスを持ち、ひいては太陽の方位から位置情報を認識できることを発見していた。のちの研究で、夜間に飛ぶ渡り鳥も星によって同様の方向定位ができることが示されている。だが、クラマーは、曇りの日に未知の場所から放たれた鳩は――自分の位置を見定めるのに少しばかり時間がかかるものの――最終的に太陽が見えるときと変わらず帰巣できることにも気づいた。渡り鳥を使った実験から、多くの種が地磁気に敏感なことが示唆されていた――ヘルムホルツコイル〔空間に均一な磁場を発生させる装置で、しばしば地磁気を打ち消すために用いられる〕で鳴禽の籠を囲って磁場の極を反転させると、通常とは反対の位置で渡りの衝動を示す――が、鳩もふたつのコンパスを持っているのだとクラマーは結論づけた。ひとつは太陽にもとづくもの、もうひとつは地磁気センサーにもとづくものだ。

クラマーは数年後、実験用の鳩の雛を採集中に崖から落ちて亡くなったが、弟子のひとり、クラウス・ホフマンがその理論を発展させた。人工光に照らされたケージにムクドリを入れて光の量を毎日少しずつ変えたところ、彼らの〝時計をずらして〟実際とはちがう緯度にいると勘ちがいさせられることに、ホフマンは気づいた。彼らに餌を与えると、時計をずらした角度に対応する方位で餌を探したのだ。

鳩も、時計にもとづくこの驚異的な空間的行動を示す。鳩の群れの時計をずらして知らない場所から放すと、最初は、方向認識の改変分だけずれた方角へ飛んでいく。こうした実験から、鳩は太陽だけを方位コンパスとして用いてはいないことが示唆される。ハチと同じく、体内経線儀《クロノメーター》を使って地平線上の太陽の動きを補正できるのだ。

クラマーとホフマンの研究によって鳩のコンパス問題は解決したように思えるが、鳩が使用する地図については、本質の解明がはるかにむずかしかった。一九七一年、生物学者のフロリアーノ・パピが率いるピサ大学の科学者グループがやや残酷な一連の実験を行なって、ようやく手がかりを得た。パピは鳩の嗅覚の神経を切断するか、硫酸亜鉛の溶液を鼻孔に浴びせて一時的に無嗅覚にすると、帰巣能力がまるきり失なわれてしまうのを発見した。もっと奇妙なことに、外の大気から完璧に切り離された鳩舎に孵化時からずっと入れられていた若鳩は、たとえ外を見ることが許されていても、ひとたび知らない場所に移されたら、帰還経路を見つけられなかった。そして何よりも驚きだったのは、空気の流れを反転させた鳩舎——ファンとダクトで外の風とは逆向きに空気が入るようにした鳩舎——で若鳩を飼うと、外に放したとき、一八〇度ずれた方角、つまり家から遠ざかるほうへ飛んでいったことだ。

パピは、鳩は周囲の匂いの〝勾配図〟を使って方向定位している、人間の鼻では検知できない匂いを利用して現在地と家との位置関係を導き出しているのだと結論づけた。今日では、鳩は風の匂いに太陽コンパスと磁気コンパスを組みあわせて遠方の地から家まで飛行する、という見解で科学者の大半が一致している。では、なんの匂いを嗅いでいるのか、という問題に決着がついたのはわりあい最近で、ドイツの科学者、H・G・ヴァルラフが〝ヴァーチャルの鳩〟——鳩の想定行動をコード化したコンピュータ－アルゴリズム——をデジタル空間で飛ばせる実験を行なったときだ。ヴァルラフは三年がかりで、ドイツのヴュルツブルクにある自分の鳩舎から半径二〇〇キロの範囲を車で回り、九六か所の空気の標本を集めた。そしてガスクロマトグラフィーで分析し、化学構成を確認して、そのデータをコンピューターモデルに入力した。そのうえで、ヴァーチャルの鳩をさまざまな〝放鳩地点〟から放ったところ、彼らは空気の標本からもたらされたデータと、風向きに関する情報を用いて、ヴァーチャルの家に帰る経路を見つけられた。

どうやら、家そのものには、鳩が嗅いで方向定位できるような、ビーコンの役割を果たす匂いはないようだ。そうではなく、地表の一定の方向から来る風に持続的な不変の匂いがあり、鳩はそれを用いて世界の匂いの勾配図をこしらえ、その図のどこに家があるのか認識している。鳥のこのような方向定位の臭覚地図モデルからひとつ示唆されるのは、鳩は帰るために進むべき方角はわかるし、いったん飛び立ってからはほかの知覚能力一式を使って目標を見失わないでいられるが、たどり着くまでにどれくらいの距離を進むはめになるかはわかっていない可能性があることだ。家をめざして飛ぶ鳩は、おそらく到着するまでひたすら前進するしかなく、ときには疲労で力尽きてしまうこともあるだろう。

五月末、ぼくは北に向かう前に最後にもう一度、西の方角、わが家から二キロ足らずのレイトン湿地で放鳩訓練をした。放す地点として選んだのは、一九〇九年にアリオット・ヴァードン・ロウというエンジニアがイギリス初の動力飛行を行なった場所だ。ロウはパトニーにある弟の畜舎で飛行機を製作した——蒸気処理した木材にピアノ線を張って、翼に黄色い油紙を貼りつけ、弟の自転車のフォークで車輪をこしらえた——が、ソールズベリー平野でも、ウィンブルドン・コモンでも、ワームウッド・スクラブズでも実験飛行の許可が得られず、飛ばせる場所がどこにもなかった。血眼になってロンドンの地図を調べたところ、青々と広がった湿原があり、一般の利用者にも開かれ、航空機の飛行を妨げる規則が何もないことに気がついた。そこで、当局の許可を求めることなく、夜陰に紛れて、事前に借りておいたリー川沿いの鉄道橋アーチへ飛行機を運びこんだ。

最初の飛行は短く、わずか数十メートルの跳躍で、飛行機の木製のタイヤが草の先端をかすめながら進んだだけだった。「五〇ヤード。ホップして、クラッシュ、それから二週間の作業」と、ロウはこれら初期の試みの挫折を要約している。彼の飛行機はまだ地表をちゃんと離れられなかったが、飛行の自由を味わう瞬間はもう目の前だった。一か月もすると、跳躍の距離と高さが増し、リー川沿いの原っぱで彼がやっていることに世間が関心を示しはじめた。各新聞社が湿原に記者を送った。地元当局は、彼らいわくロウの〝奇行〟に頭を悩ませ、役人に尾行させて何か違法なことが行なわれていないか見定めようとした。

一九〇九年七月一三日の朝、ライト兄弟が重航空機でキティホークの砂丘の上を飛んだ六年後、ロウは自作の飛行機をアーチの外へ出し、その小さなオートバイ用エンジンを始動させて、翼の湾曲ぐあいを調べ、離陸の体勢をとった。『デイリーメール』紙のカメラマンが決定的瞬間を捕らえようと待期していた。ゆっくりと、ロウが草の上を進みはじめた。馬力はさほどないが、彼の飛行機はたちまちスピードをあげ、鉄道橋アーチから川のほうへ緩やかな傾斜をくだっていった。数メートル先で、タイヤが地表を離れた。衝撃と振動がやんだ瞬間を、彼ははっきりと感じた。最初はじわじわと、やがて速度を増して、ロウは上昇した。木々の上を越し、川の対岸にある家々の高さまで昇った。

ロウの勝利の飛行は十分足らずとはいえ続いた。ぐらつくコックピットから、リー運河《ナビゲーション》（かつては川の自然な支流だったが十八世紀に貨物をロンドンの外へ輸送しやすくするために運河化された）の大きな弧が北へ延びて、鉄道のきらめく線路に二分されているのが見えた。リー渓谷の丘陵が西へ走っているのが見えた。湿地がぐんぐん下へ去り、四方に連なる家々が遠い地平線まで並んでいるのが見えた。のちに彼はこう言っている。高揚感と自分の正しさが立証された感慨を味わうと同時に、解き放たれた感じがした——地球の束縛から、そして心血を注いだプロジェクトにつきまとう期待の重さから。

ロウの試みの百年後、ちぎれ雲が上空に浮かぶ天気の変わりやすい春の日に、ぼくは彼の離陸地点の近くに放鳩籠を置いた。季節はずれの寒さだが、空は晴れ渡り、太陽はほぼ南にあって、川面と、リー・ブリッジ・ロードの隣に巨大な飛行機格納庫よろしくうずくまるアイススケートリンクの屋根が、陽光を照り返している。ぼくは籠のなかで鳩を落ち着かせつつ、野を見回してタカがいないのを確かめた。並木が川を縁取り、東へ向かう高架遊歩道が草地のまんなかを走って、遠くの厩舎から馬のいななきが聞こえる。鉄道橋アーチのひとつに、ロウの初飛行を記念する飾り板があるのが見え、その横に〝クラックを吸って飛べ！〟と落書きされていた。

そろそろ鳩たちも落ち着いたころだろう。ぼくは籠のところへ行ってフラップを開いた。彼らはたちまち飛び出し、灰色の体が煙のようにさあっと立ちのぼって、周囲に群れが広がったかと思うと、線路を飛び越えて上昇した。草地を二回旋回したところで、彼らの家が見える高さに達した。風に煽られつつもひたむきに飛ぶ姿は、力強く自信にあふれている。ほんの数か月前の、不安そうな若い鳥とは見ちがえるようだ。いまや彼らは目的を持って飛び、前方に何が待ち受けているのかわかっているらしい。数秒後、視界からその姿が消えた。地上からあれほど高く、あれほど自由になって、彼らはいったい何を目にしたのだろう、とぼくは考えた。

十八世紀の終わり、人類が空を飛びはじめたころ、人々はこの世界が上からどんなふうに見えるのか関心を持ちはじめた。それ以前は、現在のぼくたちがGPSとスマートフォンの地図のおかげで見慣れた空からの景色は、ほとんど想像がおよばない領域——英雄か神か鳥の領域——で、不遜なものとされていた。空からの景観図は存在してはいた——ヨーロッパ各都市の景観画《ヴェドゥータ》が高い建物の上から描かれたし、十六世紀にはさまざまな都市のきわめて正確な鳥瞰図が製作されはじめていた——が、現実というより想像上の眺めだった。上空から目にした家々を正確に描くのでなく、全能の神、世界の所有者を暗喩するものだったのだ。あの日湿原でロウが味わったのと同じもの、肉体的な飛行の感覚だけではなく、それがもたらすあらたな視点を体験したことがある生身の人間は、一九〇九年当時には一〇〇人もいなかった。

世界最初の空中写真は、一八五八年、気球乗りのガスパール＝フェリックス・トゥールナション——風刺画家、肖像写真家、発明家にして究極の自己プロモーター、自称〝ナダール〟——が、パリ近郊の村で撮影した。ロープで地表につながれた水素ガス気球のふらつくゴンドラから、手間のかかる扱いにくいカメラで撮られた写真は、いまはもう存在していないが、ナダールは自分の捕らえた光景が啓示的だと認識していた。上空から見た「地球は始まりも終わりもなく広がって、果てしない巨大なカーペットだった」と、彼はのちに書いている。

現存する最古の空中写真は、一八六〇年一〇月一三日、ジェイムズ・ウォレス・ブラックとサミュエル・アーチャー・キングが、クイーン・オブ・ジ・エアー号という気球でボストン港の上を飛び、眼下のおもちゃみたいな街の家々の屋根や船を詳細に捕らえたものだ。ふたりはその写真に「ボストン、ワシやガンが見ている風景」と表題をつけた。写真と飛行を組みあわせれば鳥類への共感が高まることを、すでに予感していたのだ。

初期の空中写真は撮影がむずかしかった。劣化しやすい化学薬品と、長い露出時間が、これら草分けの人々を苦労させた。当初は、空から地表の画像を捕らえる手段として最も信頼できるのは気球だったが、テクノロジーの進歩でカメラが小型化して強靭になり、無人の航空機に搭載して飛ばせるようになった。小型の気球が、戦場の上、そして地球のあちこちに誕生しつつあった新しい都市の上にカメラを漂わせた。一八八八年にアメデ・ドゥニスがロケットでカメラを天に打ちあげて、パラシュートでゆっくりと降下しながらシャッターを切るさまを見守った。十九世紀末には、ごく日常的に凧にカメラが装着され、ゆっくり燃える導火線で作られたタイマーとともに上昇して、最も高いところに達するとシャッターを切った。

これら初期の航空写真の撮影装置のなかでとりわけ目を引くのは、薬剤師にしてアマチュア写真家のユリウス・ノイブロンナーが、レイトン湿地をロウが飛んだ一年ほど前に設計したものだ。ユリウスの父親のウィルヘルムは、やはり薬剤師で熱心な愛鳩家だったが、地方で働く医師の処方箋を自分の薬局まで鳩に運ばせて、事前に薬を用意していた。家業を継いだユリウスは、鳩を用いた父親の医薬品配送ネットワークを完成させて、処方箋だけでなく薬も運べるよう鳩を訓練し、彼らを介して地元の病院に医薬品を届けた。そのうちの一羽が霧で迷行して一か月後にようやく帰還したとき、ユリウスは鳩たちが空にいるときどうしているか知ることはできないものかと考えた。そこで、タイマー作動のシャッターをつけた超軽量カメラを設計し、小さなハーネスで一羽の鳩に取りつけた。

最初の試験飛行は一九〇七年に行なわれ、ユリウスは一九〇八年にこの〝空から地上の写真を撮影する手段および方法〟の特許を取得した。実験を重ねるうちに、システムはどんどん洗練された。彼が設計したカメラは重く、鳩たちは家に帰るのが早ければ早いほどその負担から解放されることをたちまち学んだ。ユリウスは鳩の平均飛行高度と風向きを考慮して、それなりの精度で、鳩カメラが特定の目標物の上で撮影するシステムを構築した。また、暗室を内蔵した可動式の鳩舎を開発し、家からはるか遠

ユリウス・ノイブロンナーの“写真家”の鳩（Photo: Science Source/PPS通信社）

くまで鳩を連れ出して地上の風景を記録できるようにした。

彼が撮影した写真は、並はずれた共同作業の美しくて忘れがたい記録だ。ユリウスは空から見た世界の実態がこの写真で明かされるものと期待したが、むしろ現実から乖離した観があり、見慣れた被写体——街角の風景、邸宅、幾何学式庭園など——が色彩と線でできた抽象作品と化していた。鳩舎の屋根に立って鳩の着地を待つ彼本人を捕らえた写真も、一枚か二枚あった。ぼくがとくに気に入ったのは、鳩の存在を示すもの——フレームの端にぼんやりと侵入した翼の先端や、けげんそうにふり返った頭——が見える写真だ。

ユリウスは数年のあいだ、自分の発明に人々の関心を集めようと奮闘した。可動式の鳩舎を見本市に持ちこみ、周辺の田園風景の絵はがきを販売した。鳩写真システムが軍事用途にも使えるのではないかと考え、第一次世界大戦の勃発後、ソンムやベルダ

上空から見た世界（Stiftung Deutsches Technikmuseum Berlin, Historisches Archiv. Photo by Julius Neubronner）

ンといった戦場の上空を彼の鳩が飛ぶこととなった。だが、敵の要塞の有益な写真を撮るには、鳩が前線を越えて敵陣に入る必要があり、それはきわめてむずかしいことが判明した。ドイツ軍はたちまち興味を失い、ユリウスはこのプロジェクトではまったく儲けられなかった。とはいえ、彼の鳩たちは、戦争で配備された無人ドローンの先駆けとなった。

航空写真はまた、アーティストのジョアン・フォンクベルタが述べたとおり、見るという行為の革命にも寄与した。ハンガリーの写真家、モホリ＝ナジ・ラースローは、一九二八年のエッセイ『あらたな視界（The New Vision）』で、空から世界を認知することが、じきに〝空間を完全に経験すること〟を可能にすると説明した。空からの景観は「空間の圧縮装置」であり、「建築物の関係性に対するこれまでの概念を変容させる」だろう、と。ほかならぬこの視点——肉体から分離した、神のような遠い視点、いわば飛ぶ鳥の視点——を、今日のぼくたちはスマートフォンで方向定位するときに持っているわけだ。

ユリウスの写真は、わくわくするような共感を記録に収めた。ぼくが鳩の遠征訓練を続けるうちにどんどん強く感じるようになった、人間と動物との親密な関係だ。月から撮影された地球の写真もそうだが、彼の写真は人々に、いかに彼らの世界——彼らの家《ホーム》——が小さいかを実感させた。だが同時に、答えの出ない問いも突きつけた。だれが一連の写真を撮ったのか。ユリウスか？　それとも、彼の鳩なのか？

飛行中に自分の鳩がどこを訪れ、家に帰る途中で空から何を見ているのか、ぼくも知ることができるかもしれないと思いはじめた。ユリウスの写真を再現しようと、小さなデジタルカメラをインターネットで購入した。重さを軽減するためにプラスチックの枠をはずし、母がパンツのゴム紐とブラのクリップで作ってくれたハーネスをつけて——鳩の首の上から尾の下をぐるりと通して胸の前に装着する小さなリュック状にして——一羽の鳩に取りつけた。ハーネスを装着したままでもとくに問題なく鳩舎内を動きまわれるのを見届けたうえで、カメラのスイッチを入れ、トラップを開いた。

穏やかな暖かい日で、鳩たちが木々の上へ飛んでいくころには街は涼しくなっていた。朝からずっと鳩舎内にいたので、彼らは喜んで空へ飛び立った。そして家の上を旋回しはじめ、周囲の家々の窓に陽光がきらきら照り返すなかを空高く舞いあがった。ときどきわが家の屋根にしばし止まってはまた飛び立ち、あらたな旋回をする。彼らが頭上を通りすぎるとき、カメラをつけた鳩が目に入り、まだ録画中であることを示す赤い点滅がかろうじて見えた。

一時間ほど飛んで、太陽が沈みかけたころ、鳩たちが降りはじめた。トラップを開いて缶を鳴らすと、餌を食べるために入ってきた。カメラはまだ鳩に装着されていた。ぼくはハーネスをはずし、いまや高揚感に震える手で、カメラをノートパソコンにつないだ。画面に、ぼくの顔がすっと現れた。ビデオが――解像度が低く画像は粗いが――再生されだした。

まずは、鳩舎の内部が表示された。鳩たちが止まり木で互いにつつきあっている。ぼくが扉を開き、彼らが一羽また一羽とトラップを離れ、庭のフェンスを越え、折り返してまたわが家の上に戻った。ほんの一瞬、庭から彼らを見あげるぼく自身が映った。そして、すとんと取り残された。群れはぐんぐん昇って、翼の羽ばたきに縁取られた画面のなかで景色がどんどん広がっていく。家の前にあるクリケット場のプラタナスの並木越しにはるか向こうまで見えたし、ロンドンの遠くの区域、高層ビルが陽光を浴びてきらめいているあたりも見える。一人称の視点から見ると、鳩は驚異的なまでに敏捷《びんしょう》で、船酔いしそうだ。ぼくは彼らとともに飛んでいるような感覚を味わった。

鳩たちが方向を変えるたびに、まるきり新しい景色が開けた。地平線、テラスハウスの家並み、わが家から北へ走る鉄道線路の大きなS字、貯水池の青いきらめき……。彼らがさらに上昇すると、ロンドン盆地の形がほぼ判別でき、北東はウォルサムストウの丘陵が、西は川へくだっていく大地のくぼみが見えた。

二十分ほど再生し、カメラのバッテリーが切れた。録画の最後近くで、見覚えのある人物が道を自転車でやってくるのが見え、ぼくは驚いた。角を曲がったところに住むぼくの姉で、ふたりの子どもを自転車に乗せて帰ってきたのだ。

よく見慣れたものをこの高さの離れた視点から目にするのは、どこか異様な経験だった。過去に一度だけ、同じように強烈な認識の瞬間を味わった。グーグルがストリートビュー技術を公開し、世界のどんな街――どんな通り、どんな家――でも航空写真と街路景観を見られるようにしたとき、ぼくはさっそく、きっとたいていの人がやったのと同じことをした。よく知っている場所の住所を調べ、デジタル画像ではどんなふうに見えるのか確かめたのだ。まずは自分の姿が見えないかと、当時住んでいた住所を入力してみた。次に、両親の住所を入力した。戸口のあがり段に、座ってパンク修理をしている人物がいた。顔はグーグルの匿名化ポリシーでぼかしてあったが、まちがいなく、ぼくの写真だった。

鳩写真のあと、ぼくはある台湾企業から高価なGPS追跡足環一式を購入し、それを使って自分の鳩が訓練飛行中にとった経路を地図でたどった。重さわずか数グラムのこの足環を装着し、鳩を放つ。帰還後にはずして、データをコンピューターにダウンロードする。画面には、彼らの旅の記録が青と赤の線で描かれ、各プロット点――飛行中は二秒ごとに記録される――が彼らの飛ぶスピード、方角、高度を示す。

ときには、鳩たちは放されてすぐにとるべき飛路がわかるらしく、放鳩地点からまっすぐ鳩舎へ飛んだ。そうでないときは、くねくねと川の湾曲部や道路の大きな弧をたどった。空がどんより曇っているときや、はじめての場所から飛び立ったときには、現在地の確認にはるかに時間がかかって、記された線が地図上をやみくもに往復したり、いくつも円を描いたりした。あるとき、厚い雲が低く垂れこめた日に、家から二四キロの高速道路のガソリンスタンドで放ったところ、窪地に霧が立ちこめはじめ、彼らは何時間もぐるぐる旋回してようやく帰還経路を見つけた。その日はいたずらに一三〇キロ近く飛びつづけて、多くは日暮れまでに帰って来られなかった。

だが、ビデオ撮影をしたり、GPSで飛行を追跡したりするうちに、そもそもぼくを鳩に引き寄せた肝心の魅力が失われつつある気がした。その魅力とは、彼らの飛行が知りえない謎であること。もともと放鳩の瞬間を好きだと感じたのは、それが信頼を求められる行為、期待と信用をともなう行為だからだ。ひとたび放して、彼らが大空へ昇ったら、何が起きているのか明確に知ることはできない。ひたすら待って、彼らはきっと帰ってくると信じるしかない。彼らの飛行は、既知の世界、地図と記録だけで知りえた限りある世界への糾弾なのだ。

テクノロジーの暴虐の好例として、ぼくたちは自分がいまどこにいるかだけでなく、過去にどこにいたのか、いつその場所にいたのかが完璧にわかるようになった。知らない場所であっても、現場に触れることなく、地図や画面を介して情報を得られる。じかに体験するはるか前に、どういうところかがわかるのだ。哲学者のヴァルター・ベンヤミンは一九三二年に「都会で道がわからなくなるのは、たぶん、ありふれたたいしたことない体験だろう。必要なのは、無知であること――それだけだ。だが、森で迷うのと同じように都会で迷おうとしたら、大きく異なる修練が求められる」と主張したが、それ以降、道に迷うのはむずかしくなるいっぽうだ。自転車便の配達人として、ぼくは自分の方向定位の能力が――この街のあちこちを何年も自転車で走り、苦労して得た知識、だれにも負けないほど効率的に道を見つけて荷物を届けさせてくれた知識が――誇らしかった。だが、この夏、鳩たちを放して飛行経路を地図に落とすうちに、こんな形で大地を知ったら必ずや失われるものがある、と考えはじめた。

レベッカ・ソルニットは、その著書『迷うことについて』で、迷子になることが子どもの発達過程にいかに重要な要素であるかを述べている。「知らない場所で気持ちを楽に持ち、パニックや苦痛を覚えず、迷子になった状態になじむ技術がある」と彼女は書いている。知らない場所で気持ちを楽に持つ

――迷うことを介して開放される――感覚は、デジタルマップやGPSやスマートフォンがどこにでもあるせいで蝕まれつつある、とソルニットは続ける。今日、新しい場所を訪れるとき、ぼくたちは道路標識ではなく、A地点からB地点までの道のりをどこでどう曲がるかひとつひとつ教えてくれる青い矢印に頼っている。

鳩を飛ばすことは、この世界の知りやすさへの解毒剤をもたらす。鳩たちが空に昇ったら、ぼくは彼らがどこにいるのか見当もつかない。万事順調だと、ひたすら信じるほかない。やがて、ぼくは鳩を飛ばす行為を解放とみなすようになった。見知った場所や地図の暴虐から解放されるのだ。鳩たちを飛ばすたびに覚える不安は、公園でドーラを遊ばせたときに気づいた不安、広い世界ではじめてひとり旅する娘を見守るときに親が覚える不安に似ている。恐怖をともなう自由だが、必要なものでもある。そうした感情にも、解放が見出せるのだ。

午後二時二八分、ウィットビー、家から三二八キロ

午後の太陽で大気が熱くなった。ノーサンバーランドでは三〇度に達しそうで、陸地の上を飛ぶことにした鳩たちはひどくつらい思いをしている。喉を震わせてあえいでは、涼を取ろうとする。

群れのおもな鳥たちは、大気がやや涼しい海の上に留まり、サンダーランドから海岸づたいに南下しながら、二、三〇〇メートル沖の波の上をかすめるように飛んでいる。ハートルプールでは海に突き出した岬をなぞり、ティーズ川の河口を遡って、水面が少し狭まってからようやく渡る。そのあと大半の鳩はまた南へ向かい、マースクやソルトバーンといったヴィクトリア朝リゾートの上を飛ぶ。眼下では、休暇中の行楽客が浜辺に列をなし、化石を探して崖を掘っている。だがティーズ川のほとりで、強風に煽られつつ波間を飛んで疲れきった数羽が、休憩場所を探そうと内陸へ向かう。

ソルトバーンをあとにすると、眼下の土地が変化する。ステイス近郊の、色とりどりのテラスつき家屋が埠頭に向かって建ち並ぶあたりにさしかかるころ、はるかな地平線で一羽のハヤブサが群れに目を留める。湿原の奥まった崖から食べ物を探してはるばるやってきたのだ。七月末はまだ、最後の雛たちが巣にいる。狩りを教え、レースの日には付近の地域を飛ぶ鳩を捕まえさせているが、それでもなお親

が獲物をしとめて補ってやらないといけない。暑さのせいで餌が乏しく、からからに乾いた湿原の上で、ハヤブサは上昇気流に乗りながら獲物を探している。

開けた田園地帯を飛ぶ鳩たちは警戒を怠らない。猛禽類が待ち伏せているし、身を隠すものがほとんどないので、うっそうとした森や野原はなるべく避けて通りたい。だが、ここでは迂回のしようがない——東に大きく広がる湿原《ムーア》や、南へくだる飛路上で町や市街を取り囲む森は、避けたくても避けられないのだ。

ハヤブサは西から気流に乗って近づき、鳩の隊列のはるか上に昇って、群れの一羽に襲いかかろうとする。鳩は襲われるかなり前から気づいている。彼らもハヤブサと同じく驚異的な視力を持つ。この戦いは、爪と翼、そして目による戦いだ。ハヤブサを見かけるなり、彼らは散り散りになる——パニックで群れがばらけ、どんどん高く昇って、何もない空から急降下されないよう敵の上に行こうとする。

ハヤブサはその瞬間を慎重に選ぶ。すでに自分の上にいる鳥は、不意打ちにならないので無視する。だが、経験に乏しい雌の当歳鳩が、どうやらレースと天候の重圧で疲れきっているようだ。その上に陣取るや、無情な避けようのない急降下をする——翼をたたんで、脚をうしろへ引き、首をぐんと伸ばして。一瞬ですべてが終わる。やわらかい羽を切り裂く爪、刺すような痛み、断末魔のもがきと、ほとばしる鮮血。海岸沿いの小道に接する草地に、ハヤブサは獲物とともに着地し、羽をむしりはじめる。きっと雛たちのごちそうになるだろう。

第八章　家との結びつき

『鳩における迷信』という論文で、心理学者にして鳩誘導ミサイル主任設計者のＢ・Ｆ・スキナーは、予測可能な刺激に反応するよう鳩を条件づける試みについて述べている。この実験では、鳩の餌を制限して体重を通常の七〇パーセントに減らしてから、ケージに入れ、どんな行動を取ろうと関係なく、規則的な所定の間隔で少量の餌を与えた。ほどなくほとんどの鳩が、スキナーの言う〝儀式的行動〟、すなわち、これを実施すれば餌がもらえると彼らが考えているであろう行動を示しはじめた。一羽は給餌の時間のあいまに反時計回りにぐるぐる旋回する習慣を身につけ、べつの一羽は〝頭をふり動かす〟反応、「見えない横棒の下に頭を入れて、繰り返しそれを持ちあげるかのような」反応を示した。

こうした行動は、人間のものと同様の〝一種の迷信〟が鳩にもあることを実証している、とスキナーは考えた。「これらの鳥は、自分の行動と餌が与えられることのあいだに因果関係がないにもかかわらず、まるでそうした関係があるかのようにふるまう」と彼は主張する。人間と同じく、鳩もパターンを探す生き物であり、じっさいには存在しない結びつきを世界に見出そうとするのだ、と。

スキナーは、行動主義と呼ばれる心理学の一派の第一人者だった。科学者たるもの、生物に思考や感情があるとみなすのではなく——彼らの精神活動を理解しようとするのではなく——外面的な行動を観察するに留めるべきだ、と彼は主張した。心の内面は幻想《キメラ》、いわば機械の体に住む亡霊だ。心理学は観察や測定ができる事実のみ扱うべきだ、と彼は考えた。

クラブで競翔家と過ごす時間が増えるにつれて、鳩にあるとスキナーが考えていた魔術的な推論と儀式的行動を、鳩レースが引き寄せる——もっと的確に言うなら、生み出す——ことを、ぼくは発見した。ひとつには、人間の参加者にはほとんどコントロールできないように思える活動だからだろう。なにしろ、どう考えてもごく簡単な訓練飛行で鳩の群れが失踪して二度と会えない、あるいは失踪から数か月、ときには数年後に、何ごともなかったかのように忽然と鳩舎に戻ってくる、ということがあるのだ。飛ばす側の人間が縁起をかついで、過去にうまくいった儀式にあくまで固執しても、なんら不思議はない。

ぼくが最初にこれに気づいたのは、スティーヴとジョージが振り子を若鳩の上でゆらゆらさせて性別を判定したときと、レース準備中に何人かの愛鳩家が用いる栄養補助食品についてクラブで議論が始まったときだ。どうやら賛成派の魔術的な論理のもと、「彼らの体内を酸性に保つため」に飲み水に有機リンゴの酢を加える、換羽後の羽をつややかにするために餌に大麻油を加える、といった手法が伝えられているらしい。また、太陽活動が活発な期間や地球の磁場が不安定なときは、けっして鳩を飛ばしてはだめだと唱える愛鳩家もいる。

ぼくは鳩の気まぐれな行動について知れば知るほど、クラマーやパピの尽力にもかかわらず鳩の帰巣現象が深い謎のままだから、こうした迷信めいた考えが生まれるのではないかと思えてきた。この一世紀で、鳩の生理学については多くのことがわかったが、その知識は断片的なうえに、三人称の形で——対象を客観化する科学の手法を通じて——もたらされてきた。愛鳩家の多くは、そうした説明では必ずや何かを取りこぼすはずだと感じている。

この不安は新しいものではない。美術評論家のジョン・バージャーは、『なぜ動物を調べるのか(Why Look at Animals?)』というエッセイで、動物の生活を実証する過程を知れば知るほど、わたしたちが自然界に抱いていた驚異の念が失われていく、と主張した。啓蒙時代に内的精神のないただの機械であるとされてから、動物たちは人間と生活をともにする生き物ではなく、観察するか飼う対象とみなされてきた。いわゆる幻想からの目覚めが、動物たちをペットか、産業が搾取するただの物体か、動物園などの施設の展示物に矮小化したのだ。その昔、人間は動物がなんらかの社会的または宗教的機能を果たす——ネズミを殺す、メッセージを運ぶ、所有物を守る、あるいは肉を供給する——がゆえにそばに置いたが、今日では、有用性に関係なく動物が飼われている。家のなかにペットが存在すること——その過程でよく馴れて、人間化し、貧弱になること——は、自然界からの総体的な退却の反映だ。この退却の実例が、現代の家の状態である、とバージャーは言う。「小家族の住居には」

空間、土、ほかの動物、季節、自然な温度などがない。ペットは不妊手術を施されるか性別で隔てられ、いちじるしく運動を制限されて、ほかのほぼすべての動物との接触を断たれ、人工的な餌を食べさせられる。ペットがその飼い主に似ると一般的に言われる背景には、この物質化の過程がある。彼らは飼い主の生活様式の創造物なのだ。

動物の他者性を理解しようとして、ぼくたちはかえってその存在を貶めてきたのだ。

ぼくが行なった鳩写真とGPS追跡の実験は、バージャーの幻想からの目覚め説に内在する問い、哲学者にして生物学者のヤーコプ・フォン・ユクスキュルによって最初に提示された問いに答えようとする稚拙な試みだった。一九三四年、ユクスキュルは著書『生物から見た世界』を出版した。動物の生理を探るもので、〝生命記号論〟と呼ばれるあらたな学問の基礎をなすテクストとなった。これは、ほかの動物になるのはどういうものかを理解するためには、まず、それが住む環境の理解に努める必要がある、という考えにもとづく研究分野だ。ユクスキュルは生物の環世界（文字どおり〝周囲の世界〟つまり〝環境〟を意味し、おそらく〝家〟も意味する）と彼が呼ぶもの、それぞれの動物に特有の客観的体験を作りあげる知覚の世界に言及した。これがあるせいで、人間を含めた動物は、外からもたらされた〝客観的な〟現実には住まない。なぜなら、そういうものは存在しえないからだ。代わりに、彼らはそれぞれが得る知覚情報で形成された環世界に住む。外の世界は、それを知覚する生物固有の必要性に応じてのみ重要性を持つ。

ユクスキュルはさらに、あらゆる生物には意識の〝シャボン玉〟が付随すると考えるべきで、このシャボン玉は生物の経験に制限を課し、異なる種の生物が住むシャボン玉と重なりあうことはたまにしかない、と主張した。わたしたちは互いに孤立している、なぜなら意思の疎通を図れないだけでなく、それぞれ相容れない異なる知覚の家に住んでいるからだ、と彼は結論づけた。あるいは、人間と動物は、バージャーが言うように、「理解を阻む細い深淵」越しに互いを見ている。人間がどれだけ科学的に第三者の視点から理解しようと努めても、動物たちには「秘密があり、その秘密は洞窟や山や海の秘密とはちがって、明確に人間に向けられたもの」なのだ。

クラブの競翔家たちは勝利の栄光を手にしたいからレースをするが、鳩に関心を抱いた理由はたいてい、どうやって帰巣するのか、そのときにどんなふうに感じているのか、という謎があるからだ。彼らは感傷的な人間ではないが、この謎について畏怖の念を込めた静かな口調で語る。

ほかの話題については明快なコリン・オスマンですら、帰巣本能に関しては、控えめに言っても突飛と形容される推論と無縁ではなかった。著書『レース鳩』のとくに奇妙な章（そして、ぼくがいちばん好きな章）で、帰巣本能を説明するために長年提示されてきたさまざまな説を概観している。たとえばクラマーの太陽コンパス説と地磁気センサーについて説明するいっぽうで、彼が〝ESP〟仮説と呼び、水中ダイブになぞらえたものについても議論しているのだ。「こうした知的関心の背景には、生物はそれぞれ独自の波長で識別されうる、という説が存在する……鳩舎には、鳩が探知できる集合的な波長がある。これが実質的にレーダー波の役割を果たし、鳩はその発信源めがけて降下してレーダー波に帰巣する。光に向かってまっすぐ飛ぶのと同じくらい単純で簡単なことだ」

正統派科学の世界からは認められていないにもかかわらず、鳩は特定の地理的な場所ではなく、なんらかの心理的結びつきを抱く鳩舎に帰巣する、という説が継続的に唱えられている。異端の生物学者、ルパート・シェルドレイクは、三十年以上ものあいだ、こうした考えをひたすら進展させ、〝形態形成共鳴〟説に磨きをかけてきた。彼によれば、この説は生物学の未解決な問いの多くを説明するという

――たとえば、生命体はいかにして発達するのか、結晶はいかにして生成されるのか、そして鳩はいかにして帰巣するのか、といった問いだ。

六月の初旬、ぼくはシェルドレイクに会いに行った。並はずれた魅力がある風変わりな彼の説に関心を抱き、それについて議論したいと思ったのだ。この夏は、記録に残る暑さだった。丸々としたアオバエが庭から窓を抜けようとしては、力なくガラスに頭をぶつけていた。日中は扉をすべてあけ放って少しでも風を屋内に循環させようとしたが、空気はよどんで流れず、熱波がぼくたちに貼りついて体じゅうを汗でべとつかせた。訓練飛行後、鳩舎の屋根に着地した鳩たちは、グレーハウンドよろしくあえいだ。

自宅からシェルドレイクの家まで汗をかきかき自転車を漕いで、リー・ブリッジ・ロードを走り、夜な夜な繰り広げられる激しい公道レースで命を落としたオートバイ乗りたちの悲しき祭壇の前を通りすぎ、からからの湿原を越え、ストーク・ニューイントンを抜けて、尾根づたいにケンティッシュ・タウンの低い丘にのぼり、ハムステッドへ向かう道に入った。

わが家から一一キロあまりのシェルドレイクの家には、エギィとオレンジ――ぼくの群れで最も経験豊かな鳩二羽――を連れていった。彼に見せたかったのもあるが、彼の家からわが家まで飛ばして、いま自転車で通った区域を越えさせたら、二羽が点と点を結んでくれるのではないか、なんらかの形で物語をまとめてくれるのではないか、と漠然と考えたのだ。

シェルドレイクは、ハムステッド・ヒースを一望できる邸宅に住んでいる。ぼくは建物の前で自転車に鍵をかけ、呼び鈴を鳴らした。ドアが開いて彼が顔を出した。背の高い痩せた男で、たるんだまぶたが目にかぶさり、なんだか望遠鏡をのぞきこむ酔っ払いのタカといった雰囲気だ。廊下に水槽がひとつ置かれ、黄色っぽい水のなかを金魚がひらひらと泳いでいる。植物や本があちこちに散乱して、キッチンの広口瓶のなかではさまざまなものが発酵している。緑がかった青い水に並んだ、切断された指を思わせるアスパラガス。丸っこくてごつごつした手榴弾みたいなレモン。キッチンカウンターの上に、サンダー・エリックス・キャッツの『発酵の技法——世界の発酵食品と発酵文化の探求』が広げてある。シェルドレイクがお茶を淹れてくれた。鳩がいることに少年みたいに興奮し、ヒースからの放鳩を見るのが待ち遠しいと言った。ぼくたちは二羽に水をやり、馴致させるためにバルコニーに出してから、二階にあがって話をした。

彼の書斎は居心地がよかった——音楽スタジオ、化学実験室、書庫も兼ねている。部屋の片隅に手製の実験設備が据えられて何かがなかでぶくぶくと泡を出し、木製の棚の上では試験管が乾かされている。どこか目に見えない場所から、低いうなりが聞こえる。実験が進行中なのだ。この家ではつねに実験が行なわれている感じがする。ぼくたちは腰をおろし、彼が自説を説明しはじめた。

あらゆる生き物には〝形態形成場〟——磁場や重力に類似したもの——があり、その生き物の発達と行動をつかさどるのだと、シェルドレイクは信じている。これらの場は個々の生き物だけでなく、その生物種の集団記憶とも結ばれている。脳のなかにあるのではなく、「自然界に本来備わって」いる記憶だ。つまり、何かを思い出すとき、ぼくたちは自分の内面を探るのではなく、これら形態形成場の共振に〝波長を合わせて〟、自分の種の集団記憶を調べる。

こうした説が生まれた背景に、シェルドレイクが子どものとき鳩に魅了されたことがある。ニューアーク゠オン゠トレントで育った彼は、レース用の伝書鳩のつがいを飼い、自転車で遠征訓練をしていた。レースの日には、地元の鉄道駅から鳩が放たれるのを眺めた。ケンブリッジ大学に入って物理学を専攻したが、鳩の帰巣現象について科学者たちにごく漠然とした理解しかないことを知った。この帰巣の謎は彼の永続的な研究課題として、科学的な情熱を絶えず掻きたてることとなった。

学士の取得後は、ケンブリッジ大学で研究者として働き、エピジェネティクスに関心を抱いた――当時、遺伝形質は生命体のあらゆる機能を解き明かす重要な〝鍵〟だと考えられていたが、そうしたなか、このエピジェネティクスは遺伝形質だけでは生物の発達を説明しきれないと唱えていた。こんなことを研究するなんてどうかしている、とみんなから思われたが、結局は「ぼくが正しかったことが証明された」とシェルドレイクは言った。彼はまた、アンリ゠ルイ・ベルクソンやカール・グスタフ・ユングの著作にも関心を抱いた。

一九七四年、ある農業機関で働くためにインドに移住して、ビード・グリフィスというカリスマ的なベネディクト会修道士の庇護を受け、修養所《アシュラム》で暮らした。そこで執筆した最初の著作、『生命のニューサイエンス――形態形成場と行動の進化』は、新ダーウィン主義者たち、とくにリチャード・ドーキンスとダニエル・デネット――生物学を支配し、ダーウィンの遺産を蝕んでいると彼が信じる人々――への反物質主義からの反駁だった。だが、科学界の主流派には評価されなかった。当時『ネイチャー』誌の編集者だったサー・ジョン・マドックスは、この『生命のニューサイエンス』を「現代の焚書候補の筆頭」とする論評を書いた。

その後、シェルドレイクはあちこちで主流派に対抗する講義をし、犬と人間のあいだのテレパシーや、見つめられていることを感知する人間の知覚や、鳩の帰巣について独自の実験を行なってきた。含意に富んでいることから、彼の説はなんとも多種多様な彷徨い人――レイラインの信奉者、異教の神秘主義者、英国国教会の急進派、ニューエイジの心理地理学者たち――を引きつけた。だが、科学界には忌避され、そのことにシェルドレイクは一種の誇りを抱いている。

鳩の帰巣に関して、彼は既存の説明すべてに否定的だ。太陽地図仮説も疑わしいと言い、光を通さないレンズをつけようが、太陽がまったく顔を出していなかろうが、鳩は帰巣できると指摘する。パピの臭覚地図モデルについては、鳩が帰巣時に匂いに頼っていようがいまいが、迷行したのは臭覚神経を切除されたトラウマのせいだと言う。代わりに唱えるのは、家との心理的な結びつきが鳩にあるという説だ。この説によれば、地理はなんら関係がない。鳩は地図とコンパスを用いて方向定位するのではなく、鳩舎そのものや群れのほかの鳩たちに〝一種の心理的なゴムバンド〟で結びつけられ、たとえ地球の果てまで旅してもつねに家へ引きもどす力を感じていられるのだ。

自説を検証するために、シェルドレイクはひとつの実験を提唱した。鳩を鳩舎から遠ざけるのではなく、鳩舎を鳩から遠ざけたらどうなるのか、という実験だ。まず、鳩の群れを移動式鳩舎に馴致させ、帰還するよう訓練する。これはむずかしくない――第一次世界大戦中、改造したダブルデッカーバスに載せた鳩舎で成功しているからだ。次に、鳩を外に出し、鳩舎を移動させる。はじめのうち、鳩たちは困惑する。鳩舎は見えているのに、まっすぐそこへ飛んでいかず、それがあった空間の上を戸惑ったようすで旋回する。だが、やがて状況を理解して、新しい場所にある古い鳩舎に入っていく。訓練を重ねるうちに、数キロ離れた場所でもこれができるようになるが、さして驚くようなことではない。高く飛びさえすれば、新しい場所にある古い鳩舎が見えるからだ。ほんとうに検証するには、鳩舎を数百キロ離れた場所に移動させて、なおも鳩たちが戻れるか確かめればいい、と彼は言う。

これまでにシェルドレイクの説を検証する試みは多数行なわれたが、決定的なものはひとつもなかった。彼がはじめて実験を行なったのは一九七〇年代で、移動式鳩舎に帰還するよう訓練できることはわかったものの、鳩の提供者が鳩由来のひどい肺炎を発症したせいでこのプロジェクトを放棄するはめになった。のちに、インドから帰国後に、今度は北アイルランドで試した。だが天候が悪くてうまくいかず、タカの襲撃で多くの鳩を失った。

最新の試みでは、オランダ海軍所属の船上で実験する手はずを整えた。この船はカリブ海に航海し、帰りの旅で毎日鳩を飛ばした。結果、長距離を移動する船にも鳩が帰還できることは証明されたが、最終的に、この実験は中止された。船長がフランス海軍のためにソナーの試験をしたほうがいいと決めたからだ。

「ぼくは『やってくれなきゃ困るよ、準備に一年も費やしたんだから』と言ったんだ」とシェルドレイクはぼやいた。「そうしたら、『そりゃあ、やりたいのはやまやまだが、いかんせん、あっちは調査に何百万ドルも払ってくれるんでね、あんたはそうじゃないだろう』と言われた。それでおしまい。だけど、そこそこの成果は得られたし、この実験をもう一度やることはできる。ほかのあれやこれやの研究が忙しすぎて、段取りをつけられなかっただけなんだ。なにしろ、まずは船を持っている人間を見つけなくちゃならない。でも、スーパーヨットを所有する金持ちを説得できたら……」ここでことばが途切れ、彼は夢見るような顔であらたな実験の可能性に思いを馳せた。

話を終えると、ぼくたちは庭からエギィとオレンジを回収し、道を渡って、ハムステッド・ヒースにある木立のあいだの空き地に行った。空は晴れ渡り、遠い地平線にかすかな雲がいくつか見えるだけだ。陽光がさんさんと降り注いでいた。ぼくは空き地のまんなかの小高い丘に放鳩籠を置き、東のほうへ向けた。そして二羽が落ち着くのを待った。彼らはもしかして、家へ引き寄せる形態形成場に波長を合わせているのだろうかと、ぼくは考えた。

数分後にフラップを開くと、エギィとオレンジがそろそろと籠の外へ出た。しばらくあたりを見回してから、二羽は暑い夏の空へ飛び立った。木々を越え、いったん東へ向かったあとで、南へ向きを変えた。数秒後、高層ビル街の向こうに姿を消した。

彼らが家までの道を見つけられるか確信はなかった。暑すぎるように思えた。大気はどんよりと重く、この距離から飛ぶには二羽の経験が浅い気がした。いままで飛んだなかでいちばん距離が長いのだ。ぶじ家にたどり着けるかわからない、とぼくは言ったが、シェルドレイクは信頼を示した。

「ほら、ほぼ東のほうへ向かったじゃないか」と、明るく言った。「きっとだいじょうぶ。どこへ飛んでいるのかわかっているはずだ」

自転車で家に戻るあいだ、ぼくの思考の一部はエギィとオレンジの飛行に、残りはシェルドレイクの仮説に占められていた。彼が正しいか否かはさほど重要ではない気がした。ぼくが形態形成場の共振説に最も心を惹かれたのは隠喩という側面であり、隠喩という意味でこの説には大きな力があった。シェルドレイクの観点は本質的に空想的――詩人の観点――で、彼を訪問することは一種のささやかな巡礼に感じられた。その仮説の魅力は、ぼくたちはみんな結ばれている――形態形成場がつなぐ記憶網の一部である――と示唆しているところにある。土地と生き物が協力して、渡りの物語、家の物語を綴っているという考えが、ぼくは気に入った。自分は独自の形態形成場に引きつけられ、その形態形成場はナターリアとドーラ、そしてぼくたちがレイトンで築きつつある家にぼくを結びつけているのだ、そう考えながら自転車を走らせた。一時間ほどして帰りつき、適度な運動と形態形成場の夢想のおかげで気分が高揚していた。庭の鳩舎の屋根にはエギィとオレンジがいて、入舎を待っていた。

午後四時七分、グリムズビー、家から二三二キロ

最も速い鳩たちはいまや家に近づきつつあり、まちがいなく自分でもそうと知っている。風向きが東に変わり、それが運んでくる揮発性の有機化合物――ウラル山脈の松の森から放たれる微量の松やにか、どこか遠くの火山弧から放出される一酸化炭素か、魚の大群で波立つ海の油っぽい匂い――が、いまやいっそうはっきりと感じられる。風がそれらとともに家の便りを運んでくる。

鳩たちは飛路をしかるべく修正する。いまはまだ大半が海の上で、先頭の鳩たちはスカボローからフランボローまで、海岸に弧を描く湾をいくつも軽々と飛び越し、青空を背景にまっすぐそびえ立つフランボロー灯台の白亜の塔を越えていく。

だが、そのうしろでは、群れがばらけてきた。多くは日中の暑さに音をあげ、干からびた大地に降り立って、大気が冷却される日暮れを待つ。なかには、途中の町でひと晩過ごし、屋根の上で途切れがちな眠りをとってから翌朝また旅を続ける鳩もいる。ほかの鳩たちはすっかり匙を投げ、残りの生涯を海辺の町の野生の鳩たちとともにする。

まだ家への強い思いが途切れずレースを続ける鳩のなかでは、先頭と残りの群れが五〇キロの距離で

隔てられている。小さな集団——十数羽しかいないものもある——が、海岸沿いの空に点々と並ぶ。

最も速い鳩たちは、午後四時過ぎにグリムズビーの上空を越える。順調に飛んではいるが、風が強まってきた。サーソーで空に放たれたときには無視できるくらいだったのに、イングランドの中央部にさしかかると、いっそう強まりだす。鳩たちはそれに応じて方向を調整する。彼らがとる飛路はいずれ西向きにカーブを描き、おかげで東のほうに住む競翔家は有利になるだろう。鳩たちはまだ海岸沿いに進み、岸へ吹きつける強風が作りだす乱気流のなかを飛んでいく。

第九章　家なし

六月中旬には、鳩とぼくの日課が確立していた。日に二回、鳩舎のまわりを飛ばす。一回めは朝で、ドーラ、ナターリア、ぼくはキッチンのテーブルでそろって朝食をとりながら彼らを眺める。もう一回は夕方、ぼくが仕事から帰ったあとだ。

ドーラは鳩たちへの関心をどんどん強め、子どもはみんなそうだが、家庭生活のあたりまえの一側面として受けとめていた。飛んでいるところを見るのが好きで、屋根の向こうに鳩たちが姿を消して、まるで手品みたいに反対側からひょっこり姿を現すと、大喜びした。訓練のあと、鳩たちが鳩舎の屋根に着地すると、驚いてきゃっきゃと笑った。そして、新入りの鳩に名前をつけ——わが家の群れにはいまや、ミルキー、クリスピー、スプーニーがいる——毎朝、幼稚園に出かける前に餌やりと給水を進んで手伝った。二、三週間前に、ウッドゥがシーズン終盤にぼくのためにわざわざ孵化させた雌の若鳩をくれたが、ドーラはこれを自分のものだと主張し、それまでの名づけの慣習を捨てて、〝オーロラ〟と命名した。

ナターリアは妊娠八か月で、そろそろ産休に入ろうとしていた。みんなで家族として過ごす時間が増えるのはうれしいが、それにともなってアイデンティティを喪失するのは不安なようすだった。ずっと仕事の重責を楽しんできたわけだし、将来について語りあうときには、母親という枠にすっかり収まりたくないとも言った。母親業は好きだが、ドーラやぼくから独立した自分の人生があり、その独立性を保ちたいのだ、と。ぼくたちはふたりとも、来るべき出産が気がかりだった。親業の目のくらむようなせわしさから抜け出したばかりで、ドーラの気分の変化にどう反応するか、その欲求をどう予測するかようやく学んだところだった。もうひとり子どもが増えることが、いまだにときおり危うい気がする均衡状態にどんな影響をおよぼすのだろうかと考えた。

若鳩シーズン最初のレースがあと一か月足らずに迫り、ぼくはそれから二、三週間、毎日鳩を外に出した。放鳩地点を選ぶさいは、口には出さないが大仰にも〝帰巣プロジェクト〟と考えはじめていたこの試みになんらかの意味がある地点にした。可能ならばドーラを連れて遠征し、自転車のハンドルに取りつけた幼児用シートに座らせて、鳩はといえば、ぼくたちの前に載せた籠でクークー鳴いたりがさごそ動いたりしていた。暑いのでナターリアは家に残り、戻ってきた鳩たちを迎え入れた。ぼくはなおもシェルドレイクの仮説の影響下にあり、これら鳩の訓練飛行は、ぼくたちが互いに結びつき、家族としてひとつになるための手段なのだとひそかに考えるようになった。ときどきドーラとぼくは、放つ前に鳩の脚にナターリアへのメッセージをくくりつけた。頭上を飛ぶ鳩たちをだれかが見あげても、どこから来てどこへ行くのかも、彼らが秘密の荷物を運んでいることも、だれひとり知らない。この事実が、ぼくは気に入った。

六月初旬、ドーラとぼくは自転車でボウ地区のウェニントン・グリーン公園を訪れ、ここで西からの最後の放鳩をすることにした。このあとは北へ向かってリー川を遡り、レース経路に沿って訓練を完了させる予定だ。ぼくが選んだ地点は小さな公園の端っこで、交通量の多い主要道路に接し、ヴィクトリア・パークの南沿いに走る運河の近くで、テラスハウスと自己主張の強いアパート群に挟まれて窮屈そうだった。

空は明るく、地平線にスモッグが揺らめいていた（ぼくは鳥を飛ばすときにますます天候に気を配るようになった。荒れ模様をもたらしそうな前線がロンドンへ近づいてくるときには、それを頭に入れて放鳩日時を計画するのだ）。ぼくたちは自転車でゆるゆると湿地を横切って、犬の散歩やジョギングをする人たちを追い越し、それからヴィクトリア・パーク沿いに西へ向かう運河の突堤をたどった。船引き道から、丸い頭をしたコイがピシャピシャ跳ねながら透きとおった水中を団子鼻の潜水艦よろしく進むのを眺めた。突端では釣り人たちが修道僧めいたひたむきさでスズキやカマスを釣っていた。

昼の暑さがやわらぐころ、公園に到着した。夕方遅く雷雨になる予報で、大気はどんよりしていたが、いまのところ空は晴れている。

この公園――ぼくの鳩舎から西へ直線距離で五キロほどの、雑木が生えたさして特徴のない広場――は、北へ向かう前の最後の定位飛行をさせるにはうってつけの場所に思えた。ここなら邪魔は入らないだろう（その日ここを分かちあったのは、仕事で犬を散歩させるふたり組だけで、彼らはうわの空でスマートフォンを眺めながら任務を遂行していた）。それに、象徴的な意味でもふさわしい――彫刻家、レイチェル・ホワイトリードの『ハウス』がかつて建っていたのだ。これは、ぼくの知るどんなものよりも家の本質を問いかける作品だった。

ホワイトリードは家《ホーム》という概念――そのもろさ、意外なほどの小ささ――を自分の作品の大半で核にしている。一九九〇年には、アーチウェイにある取り壊し予定の家で白い石膏を使って居間の内側を固《キャスティング》め、『幽霊《ゴースト》』を作製した。この作品は、われわれの大半が過ごす空間のくっきりした輪郭に目を向けさせて、空虚な家庭生活の不気味だが確かな逆像を観賞者に突きつけた。「部屋の空気のミイラ化」を意図したプロジェクトだと、ホワイトリードは言った。彼女は次に、実物大の家の作品を作りたがったが、キャスティングに適した建物を見つけるのはむずかしかった。人々が作品のなかを歩きまわれるようにしたかった――つまり、それなりの大きさが求められた――ので、むき出しの壁が三面ある既存の建物を見つける必要があった。また、がらんどうであることも条件だった。

かなり探してようやく、ほぼ希望にかないそうな場所を見つけた。グローブロード一九三番地の、かつて公園の東端沿いに建ち並んでいたヴィクトリア朝様式のテラスハウスのうち一軒だけ残っていた家だ。このテラスハウスは戦時中に空襲を受けたが、わりあい最近になって、ボウ地区の議会から使用禁止にされた。だが、ここに住んでいた男性、シドニー・ゲイルという名の引退した港湾労働者が、作品の計画に激しく抵抗した。新聞社に訴えて、芸術家と議会を同じくらい非難し、「これは、おれの家だ、おれはここに住んでいる」と書いた幕を上階の窓から垂らした。家のある者とない者――投機家や熱に浮かされた地元議会の見境のない夢と、彼らが次々に立ち退かせていた人々の願望――の戦いを、『ハウス』をめぐる戦いとその遺物がみごとに象徴しているようだった。

時は迫っていた。マーガレット・サッチャーがアイル・オブ・ドッグス（当時はここも投機的な再開発が行なわれていた）からヴィクトリア・パークまで北へ走る〝緑の回廊〟を作りたがり、議会がその目的のために経路上の土地をせっせとつなぎあわせていた。「近くにアトリエがあって、よく自転車で通っていたの」と、ホワイトリードは数年後に回想した。「ここががらりと変わるのは、よくわかっていた」

ゲイルが立ち退かされると、作業が始められた。専門家のチームが家の内装を剝ぎ取り、戸棚やシンクや階段——建物を家に変える地形とでも言うべきもの——を取りはらって、抜け殻を鉄筋で補強した。次に、内部にロクリート(典型的な例では、ドーヴァー海峡の崩れかけた崖の修復に使われる、特別に白いコンクリート)を吹きつけてから、建物の外側の煉瓦をフロアごとに削ぎ取った。そしてようやく『ハウス』が登場した。公園にうずくまった、きらめくオベリスクだ。

柱礎みたいな塊の統一感を、ネガ状に現れた窓とドアが抽象的な線で壊している。階段の形がいまなお判別でき、外壁をジグザグにのぼって、まるで建物の各階がジッパーではずれるかのように見える。

ホワイトリードの作品は、実のところ家のアンチテーゼだった。急速に高級化するハックニーでは、この作品はすぐに、再創造されるロンドンで失われゆく形の住まいを表現したものと解釈されるようになった。幽霊っぽい姿ゆえに、『ハウス』は、ロンドンのある一面、薄汚れ、場当たり的で、垢抜けないロンドンの終わりを体現しているように見えたのだ。だが、この彫刻はたちまちほかの者たちに外観を変えられた。だれかが、赤いペンキを含んだスポンジを投げつけた。ほかのだれかが、「なんのために?」と落書きをした。数日後、その下にべつの筆跡で「いいじゃないか!」と書かれ、肩をすくめる男性の姿も描かれた。ほどなく鳩たちが越してきて、キャスティングの過程で残された各階のあいだの隙間に営巣して住みついた。地元の議会はもともとさして熱意がなく、この構造物の建築許可を八十日

「部屋の空気のミイラ化」（レイチェル・ホワイトリード『ハウス』1993年，Photo: Bridgeman Images／アフロ）

間に限定していたが、それを延長しなかった。『ハウス』は一九九三年一〇月二五日から一九九四年一月一一日まで存在したあと、掘削作業員たちがやってきて解体した。

ドーラとぼくが訪れた日には、見るものはたいして残っていなかった。公園は周囲の街区と同じくこの二十五年間でがらりと様変わりした。公園が区画整理されたときに植えられた街路樹が、すくすくと育っていた。『ハウス』が建っていた敷地はいま、落ち着いた煉瓦貼りの高層ビル群に見おろされている。その下の通りで遊ぶ子どもの姿はまばらで、奇妙なほど活気がない地域に感じられた。だが、公園の一角、派手な黄色い教会の向かい側に、かつてそこに存在していたもののかすかな形跡が見つかった。草に埋もれた、クエスチョンマークつきの煉瓦。グローブロード一九三番地の基礎のあとだ。

その場所が判明すると、放鳩籠を地面に置き、鳩たちを落ち着かせた。五分後、放つためにフラップを開いた。はじめのうち、彼らは自由になったことに気づかないようすだったが、二、三分経ち、ようやく一羽がスロープをとことこ歩いて草の上に降りた。エギィだった。用心深くあたりを見回してから飛び立ち、その羽ばたきの音で、ほかの鳩たちも自由に飛び去れるのだと気づいた。一羽、また一羽と、あとに続いて外に出て、空へ舞いあがった。

群れはすばやく上昇し、公園を何度か旋回して自分の位置を確かめると、東へ向かった。そして追い風に乗り、たちまち姿を消した。ナターリアが十分後に電話をかけてきて、二羽以外はみんなぶじに家に着いたと言った。迷行した二羽も日が暮れるまでに戻った。

ボウから鳩を飛ばした数日後、ナターリア、ドーラと一緒に、角を曲がった先の湿地で開催されていた〝カントリーフェア〟に出かけた。いかにも都会に田園風景を作ってみましたという雰囲気――来ている人たちの格好からして、バブアーのアウトドア用ジャケットにお揃いのまっさらなトレーニングシューズ、またはご丁寧に泥で汚したウェリントンブーツ――で、パンフレットによると、このフェアの目的は「都会に田舎《カントリー》生活の香り」を提供することだった。鍛冶職人が可動式の加熱炉でコート掛けや火かき棒を鍛造し、養蜂家がハチの巣の内部を展示して自家採取の蜂蜜には回復をうながす効能があると宣伝していた。フェアの中央に設けられた檻では、羊が退屈顔でなで回されるのを待っている。ぼくたちは鷹匠が実演するのを眺め、タカが観客の頭上高く舞いあがったあとグローブをはめた手に戻ってくると身をすくめた。

ある区画で、ぼくは王立鳥類保護協会の女性と話をした。ガーデニングと野鳥観察の愛好家で、この近くに住んでいるそうだ。湿原にはさまざまな鳥がいるのがいい、と彼女は言う。一週間前、わが家の西にある浄水場の池のあいだに設けられた観察場所で、ホオジロ科の小鳥——めずらしい渡り鳥で、亜熱帯アジアで冬を過ごす——を観察した、とも言った。そして、シティの教会の尖塔に作られた巣で撮影された、ハヤブサの雌が雛に餌をやるビデオを見せてくれた。ふと見れば、その区画に鳩の剝製があったので——ハヤブサのおもな食糧源の例として——ぼくはドーラに指し示した。

「そいつら、大っきらいよ」とその女性が言った。「うちの庭に毎日来ては、ほかの鳥に出してやった餌を食べるんですもの。で、みんな追い払ってしまう。できるものなら、撃ち殺したい」

なんとも強烈な憎悪だが、そうめずらしいことではない。ぼくはいまや、この種の反応に慣れてしまった。当初、うちの庭に鳩の群れを住まわせる計画を話すと、たいていは、まるでネズミかゴキブリの一家と生活をともにするとでも言ったかのように、まじまじと見られた。やつらは不潔な鳥なんだろう、と尋ねられた。病気を持ってるじゃないか。ごつごつした醜い脚で歩きまわって、異様な黄色い目でこっちを見るし。やつらはなんでも食べるぞ、とも言われた。人間の吐いたものを食べ、ごみ箱からフライドチキンの残骸をあさって鳥仲間を共食いする。同じ鳩でも、小型のかわいいのにしたらどうかな。そのほうが写真映えがするし、きっと近所の人たちにも受け入れられやすいよ。

返答として、ぼくは鳩の帰巣本能の謎と隠喩的な力について熱弁した。だが、鳩の野良的な性質——どこにでも家を作る能力——も魅力だと思っていることは話さなかった。じつは、この数か月のあいだに、彼らの汚さ、下劣さが好きになってきたのだ。冷淡な都会の環境で繁栄できるのはすごいと感じた。彼らの生活のありように魅了された——ふてぶてしくて寄生体質で場当たり的、集団で生活し、まさに憎まれっ子世にはばかる、というところに。ときどき、うらやましいとさえ思った。

鳩が都市の住人に疎まれる理由のひとつは、どこに属するのかよくわからないことだ。彼らは分類不能で、文化的な定住場所がなく、人類学者メアリー・ダグラスによる穢れの定義、〝場ちがいなもの〟の動物版だ。これが野生と文明の並置、たとえば都市の川に戻ってくるサケや都市の建物に営巣するタカといったものであれば、ぼくたちは称えやすい。だが、鳩はこうした〝野生〟と〝家畜〟のゆるぎない分類に収まらない。ふたつの世界――自然と人工――のあいだを飛び、どちらでも繁栄していながら、どちらでも歓迎されていない。環境保護論者は鳩がほかの種を力ずくで追い出すのがいやだと言う。都市の住人は都会生活の秩序に侵入する穢らわしい存在の代表格だから忌みきらう。鳩は不潔で、病原体を持ち、穢れと病を媒介する、とされている。だが、この翼の生えたネズミをぼくたち人間がきらうのは、じつは品性下劣だからではない、とぼくは考えはじめている。自分たち自身と重なる側面が多いから、ぼくたちは彼らをきらうのだ。

〝エコロジー〟という単語は、一八七三年に、ドイツの動物学者、エルンスト・ヘッケルが〝家〟すなわち〝住む場所〟を意味するギリシア語、オイコスと、〝学問〟を意味する接尾辞、オロジーからこしらえた造語だ。十九世紀に世界がどんどん小さくなり、地球は果てなき未開の地ではないし、その潜在的な自然の力を搾取してはならない、地球は小さくてもろい家なのだから人間は大切にするべきだ、という認識がどんどん強まった。だが、こうした環境運動の高まりには、憂慮すべき面もあった。自然と非自然の区別が、ともすれば排除に利用される対比を生み出したのだ。ロマン主義運動以降、自然界や根をおろした状態やアイデンティティが、人工物や根なし草や世界主義の対極に据えられて、両者の分離を作家や芸術家がうながしてきた。彼らはまた、資本主義がもたらす都市化と疎外化のせいで人間は〝一員になる〟能力――この世界を家のように感じる能力――を失った、と主張していた。

現象学者のマルティン・ハイデッガーは、家の概念に脅迫的な執着心を抱いていたらしく、家がないという感覚の一般的な性質を突きとめて、この感覚は近代性の経験を特徴づけるものだと主張した。彼は一八八九年にドイツ南西部の黒い森《シュヴァルツヴァルト》で生まれ、フライブルク大学で神学を専攻して聖職者になるつもりだったが、やがて哲学に転向した。よくシュヴァルツヴァルトの山小屋に籠もっては、人間の〝精神的な家のない状態〟について考察した。はたして人間は世界の一部なのか――石ころや木や動物と同じ、構成要素なのか――それとも、永久に世界と離れて暮らすよう運命づけられているのか、とハイデッガーは問いかけた。

第二次世界大戦後の住宅難のさなかに書かれ、のちに「ハイデッガーの建築論――建てる・住まう・考える」と題された講演で、ハイデッガーは、二十世紀はじめのどこかの時点で、人々はどうやればこの世界を家のように感じられるのか忘れたのだと主張した。彼の主張は戦後世代にとってめずらしくないとはいえ、その切迫感は目新しかった。流動化、グローバル化、グローバル勢力の固定化が、人々と彼らが住む場所との結びつきを切り離した、と彼は考えた。流動的な移住しやすい世界では、ただ個人が家から物理的に離れるだけではなく、物理的に家を失う可能性もある。だからこそ、ハイデッガーはのちに『道標』で、「家のないことは、世界の宿命になろうとしている」と書いたのだ。

住まいに関する前述のハイデッガーの講演は、建築についてというよりは、意味について述べたもので、ぼくたちがこの世界のことをどう話すかによって、ぼくたちの住む構造物がもたらされるのだという。橋は、すでに存在するふたつの堤をつなぐだけではない。その堤を生じさせる。家屋《ハウス》は単なる物質的な構造体ではない。まずは、そこに住まう可能性、家《ハイム》とみなす可能性を生じる。そういう意味で、家は少しばかり言語に似ている、とハイデッガーは考えた。自分たちはそれを利用しているつもりだが、実のところ、それが自分たちを利用しているのだ。

人類は家を失っているとするハイデッガーの見解には、不穏な底流がある。彼の思想は土地と所属、血と土壌のつながりを重んじたせいで、個人のアイデンティティをもたらすのは家だけだとするファシズム的な政治イデオロギーを惹きつけ、部外者を排除してその人間性を奪うために利用された。一九三三年に、ハイデッガーは国家社会主義ドイツ労働者党（ナチス）に加わり、終戦まで脱退しなかった。ナチスを支持したという理由で、一九四〇年代後半は教職活動を禁じられていたが、一九五一年に講義と著述活動を再開した。ナチスは彼の研究とフリードリヒ・ラッツェルら環境決定論者に感化されて、生存圏《レーベンスラウム》政策を考案し、領土拡張の野心と民族純化主義を正当化するために用いた。ハイデッガーの手によって、家はイデオロギーの武器と化し、清浄と非清浄、家がある者とない者とを分離する手段になった。動物は「世界貧困的である」と考える男にとって、ある種の人々がほかの人々よりも貧しくあっていいと考えるのは、さほど大きな一歩ではなかった。

ぼくの鳩舎が家としてちゃんと認識されたころ、庭の周辺を飛ぶ野生の鳩がその存在に気づいた。彼らはしょっちゅうやって来て、鳩舎内のようすを観察した。これら世慣れた鳩は、優雅なまでに狡猾に飛ぶ、有能な略奪者だ。木々の枝のあいだを急降下し、落ちた餌をさっと引ったくるさまは、ぼくの鳩よりもはるかにすばしこく見える。なかには、鳩舎のトラップに入りこんでこぼれ餌をついばんでから飛び出す技を習得したものもいたが、ぼくの鳩にはけっしてできない芸当だ。

鳩を次々に手に入れるうちに、彼らが庭を占拠しはじめた。アルビーがぼくのために優勝鳩の血統からダークチェッカーの雛を数羽孵化させ、ジョニーが自分では飼う場所がないパイド・ハートグのつがいをくれた。ぼくは鳩舎を拡張し、もう一列巣箱を追加して、大きくなる群れに住まいを与えた。やがて、彼らがわが家の上空で羽ばたいたり、放鳩訓練で籠から飛び出したりするときに、その数の多さを楽しめるようになった。空を飛ぶあいだは流線形の一団を形成するのに、鳩舎ではまたばらけて小競り合いをし、雌はそれぞれの止まり木を、雄はそれぞれの巣箱を占領するところも気に入った。

彼らが家の周辺を飛ぶときには、木々の上でぐるぐるとすばやく旋回するようすが、道の端からでも見えた。彼らが屋根に降りて、不穏にもヒッチコックの『鳥』の一場面さながらずらりと並ぶと、ぼくは隣人にどう思われるかとはらはらした。隣人たちはおおむね放っておいてくれ、鳩の群れが彼らの生活に侵入しても、近隣に暮らすレイトンの野生の鳩と同列にみなしているようだった。ぼくの鳩は、夜に庭で鳴くキツネや、雨樋に住みついたスズメや、夏の到来とともに家の床板の隙間から大挙して湧く虫と変わらない存在だったのだ。

コールズ・ペスト・バスターズの創業者にしてオーナー経営者のトニー・コールズは、たいていの人間よりも、都市で繁栄する鳩の能力をよく知っている。都市理論家、地理学者、生物学者の側面も持ち、二十年あまりロンドンの鳩を標的にしてきて、彼らの不屈の精神を称賛するようになった。害獣・害鳥駆除業を始めたのは、ちょっとした偶然からだった。六月のある朝、ぼくに会って話してくれたところによれば、工事現場で働いていて、現場監督からネズミの巣を処理してくれと頼まれたのだという。

「友だちの空気銃を借りて、毎晩、ネズミを撃ちまくった。全部やっつけた。そうしたら、べつのやつから、ハイイロリスをなんとかしてくれと頼まれた。おれは罠をいくつか手に入れて、連中を退治した。それからライトバンを買ったのが、運の尽きってわけだ」

トニーは、警察官か諜報員よろしく〝任務での同乗〟と呼ぶものに参加させてくれた。カンニング・タウン駅の外でぼくを待っていたが、かつて郵便車だった赤いバンには、「コールズ・ペスト・バスターズ――害虫害獣《ペスト》を退治します!」と書かれたマグネット式の看板がつけてあった。

ペットの飼い主はそのペットに似ると言われるが、トニーはどうやら、長年のあいだに自分の獲物に似てきたようだ。髪の毛はネズミっぽい茶色で、真っ黒な目は齧歯動物を思わせ、話をするたびに唇の上のちょび髭が震える。アーミー・パンツに軍人風のブーツ。フリースには、ライフルの照準に捉えられ両手を挙げて降伏するネズミの絵が描かれている。

ぼくたちは、ボウ地区のA一一号線立体交差のすぐ横にあって、鳩の問題にずっと悩まされている小さな商業ビルの調査に行った。トニーが言うには、典型的な仕事らしい。

「この手の依頼がわんさか来る。こういうのか、一般の家からの電話が。ばかでかい家に住む年寄りの女性が、雨樋に巣を作った鳩に対処できない、とか言って。それか、キツネ。この十年でやつらはどんと数が増えた。ゴルフクラブはかなり使ったよ、夜にやつらを待ち伏せてね。キツネを罠にかけるのはむずかしい——ふつうは、上階の窓からとにかく撃ち殺す。だが、ご近所を怯えさせないよう気をつけないと」

トニーはロンドンの野生生物をたいしたものだと思っている。退治した動物をきらってはないが、彼らの死が飯の種になる。金のために駆除する有害生物のうち、最も敬意を抱くのは鳩だ。ネズミはただの害獣で、「じつに、いまいましい」と彼は言う。ネズミの話をするときは、まじめな顔つきになる。

「うんざりするほど長くつきあってきた。やつらは、なんでも齧って穴をあける。ケーブルを食いちぎって、自分から感電死する。すると仲間がやって来て、その死体を食べようとする。で、やっぱり感電死するってわけだ」

一度、ロンドン地下鉄の仕事に呼ばれたが、感電死したネズミ四匹が、それぞれ前の死体にあごを食いこませて丸く並び、まるでヒナギクの花輪みたいだったという。この話を信じていいものやら、ぼくには判断がつかなかった。

トニーはネズミと仕事をするのが好きではない（〝と仕事をする〟は、彼の使った表現で、まるで共同事業みたいな感じを受けた）が、彼と鳩との戦いにはどこか純粋さがある。彼はこの獲物に敬意を抱いているのだ。

「好きとは言わないが、すごい連中だとは思うね。そりゃ、そうだろう。ありとあらゆる場所に巣を作れるんだ。スパイクを設置したら、木の葉を集めてきて埋めてしまう。ネットを張っても、どうにかしてくぐり抜けてしまう。やつらは利口だ。しばらくしたら、こっちの顔を覚えて、飛んで逃げる」

信号で車が停止し、もしかしてトニーは自分の獲物に人間味を感じているのではないかとぼくが危惧した瞬間、彼が沈黙を破った。

「だけど、やつらにはひどく胸くそ悪い面もある。どこへでも糞をして、その糞でこっちは病気になる」

トニーは〝ラッピング〟と名づけた仕事をいちばん気に入っている。きょう、ぼくたちがやろうとしている作業だ。家主のほとんどは、鳩の問題に直面すると、その場しのぎの対処でなんとかしようとする。

「まずは、プラスチック製の模型のフクロウを手に入れる。だが役立たずだ。ちっとも怖がらない」

それから、鷹匠を雇ってしばらく猛禽を飛ばすこともあるが、それもうまくいかない。

「タカは一時間くらいは鳩を追い散らすだろうが、やつらはすぐに戻ってくる。鷹匠はマネキンみたいなもんだ——お飾りだと思われている」

やがて、たいていの人は、鳩を永久に追い払いたかったら本気でかかる必要があると気づく。トニーはかつて、毒を使っていた。

「ぞっとする手段だよ。しかも、じつはうまくいかない」

撃ち殺すのも、うまくはいかない。ほかの鳩がすぐさま、殺した鳩の後釜にすわる。そうとも、とトニーは言った。鳩がいったん建物に住みついたら、駆除する確実な方法はただひとつ、そこに巣を作れないようにすること——彼らの家をなくすことだ。

今回トニーが調査を頼まれた建物は、駐車場が隣接する一九七〇年代のずんぐりした低層オフィスビルだった。外に車を駐めながら、すでに彼は周囲の状況と直面しそうな問題について話していた。「巣を作るにはもってこいの高さだな」鳩は眼下の道路の食べ物に目を光らせられるよう、建物の五階か六階より上には巣を作りたがらないのだという。一般的に、古い建物を営巣場所として好む。一九九〇年代にミラノで鳩の個体数を調査したところ、戦前の建物が多い地区で繁栄していることがわかった。バロック様式のまぐさ石や横桟は、市の中心を占めるなめらかなガラス張りの塔よりも、営巣場所になりやすい――だが、こんなふうに特徴のないネオモダンのビルにも隠れ家を見つけることはけっこうある。

ぼくたちは車を降り、トニーが調査を始めてクリップボードにメモ書きするあいだ、ビルの管理者がどこに鳩が巣を作っているか、換気装置にどんな大惨事をもたらしているかを説明した。トニーは何枚か写真を撮った。

「ええ、解決してさしあげますよ」と彼は言った。「あの横桟にスパイクを並べて、大きな隙間にはネットを張ります」

「やつらを撃ち殺してくれないか?」と管理者が尋ねた。「頼むから、撃ち殺してくれ」

トニーは、それは最善策ではないと思うと答えた。「だけど、ご心配なく。やつらを駆除してさしあげますよ」

今回は単純明快な仕事で、彼は十五分かそこら滞在するともう、そろそろ行こうと言った。スマートフォンで最後にさらに数枚写真を撮って、ぼくたちはバンに乗りこみ、立ち去った。

だからこの仕事が好きなんだ、と駅までぼくを送りながら、トニーは言った。知的だ――あれもこれも、すべて考えなくてはならない――が、それでいて実践的でもある。鳩対策を講じるには技術がいる。プラスチックと金属のスパイクは連中が利用できそうな出っぱりすべてにしっかりくっつけて、ネットをかけるときは、突き出した壁面のあいだにぴんと張りわたさなくてはならない。ゆるみができれば鳩はあっさりとその上に巣を作る。

「自分に問いかけなくちゃいけない」と彼は言った。「鳩になったつもりで考えるんだ。この鳩たちをここから動かしたらどうなるのか？　どこかほかの場所に行って巣を作るのか？」

創造的な達成感も得られる。トニーが完全な自由裁量を与えられた場合、そのビルは最終的にクリストの〝包むアート〟のような外観になる。重要なのは、住むには適さない場所に変え、近隣のほかのビルが魅力的に感じられるようにすることだ。

「そうしたら、今度はそこの持ち主から呼ばれる」と彼は言った。「正直な話、毎日同じ鳩たちを追いかけて街をぐるぐる回ってるだけじゃないかって気がすることがある」

彼は駅まで送り届けてくれて、ぼくがさよならを言う前に、野生の鳩が排水溝に捨てられたピザのかけらをめぐって騒々しく争うさまをふたりで眺めた。

六月末には、そろそろ鳩たちを、北からロンドンに入るときにとる飛路沿いに川上へ連れ出さなくてはならなかった。ぼくはこの最終訓練で点と点を結び、リー川の流域をわが家までくだる線を描こうと考えていた。まずは自転車で、市内をくねくね流れるリー川を北へ、ウォルサム・アビー、ブロックスボーン、ウェアへと可能なかぎりたどり、それから先は列車で鳩を運ぶつもりだ。ただし、鳩が入った籠の持ちこみが許されるなら、だが（これに関する法律は、どうもはっきりしなかった）。

　これが、彼らが北からロンドンへ戻るさいに通る可能性が最も高い飛路だ、とぼくは考えた。開けた土地で、道案内に使えるはっきりとした目標物がある——銀色に輝く川の線と高圧線の鉄塔が、数キロ先からでも見える進路を描いているのだ。いずれ、どんな風向きであっても、リー川の流域は彼らにとって通り慣れた〝回廊地帯〟となり、この地域を知れば知るほど、たいていのレースの勝敗を決する最後の重要な数キロを自信に満ちて飛べるはずだ。

　ある光あふれる夏の午後、傾いた陽が家々の煉瓦塀を舐めはじめたころ、ぼくはドーラを連れて自転車で川上へ向かった。姉のリズ——二、三か月前にハイロードを自転車でくだるのを鳩カメラに捕らえられた——も、ふたりの子どもを連れて同行した。空気はどんよりと重く、サハラ砂漠で巻きあげられた砂塵がヨーロッパ北部を漂って英仏海峡を渡り、地平線にこの世の終わりみたいな赤みをもたらしていた。

　ぼくたちは一団になって引き船道を進み、子どもたちがにぎやかにおしゃべりして、鳩たちはぼくの自転車の前部でクークー鳴いていた。一軒のパブの外で、ひとりの男性がそれに気づいた。

「訓練してるんだろう？」彼は尋ねた。「おれもノースロードのデブドン・クラブでレースをしてたんだよ。でも、やめなきゃならなかった、鳩が原因で肺炎になったんでね」

　ぼくたちは自転車を進めた。このあたりはあちこちでマンションが新築中で、ガラスでできた岩礁《がんしょう》のように水面を見おろしている。ぼくたちは、岸にずらりと係留された細長い運河船の前を過ぎた。屋根に衛星アンテナとハーブガーデンを載せた幅広のおしゃれな平底船があるかと思えば、いまにも沈みそうな使い古された船があり、木材とプラスチックでできた模造船から、廃物利用された倉庫の屋根がありえない形で延長されている。石炭で熾した火の匂い――ぴりっとくる硫黄臭――が水面を漂っている。ロンドンの住宅市場に締め出しを食った人々にとって、船は魅力的な解決策だし、移動可能なのも利点のひとつだ。だが、彼らがいつまで水上でやっていけるかはわからない。当局が無許可の船を取り締まっていて、接収や立ち退きの噂もある。

水門を抜けると、日だまりに集って酒や煙草をやっている男たちが、通りすぎるぼくたちに気さくに手を振ってくれた。リー運河は、しだいにごみごみしはじめ、三角コーンやショッピングカートや投棄された原動機付きの盗難自転車が水面に浮かんでいた。

A四〇六号線を越えると、低木地の下生えに野営が見られるようになった。貯水池脇の木々のあいだに防水シートが張られ、一時しのぎの住まいができている。さきほどの船もこれらのテントもロンドンの住宅危機の象徴で、だれもが話題にしているのに、どうすれば解決できるのかだれもわからない。住宅価格や家賃がおそろしく高騰し、なすすべもない人々が押し出された結果、こうした状況がいたるところで目につきはじめている。

船引き道で、ぼくたちは落書きされた鉄塔群――〝地球は平らだ〟〝くたばれボリス〟〝家をよこせ！〟――の前を通りすぎた。この地域では、ごみ処理場から西へ漂う悪臭が鼻をついた。鉄塔下の原っぱに馬がいる。トラベラーズ・クラブが世話をしている馬たちだ。M二五号線へ走る途中で、沈没したリバー・クルーザーの横を通った。浸水した室内にクッションや調度品がぷかぷか浮いて、より板にバンのつがいが営巣し、巣離れしたばかりの雛たちが探検を始めている。

一時間半ほど自転車を走らせると、ロムニー・マーシュに到着した。ウォルサム・アビーにほど近いロンドン郊外の、運河に接した氾濫原だ。鳩を放つには格好の場所に思えた。経路の川沿いに並ぶ鉄塔からは適度な距離があって、放った直後にぶつかる恐れはないし、まだ家が目で見える範囲だ。一六キロかそこらの帰還経路を、鳩たちはずっと見通せるだろう。

ぼくたちは自転車を駐め、鳩を落ち着かせてから籠を開いた。フラップをさげると彼らはいっせいに羽ばたき、みごとに舞いあがった。ばらばらだった鳩たちが昇りながらじきに空の一角で隊形を整え、家のほうをめざして、数秒後には姿を消した。

ぼくは家まで漕ぎながら、行きに背中に受けていた風が強まったこと、いまや鳩たちはその風に突っこむ形で飛んでいることに気がついた。雲も増えて黒々としてきた。二時間後、帰宅したときに四羽しか戻っていなかった――ミルキーと、名前をつけておらず特徴もさほどない青いつがいと、エギィだ。群れの残りの鳩――クリスピー、オレンジ、スプーニー、オーロラほか――は、まだ姿が見えなかった。日が暮れはじめて数羽がぽつぽつと帰ってきた。夜までに帰り着いた鳩は、結局、八羽だけだった。

その夜は雷雨になって、滝のような雨に見舞われた。何本もの稲妻に空が照らされ、雷鳴が頭蓋骨に響いた。ぼくはよく眠れず、嵐が去るまでは心配で何度も目が覚めた。

翌日、早起きして庭に出てみたが、あらたに帰還した鳩は一羽もいなかった。ぼくはコーヒーを飲みながら、向かいの家の屋根でカラスがカササギを追いかけるのを眺めた。風がやみ、空は晴れたが、失踪した鳩の気配はどこにもない。午前中ずっと待ち、餌の缶を鳴らしては、何羽か姿を現さないかとむなしく呼んでみたが、昼にはマンチェスター行きの列車に乗らねばならず、あとはナターリアとドーラに託して、もし一羽でも帰ってきたら電話してほしいと頼んだ。その日は、はぐれ鳩が戻ってくるたびにナターリアがメールをくれたが、大惨事をもたらした放鳩から二日経っても、まだ四羽が帰還していなかった。

三日後、最後の一羽が戻ってきた。オーロラだった。何日も外で過ごし、悲惨なありさまだった。嘴の上のろう膜は、本来なら乾いて白いのに、脂ぎって湿っぽく黄色かった。猛烈に腹が減っていたらしく、ぼくが持ちあげて、自分で餌を食べられるようにと巣箱へ入れてやっても、こちらを見向きもしなかった。紙切れのように体が軽かった。オーロラは体重と同じ重さの餌を食べ、ごくごくと水を飲んで、眠りに落ちた。

姿を見失ってから数日間、彼女はどこにいたのだろう。縄張りをひたすら旋回して、帰り道を思い出そうとしていたのか。一度はあきらめようと思っただろうか。ぼくはオーロラの帰還のことをイアンに話した。

「肝っ玉があるな、その鳥は」と彼は言った。「きっと、いろいろ学んだはずだ。いつか優勝するかもしれん」

午後五時四〇分、ウォッシュ湾、家から一六〇キロ

この土地の記憶は深く刻まれている。どの鳥も若鳩時代にこの地点からレースをしたことがある――多くの鳥は、何十回と飛んでいるのだ。見慣れた地域に入ると、鳩たちは方向定位の方法を変え、あいまいな匂いの勾配図から、安心できる明確な視覚的手がかりに移行する。

だが、強まってきた風のせいで、行きたい方向より東へ追いやられ、雲が迫ってくる。海上では嵐が発生しつつあり、鳩たちもそれを感じている。レース前、多くの競翔家がウォッシュ湾の上空で愛鳥を失う心配をしていたが、案の定、レース後の数日間に迷い鳩の報告が次々となされ、その多くがこのあたりで見つかって、庭に群れをなしていたり、鳩舎とまちがえて庭の物置小屋に入ろうと試みていたりしていた。

ウォッシュ湾の北、スケグネスのすぐ近くで、先頭の群れがふたつに分かれる。半数――いちばん速いわけではないが、この飛路をよく知っている鳩たち――は、内陸をめざす。ほぼピーターバラまで見通せるし、多くは十八か月前の当歳鳥のときにはじめてそこから飛んでいるのだ。残りの半数――経験が浅いか、猛禽に襲われにくい海をはずれたくない鳩――は湾を越え、ノーフォークで対岸の陸地にふ

たたび合流し、湾曲部をなぞって東へ向かってから、急旋回してまた南へくだる。これらの鳩は海沿いを飛びつづけるが、やがて南へ来すぎたことに気づき、クラクトンで内陸をめざす。ウッドゥは少年のころよくクラクトンへ日帰り旅をして、飛んでいく鳩を眺めたという。何千羽もの鳩が、波の上すれすれをかすめるように飛んでいたそうだ。だが、きょう、この飛路をとったのはわずか数十羽だけで、数分後には全羽が南へ飛び去る。

第一〇章　待つ

六月も終わりが近づき、若鳩シーズン最初のレース――ピーターバラからのレースで、うちの鳩舎まで直線距離にして一一〇キロあまり――が、わずか二、三週間先に迫っていた。準備が整ったと言うためには、鳩たちが八〇キロの距離からちゃんと帰還できなくてはならない。出産予定日も近づいて、ナターリアは夏の蒸し暑さで不快さが増した妊娠状態にも、ぼくの鳩への熱中ぶりにも、ややうんざりしていた。

はじめてのレースの準備期間中、ぼくの頭は鳩でいっぱいだった。出産を迎えることへの不安を、鳩たちへの心配に置き換えていたのかもしれない。仕事に集中できなかった。訓練していないときも、庭で鳩が飛ぶのを眺めて過ごすことが多くなった。クラブの人たちから、鳩はシーズンの準備期間中に〝形が整う〟のだと聞かされ、成績のいいチームを飛ばす技術の半分は、目の輝きと嘴を取り巻くろう膜の状態を読めることだと学んだ。鳩の調子がピークに達すると、ろう膜の色が白からピンクに変わるという。

悲惨な結果に終わったロムニー・マーシュからの放鳩のあと、鳩に回復期間を与えていたが、一週間経った七月初旬、ぼくはまた彼らを飛ばすためにリー川をひとり自転車で遡ることにした。この間《かん》は鳩たちを近くに留め、全羽がたやすく帰還できる短距離の放鳩を二、三度行なっただけだ。きょうは、かつてない長距離を飛ばせるつもりでいた。空はどんよりと雲り、いまや通り慣れたルートを走っていると、雨がぽつぽつ降ってきた。リー・ブリッジ・ロードをくだってから北へ曲がり、ウォルサムストウ・マーシズを抜けて、川沿いに走った。

人気《ひとけ》のない船引き道を市外へひた走って、自転車のタイヤで泥を巻きあげ、小さな砂利を水中に跳ね飛ばす。船の住人はまだ起きてはおらず、川の上流に住む自転車通勤者もロンドン市内に向かいはじめていない。〝ウェット・ドリーム（濡れた夢）〟という小舟の前を通ったら、その屋根にアオサギが止まっていた。二時間ほどあとに戻ってきたときも、まだじっと立っていたのでプラスチック製かと思ったら、不格好な翼を広げてぱたぱたと飛び去った。

ロムニー・マーシュを過ぎてさらに走ると、あたりの景観が工場やごみ処理場から、整備された公園や釣り池やゴルフコースに変わった。自転車で走りだして二時間後、ブロックスボーンに到着した。ロンドン郊外のベッドタウンで、うちの鳩舎から北へ三〇キロあまりの距離だ。下水処理プラントの横に急勾配の人工丘を見つけ、自転車を押してその頂上にのぼった。眺望の利く場所だ。西には青いチルターン丘陵の稜線が、南にはカナリー・ワーフのきらめく高層ビルが見える。ぼくは籠を草の上に置き、鳩が落ち着くのを待った。その間、大きな群れが頭上を飛んでいった。百羽くらいの鳩が、緊密な編隊を組んで南をめざしている。おそらく、べつの愛鳩家が川のさらに上流から訓練飛行させているのだろう。

一週間前よりも風は穏やかだった。遠くをがたごと走る列車の音や、近くの高速道路からエンジンの低いうなりが聞こえる。鳩を落ち着かせたあと、籠のフラップを開いて、一羽をつかみ出した。今回は、みんなそろって家まで飛ばせるのではなく、個別に放つ〝単羽訓練《シングルアップ》〟をしようと決めていた。レースの日には、ほぼまちがいなく見知らぬ鳩たちと群れをなして飛び、みんなで同じ方角に向かうだろうが、家に近づいたら群れを離れて最後の数キロを単独で飛ばなくてはならない。単羽訓練を一回やれば、レースを左右するこの局面への準備ができるだろう。

ぼくは手を開いて、最初の一羽を空中へ放った。鳩は翼を広げて、懸命に羽ばたき、空高く昇っていく。原っぱを二、三度旋回して高度を稼いだあと、遠くの鉄塔を目にするとさらに高く舞い、家の方角にある木々を越えていった。姿が見えなくなると、ぼくは籠に手を入れ、べつの一羽をつかんで放した。この鳩はためらいもなく、まっしぐらに高速道路を越えて南へ向かい、川沿いに走る鉄塔をたどった。

五羽めを放った直後に、それを見つけた。北方の木の陰から現れ、原っぱの上を高く舞いあがる姿。ハイタカが、簡単に捕まりそうな獲物を探しているのだ。いま放ったばかりの鳩にみるみる近づくが、その鳩はまだ原っぱの端を旋回中で、身を隠すように並木をたどっている。下からは、まだら模様がある白い腹部が雲に溶けこんで、ハイタカを見つけにくい。どうやら三〇メートルほど上空で見張り、好機をうかがっているようだ。鳩が原っぱの東端で方向を変えると、チャンスとばかりに上空からぐんと急降下した。

あるべき速さよりもさらに速く、あたかも重力より強い力に引き寄せられるかのように落ちていく。

六メートル以内に迫ったとき、鳩が気づいてパニックに陥り、死に物狂いで木々の枝のあいだを飛んで逃げた。ハイタカは身をひるがえして降下をやめ、追いかけはじめた。その身のこなしは、前もって決められていたかのように機械的だ。たちまち鳩に追いつき、脚の届く距離になると爪を伸ばしてつかみかかった。だが狙いをはずし、やや気の抜けた空中戦のあとで関心を失ったらしく、木々を高く越えてもっと簡単な獲物を探しに飛び去った。

ぼくはじゅうぶん時間をとってハイタカがいなくなったのを確かめてから、残りの鳩を一時間ほどかけて一羽、また一羽とすべて放った。最後の鳩が地平線のかなたに姿を消すと、自転車にまたがって家路についた。まだ帰り着かないうちに、ナターリアが電話をかけてきて、鳩が鳩舎に到着しはじめたと言った。帰宅したときには全羽が戻っていたが、ローン・レンジャーと名づけた鳩の胸に大きな傷がぱっくり開いていた。あのハイタカにやられたのか、それともパニックに陥って、鉄塔に渡された電線にぶつかったのか。とにかく餌と水をやり、巣箱に隔離して回復させると、数日後にはまた鳩舎のまわりをちゃんと飛んでいた。

鳩の訓練はそれから数週間続いた。一日おきに遠征に連れ出し、少しずつ家からの距離を伸ばした。ぼくより先に帰宅したら、次に連れ出すときの距離を増やすようにした。自転車で行ける距離を超えたあとは列車で連れ出し、どきどきしながら籠を抱え、なかから漏れる鳴き声やがさごそ動く音に気づかれませんようにと祈った。車でもっと遠くへ連れていってくれる人の当てはあった。友人のひとりがケンブリッジにちょくちょく出かけていたので、ある日、放鳩籠を彼の家に自転車で持ちこみ、郊外の原っぱから放鳩してもらった。彼は大学の守衛に、構内から放ってはだめだ、ハヤブサのつがいが礼拝堂の尖塔に営巣しているのを見かけたから、と忠告されていた。

しだいにわかってきたことだが、鳩レースの極意はひたすら見守り、待つことだ。最初に鳩を入手したら、鳩舎になじむまで待たなくてはならない。外を飛ばすようになったら、縄張りをじゅうぶん知るまで待ってから、遠征訓練に連れ出さなくてはならない。いざ訓練を始めたら、適切な天候を待って鳩を放たなくてはならないし、籠から何度か放ったあとは、準備が整うのを待ってさらに遠くへ連れ出す必要がある。

「レースさせすぎると、若鳩がだめになる」と、ある夜、クラブでビッグ・ジョニーに忠告された。「無理はさせず、次の年に成鳩のチームに加わる余力を残してやらないとな」

ナターリアとぼくはわが子の誕生も待っていて、その間に、来たる出産に向けて最後の準備をした。六月末には、助産師のアイリーンが、必要な物がすべてそろっているか最終確認をしにわが家を訪れて、ナターリアが陣痛の始まりを感じたら、または破水したら呼んでほしいが、到着に時間がかかっても慌てないでほしい、と説明していた。

「受け持ちの母親がたくさんいて、みんなお腹がはじけそうなの！　休暇に出かけるまでに、ぎっしり予定が詰まってるのよ」

アイリーンは準備の進み具合を確認した。清潔なタオルを補充してあるか。赤ちゃんのおむつと洋服は？　ぼくたちは家庭生活を実演してみせ、階段の下に設置した安全ゲートや、壁のあらゆるコンセントにはめたプラグガードを示した。

友人たち、とりわけ医師の友人に、第二子を家で迎えるつもりだと話したら、たいていはそれにともなう危険とみなされることがらを指摘された。何人かは唇をすぼめ、ぼくたちが大きな危険を冒そうとしていることを無言で匂わせた。ほかの人はもっと率直で、病棟で彼らが経験したやっかいな状況や、不測の事態、家庭分娩のリスクが増大している事実を、歯に衣着せずに話した。出産は医療行為であると言って、病院の外で赤ん坊を迎えようとするのは無謀な人間だけだとほのめかした。

ぼくたちが第二子を家で迎えたかった理由は、ひとつには、ドーラの出産とそれに続く不安な数か月が記憶に焼きついていたせいだ。誕生後、ドーラは乳を飲もうとせず、体重が激減した。助産師が病室を訪れて、わずかしか乳を含まず意地でも目を覚ましていようともがく娘を深刻な顔で見おろし、緊急事態だから救急救命科に連れていくべきだと告げたとき、ぼくたちは何かを——帰宅を——否認された気がした。

病室に戻されたあと、ドーラは長方形のプラスチック製ベビーベッドに寝かされ、喉に管を挿入されて、そこから看護師に大きな注射器で一時間ごとに授乳された。母乳を称える本を書いたぶっきらぼうな医長が——まさにこの著書を、ぼくたちはドーラの誕生数週間前に友人一同から手に押しつけられていたのだが——毎日顔を出しては、とにかく頑張りなさいと快活な声でナターリアに告げた。ぼくはベッド脇のひじ掛け椅子に座って、彼女がすすり泣きながらわが子に授乳しようと頑張る姿を見守り、ぼくたちの牧歌的な生活はどこにあるのだろうと考えた。かつてこれほど孤独を感じたことはなく、当時は存在しないように思えた家に思い焦がれた。

ぼくたち三人はその病室で四日間一緒に過ごした。ようやく退院を許されると、ぼくの両親が迎えに来た。その日は雨で、弱々しく眠そうでいまだありえないほどちっぽけなドーラを、ナターリアはスリングでコートの下に抱えた。病院から駐車場へ歩くあいだ、彼女の顔に雨粒がぴしゃぴしゃと撥ねかかっていた。

その後何週間も、ぼくたちは巣を作ろう、家庭生活がどういうものかを発見しようと努めたが、なおも四苦八苦していた。ドーラは虚弱で、めったに心休まらないようすだった。母乳を飲もうとせず、哺乳瓶を口に含ませるのもむずかしかった。夜に空腹で起きることはなく、ぼくたちはやむをえず目覚まし時計をセットして、二時間ごとに機械的に起きては乳を飲ませた。起こすと娘は哀れなか細い声で泣き、なんだか、生まれついたこの世に茫然自失しているように見えた。

新米の親はみんなそうだが、あの出産間もない日々にぼくたちはあらゆることを心配したし、ドーラはぼくたちのとんちんかんな会話の無意識の仲介役であり、不安の象徴だった。乳を飲ませようと必死なあまり、ぼくたちは一種の狂気に見舞われた。いま思えば、とにかく心身が消耗していたせいだったかもしれない。あちこちの医者に娘を診せた。助産師に勧められた頭蓋の整骨医は、出産時の衝撃でドーラの骨がずれているのが感じられると言った。そして娘の体の上に両手をふわふわと漂わせ、そっと頭蓋を触診して、なんらかの改善を望むなら一週間後にまた受診してくださいと告げた。ぼくたちは行かなかった。夜に何度か、母乳育児の相談窓口に電話をかけてみたが、一度も通じなかった。

退院して一週間後、ぼくたちはジョーという名前の授乳コンサルタントを訪れた。友人の話では、乳首への吸いつきと高口蓋に関してみごとに対処してくれるという。ぼくはジョーが気に入った。一九八〇年代に急進的な女性コミューンで生活し、現在は、わが子に母乳を与えようと悪戦苦闘する親を助けてロンドンじゅうを回っているそうだ。彼女はドーラの口のなかをのぞき、舌小帯短縮症かもしれないと言って、もう少し楽に乳が飲めるようにする方法を教えてくれた。
ナターリアは奮闘と不安で疲れきっていた。夜は切れ切れにしか眠れず、朝、太陽が昇ってあらたな希望が訪れるころやっと眠りに落ちた。ぼくは乳母車でドーラを連れ出し、公園や川へ散歩に行った。あるとき、だれか——だれでもよかった——に電話して、どんなに自分が孤独か話そうとした。だが、だれも電話に出ず、木陰に座ってむせび泣いた。

アメリカの作家で政治運動家のシャーロット・パーキンス・ギルマンは、第一子にして唯一のわが子を産んだあと、現代なら深刻な産後うつと呼ばれるだろう症状を示した。彼女はこの精神的苦痛を、一種の牢獄とみなしはじめていた家という概念と結びつけた。自伝のなかで、ギルマンは出産後に赤ん坊に母乳を飲ませようとしながら、痛みとやるせなさにすすり泣いたと綴っている。「愛情や幸福感ではなく、痛みしか感じられなかった。涙が胸を流れ落ちた……これほどの苦しみはほかにない、母親になってもまるきり喜びを感じられないなんて」
ギルマンはヒステリー症——かつて子宮の遊走によって生じると信じられ、困惑するほど幅広い症状が対象とされた——と診断され、精神分析医のサイラス・ウィアー・ミッチェルが唱えた〝安静療法〟を受けるよう指示されたが、この療法はベッドでの強制的な長期療養と脂肪質の特別食をともなった。ミッチェルはヒステリー症の患者はありとあらゆる刺激から遮断されるべきだと信じ、治療中は世間から隔離されてできるだけ座っているようにと主張して、ヴィクトリア朝時代の家庭の悪しき側面をそっくり再現してしまった。患者の話に耳を傾けるよりも――のちにフロイトがやったように、患者が何を考えてどう感じているのかを確かめるために話をするのではなく――患者の肉体そのものを治療したが、その肉体は脆弱な精神が宿ったうつわにすぎず、ときには肉体のなかで精神が失われることもあると考えていた。

ギルマンにとって、安静療法は大きな災厄だった。彼女は自宅軟禁に抗い、隔離中に執筆を禁じられたことに抗った。数年後、この隔離の経験をゴシックホラー『黄色い壁紙』で小説化した。

この小説では、医師が自分の妻を第一子の出産から回復させるために田舎の家に幽閉する。彼女が閉じこめられた最上階の部屋は、窓に格子がはめられ、ベッドが床に釘づけされていた。その部屋で、彼女はベッドを囲むけばけばしい模様の黄色い壁紙に執着を示しはじめ、模様のなかに動く人影を見るようになる。しだいに正気を失って、壁紙からその人物を解放したいと願う。この物語のあいまいな結末は、語り手が部屋を壁づたいに這いまわり、夫の倒れた体をわざとらしく踏み越えるというもので、女性にとってはとりわけ、家が牢獄になりうることを示す不穏な描写だ。『黄色い壁紙』は家庭の物理的な孤立状態についての物語で、社会が家庭に寄せる期待のせいで、とくに母親たちが狂気に追いやられかねないさまを描いている。何年かのちに、ギルマンはこの物語を一種の家庭内フェミニズムの寓話として書いたと述べた。「S・ウィアー・ミッチェルに彼のやりかたがまちがっていることを示して納得させる」手段だった、と。彼女はこの物語を語ることで、自分が母親になったときに経験した苛酷な隔離をほかの女性がされずにすむよう願っていた。

ギルマンにとって、家と狂気は切っても切れないほど結びついていた。のちに、彼女はエッセイを書いて、概念としても、制度としても、家は近代化の波に乗れずにいる、と主張した。いわく、家は女性に、夫や家族に隷属するよう強いることが多い。「これまでの長い進歩の道のりのなかで、世界は動いていながら、動かない家を背負いこんできた。男は自由だが、女はいまだ家庭的なものに役割を限定されている。わたしたちはずっと、家庭こそ真実の生きる道、自然な道、唯一の道だと信じてきた」と、ギルマンは述べた。そして、セルマ・ジェイムズやシルヴィア・フェデリーチらセカンドウェーブのフェミニストが一九七〇年代に唱えた、女性は家事をやらざるをえないとしてもその対価を支払われるべきだという主張を見越すかのように、家庭生活について、そして一緒に暮らすことの意味について、全面的に再評価すべきだと論じた。「家は美しい理想だ」と、彼女は結んでいる。「だが、ほかに選択肢はないだろうか」

ギルマンの著作は洞察が鋭い、とぼくが感じたのは、親という立場には二重の性質があることを明確に見通していた点だ。親になるのは喜ばしいと同時に深い痛手にもなりうるし、いろいろな意味で人生を変えてしまう、と彼女は認識していた。子を持てば得られるものはたくさんあるが、逆に奪われるものもあり、たいていは、しばらく経ってからそれらをなくしたと気づく。彼女のこうした主張が示唆することがらに、ぼくは不安を抱いてもいた。自分はほしいままに趣味に耽って鳩の訓練に出かけられるのに、かたやナターリアは家に留まって鳩の帰還を待っているわけで、ぼくもまた、ギルマンが百年あまり前に撤廃しようとした社会構造を生み出しているのではないか、と。だが、ひとつ希望が持てるとすれば、変化のための時間があったことだ。家は人間が作ったものであり、ゆえに、いつでも人間の手であらたに作ったり作りなおしたりできる、とギルマンは考えていた。そして、いくつもの進歩的な行動のひとつとして、ぼくたちが割り当てられた役割を演じる義務はないのだと示してくれた。

遠征訓練をするあいだに、ぼくはさらに六羽の鳩を失った。オスマンは『レース鳩』のなかで、新米の愛鳩家はとくに、こうした事態を覚悟するようにと警告している。何羽かは鳩舎の屋根から飛び立ったきり、二度と戻らなかった。あるいは、訓練放鳩の帰りに強風に煽られて飛路をはずれた鳩や、べつのレース鳩のチームに惑わされ、あとを追ってまちがった鳩舎に入った鳩もいる。こうした迷い鳩はたいてい、数日後には、羽毛がぼさぼさになってやや痩せてはいてもけろりとしたようすで自力で戻ってきたが、ときには家から遠い場所にいるという連絡が入って、わざわざそこまで回収しに行くはめになった。

あるとき、ロンドン南西部のトゥイッケナムに住む女性が電話をかけてきて、ぼくの鳩が一羽、彼女の庭にいるのを発見したと教えてくれた。疲れきって、鳩舎とまちがえて物置に入ろうとしていたらしい。ぼくはその鳩を回収しに行き、段ボール箱に入れて地下鉄で家に連れ帰った。ビショップス・ストートフォードからの訓練飛行中にオレンジがいなくなったときは、ラムフォードの愛鳩家が、近くを飛行させていた若鳩のあとについて鳩舎に入ってきた、と教えてくれた。そして、カニング・タウンで夜勤をしているので、よかったらオレンジをそこの駅のホームから放ってあげよう、と申し出てくれた。翌日の夕方、彼は電話でオレンジがぶじに飛び立ったと告げ、その数分後にオレンジはぼくの鳩舎に到着した。

ある荒れた天候の日に、家の裏手の鉄道橋アーチに工房を構える機械整備士から電話があり、ぼくの鳩二羽が強風で彼のバンにぶつかったと言われた。もよりの動物病院に二羽とも預けてきたが、一羽はあまり状態がよくなさそうで、翼が折れ、片目がつぶれている、と。病院に行くと、LEDのろうそくが受付に灯り、その横に「このろうそくの点灯中は、ペットとお別れしている人がいます。どうかご配慮ください」と注意書きがあった。ぼくは二羽とも家に連れ帰ったが、その夜、翼が折れた一羽は傷がもとで息絶えた。

群れの残りの鳩は、順調に飛んでいた。彼らの癖やふるまいが、しだいにわかるようになった。どの鳩が放ったあとまっすぐ飛んで帰り、どの鳩は戻ってきても屋根の上でぐずぐずしているのか、鳩舎のどの止まり木、どの巣箱を気に入っているのか、そして、どの餌がとくに好きなのか。群れのうち速いのは、ミルキー、オーロラ、ローン・レンジャーで、エギィとオレンジは確実に帰還はするが、なかなか鳩舎に入ろうとしない。朝、群れを外に飛ばすと、エギィとオレンジはそのまま飛び去って日暮れまで姿を見せないことがときどきあった。まさか、どこかでこっそり二重生活を送っているのでは、とぼくはいぶかしんだ。

七月中旬には、群れのどの鳩もケンブリッジから五、六回は飛んでいたし、一日に二回、鳩舎のまわりで一時間ほど訓練していた。見た目も健康そうで、休んでいるときには目がきらきら輝き、ろう膜はチョークのようにまっ白だった。手に抱えると筋肉質だが、空気が詰まっているみたいに軽かった。レースに出る準備は整ったと、ぼくは考えた。

七月なかばの金曜日の夜、わが子の出産予定日の二日後に、ぼくは最初のレースの持ち寄りのためにクラブへ自転車を走らせた。その前の数日間は、どの鳩を参加させるか頭を悩ませた。エギィとオレンジは群れでいちばん経験豊かだが、鳩舎に入るのはいちばん遅いし、ピーターバラのような短距離レースでは、鳩が屋根でぐずぐずして入舎に時間がかかると勝敗が左右されかねない。だが、ほかの鳩はみんな、放鳩訓練の回数も、舎外飛行の時間も、二羽より少なかった。

最終的に、四羽の鳩を登録することに決めた。エギィ、オレンジ、ミルキー、ローン・レンジャーだ。まんいち四羽とも失ったら、その後のシーズン期間は残る一二羽の鳩だけで勝負するはめになるが、四羽ともじゅうぶん訓練させたし、レースは短距離で、週末の天気は晴れの予報だからだいじょうぶだと、イアンが安心させてくれた。

クラブに到着すると、駐車場はごった返していた。鳩の入った籠が何列も積みあげられ、なかから興奮ぎみの鳴き声とがさごそ動きまわる音が聞こえている。見たところ、籠の並びに規則性はないようだが、競翔家たちはだれの鳩が次に登録されるのかちゃんと順番を見失わずにいる。

若鳩のレースが始まるのを、彼らは首を長くして待っていた。成鳩のシーズンが悲惨だったからだ。悪天候でいくつかのレースが中止を余儀なくされ、天候がよい日でさえ帰還率がふだんより低かった。

ひとり、またひとりと、籠を抱えた競翔家が持ち寄りテーブルに進み出て、詳細な登録事項——レースリングの番号、性別、外観の特徴——をジョニーに伝えている。ウッドゥは雄、雌ともに複数参加させる予定で、登録を待つあいだ、鳩たちがそれぞれの籠から求愛のダンスや呼び鳴きをしあっていた。彼は一羽ずつ手にとっては、引き渡していった。競翔家は自分の鳩を熟知しており、持ち寄りは互いに成果を見せあう機会となっている。ウッドゥは鳩を渡しながら——両翼を押さえ、頭を自分の胸に押しつけるように抱えて——それぞれの血統を詳しく説明した。そして古い傷跡を示し、その背景にある物語を語った。また、羽毛がおかしな角度で頭から突き出している一羽の鳩を、ぼくに手渡した。雛のころ、嫉妬した雄鳩に頭皮を剝がされて死にかけたが、一命をとりとめ、いまはレース成績もいいのだという。

ぼくがブライアンの鳩をジョニーのところへ運ぶと、隣でクリスがリングを引き抜いた。その横には、曲がった釘を打ちつけた木の板が横にあった。彼は固有番号が印刷された小さなゴムリングを釘と釘のあいだに渡して、伸ばし広げた。ぼくが番号を読みあげ、ジョニーがリストの記載事項と照合するのだ。

「GB17-65436」と、ぼくは読みあげた。

「65436?」ジョニーが言いながら、リスト上の該当する鳩を見つけた。「ダークチェッカーの雄だな」ぼくは広げたゴムリングを鳩の片脚に押しつけるようにして取りつけ、ボブのところへ持っていった。

「雄?」とボブが尋ねた。チョークを持って、籠の列の脇に立っている。「このなかに入れてくれ」フラップを開き、ぼくが鳩を投入すると、籠の側面にチョークで数字を書きつけた。

ブライアンの鳩が登録されたあとはクリスの番で、その次にぼくの名前が呼ばれた。さほど時間がかからずに、ぼくの鳩四羽が籠から取り出され、引き渡された。ビッグ・ジョニーがすかさずローン・レンジャーに目を留めた。

「その若い雄」と彼は言った。「どこにいようが、おれはその鳥がわかる。父鳩にうりふたつだ」

競翔家一七人が二七〇羽の鳩をレースに登録し、全羽の持ち寄りが完了すると、鳩たちはトレーラーに積まれて集荷地点まで運ばれ、そこでほかのクラブの鳩に合流して大型トラックに載せられる。ぼくたちは彼らを見送って床を掃いたあと、閉函規正のために建物に入った。なかでは、スティーヴが書類仕事をしていた。その日クラブでは故人を偲ぶ宴があったそうで、ぼくたちは残り物のソーセージロールとスコッチエッグをつまみながら、規正を待った。

「あいつは鳩にそれほど入れこんじゃいなかった」とジョージが言った。「けど、いいやつだった」

待つあいだ、ぼくたち愛鳩家はおおむね静かに話していたが、ときおりだれかが議論を招く話題をふって会話が沸きたち、スティーヴが気を散らされて静粛を求めた。書類仕事を終えると、彼は目の前のマスター時計に視線を移した。午後七時二九分。彼が時刻を読みあげた。

「諸君、一分後だ」会話がやみ、ぼくたちは自分の時計の準備はできているか確認した。スティーヴがまた読みあげた。

「三〇秒」と言い、それから「一〇……五……用意はいいかな……いまだ」

一七個のボタンが押される音が室内に響いた。

「みんな、自分の時計を確認してくれ」とスティーヴが言った。「七時三〇分のはずだ」レースが公式に開始された。

ぼくのポケットで、スマートフォンが鳴った。ナターリアからのメールだ。「帰ってきて」ぼくは自分の記録時計を手にすると、ほかの人たちにさよならを告げた。

「幸運を祈るよ、ジョン」とブライアンが言った。

「いいレースになるといいな」とジョニーが言った。ぼくは彼らの幸運を祈った。そして記録時計をリュックサックに入れ、駐車場から自転車を出して、家へ走らせた。

帰宅すると、ナタ一リアがキッチンのカウンタ一にかがみこみ、陣痛に襲われるたびに小さくうめいていた。ドーラは二階で、自分のドレッサーの中身を床にぶちまけていた。赤ん坊が産まれようとしている。迫りくる暴風雨の前線さながら、陣痛が強烈な波状にナターリアの体を駆け抜けた。一時間前に始まったが、いまや間隔が短くなってきたので、赤ん坊が出てくるまでさほど時間はかからないと思う、と彼女は言った。アイリーンはすでに電話で呼んであり、こちらへ来る途中だという。

ぼくは二階にあがってドーラをベッドに入れ、姉のアンナに電話をかけた。アイリーンが着いたときには、まだ二階にいた。アンナが数分後にやって来た。下に戻ると、ナターリアは居間の床に座り、背中をソファーにもたせかけていた。陣痛の強さが増し、間隔が短くなっている。

「どこで赤ちゃんを迎えたい?」とアイリーンが尋ねた。ナターリアはいま自分がいる場所だとありがたい、と答えた。アイリーンはぼくに、カーペットを巻きあげてセントラルヒーティングのスイッチを入れるよう指示した。そろそろ、いきむころだ、と。彼女の声はぴりぴりしていた。何かがおかしい、と言った。まだ破水しておらず、陣痛のたびに赤ん坊の心拍数が下がった。アイリーンはアンナに、救急車を呼ぶようにと言った。

「さあ、いきんで」ナターリアには、切羽詰まってはいるが穏やかな声でそう告げた。「産まれそうよ」

ぼくたちはこの瞬間を何か月も待ってきたが、いま、この待機はちがう色を帯びていた。緊迫した、身の毛のよだつような待機。早く終わってほしい待機だ。救急車の青いライトが窓越しに光り、ぼくは玄関に行って救急隊員を招じ入れた。部屋に戻ると、アイリーンとアンナが手伝って、ナターリアが四つん這いになっていた。

「ほら、いまよ」とアイリーンが言った。「赤ちゃんが苦しそう。すぐに出してあげないと」ナターリアが最後に一回いきんだ。重い荷物でも持ちあげるような声をあげて、アイリーンが長い灰色の胴体を引っ張り出し、たちまち彼女の腕のなかでそれがのたうちはじめた。空気と生命が肺に吸いこまれ、またたく間に体の色がピンクに変わった。ぼくたちの待ち望む泣き声が、ついに発された。長く、はっきりした、甲高い声が。

ぼくは二階にあがってドーラを起こし、誕生したての弟を娘がほれぼれと眺めているあいだに、アイリーンがナターリアを隅々までチェックした。だいじょうぶ、ということで、まんいちに備えてキッチンで辛抱強く待機していた救急隊員が帰された。ナターリアは部屋のまんなかで床に座って、息子を抱きかかえ、幸せそうに微笑んでいる。

息子の名前を決めるのにしばらくかかったが、産まれて一か月後に、ぼくたちは役所に出かけて出生の届けを出した。担当の職員はおしゃべりだった。この仕事を始めて間もないが、すでに気に入っているのだと話してくれた――自分が耳にする物語、見届ける命の始まりと終わりが好きなのだ、と。彼女は出生地を書類のいちばん上に書きつけた。「レイトン」それから、名前を書いた。「イーヴォ・ドゥシャン・ジョン・デイ」使用されたのは古いタイプのつけペンと、タマバチの虫こぶで作られた特殊なインクだ。歳月が経つとタンニンが紙に染みこんで、インクの色がどんどん黒っぽくなるんですよ、と彼女は言いながら、錆色の文字を書きつけた。

誕生した当日の夜は、家族そろってベッドに横たわり、イーヴォが黒い目をしばたたいては顔をしかめて泣くようすを眺めた。かすかな白い斑点が散った鼻、丸まった耳、ぎゅっとすぼめられた口。ドーラの出生時よりも体格がよく、すさまじい勢いで乳を飲んだので、栄養面での心配はなさそうだ。ぼくたちは疲れていたが幸せだった。イーヴォの誕生で、肉体的にも、精神的にも癒された気がする、とナターリアは言った。この子が当然のようにするりと産まれたおかげで、ドーラのときのトラウマを忘れられそうだ、と。

イーヴォが産まれた翌日、ひっきりなしに人が訪ねてくるいっぽうで、ぼくはピーターバラからの報せを待った。ロンドン北方は天気が悪く、ケンブリッジ郊外では暴風雨になっていた。午後五時、ブライアンが電話してきて、レースは翌日に延期された、だからどの鳩も今夜は帰還しない、と言った。

翌朝、彼がまた電話をかけてきた。午前九時に、鳩が穏やかな西風に放たれた。その風に乗れば、おそらく家まで約一一〇キロの距離を一時間四十五分ほど飛んで戻るだろう。記録時計は午後二時に開函規正される予定だ。「幸運を祈る」と言って、彼は電話を切った。ちょうど午前一〇時だった。ぼくは眠っているナターリアを二階に残し、イーヴォを両腕に抱いて庭に出た。腰をおろすと、空を見あげて待った。

鳩舎のそばで、半分は空を眺め、半分はイーヴォを眺めて過ごした。午前一〇時半には、食い入るように空を見つめだした――何か地平線に見えないかと期待して。それから、鳩が帰還したときに備えて、記録時計がちゃんと動いているか、トラップが正しく作動するかを確かめた。餌缶を振って音を出せるよう、中身を確認した。十五分後、レース鳩の長い列とおぼしき影が、北側の家々の屋根を越えてくるのが見え、心臓が跳ねた。だが、その列はじきに崩れてばらばらになり、あたりを飛びまわる野生の鳩の群れにすぎないのがわかった。

さらに十分経ち、疑念がじわじわ湧いてきた。いったい、ぼくの鳩はどこへ行ってしまったのだろう。

午前一一時五分、当初の帰還予想時刻の二十分後に、予想を計算しなおしてみた。たぶん、ピーターバラではロンドンほど強く風が吹いていないのだろう、それとも、経路のどこかで向かい風を避けるために迂回したのか。約一一〇キロのレースの場合、帰還が一分遅れるごとに平均分速が三二メートル落ちていく。短距離競争では、分速わずか数メートルの差で一位と一〇位の開きが出かねない。一秒一秒が貴重だ。鳩の体からゴムリングをはずして時計に乗せる時間の差だけでも、勝敗が左右される。

一分、また一分と過ぎるうちに、ぼくは現実主義者になり、それから宿命論者に変わった。帰還予想時刻の三十分後には、おそらく上位には食いこめないという事実を受け入れた。まずまずの時間に戻ってくればよしとしよう、たとえ後部集団でもいいではないか。そう思ったが、やはり最下位は避けたい。その望みも、やがてしぼんだ。午前一一時半、ぼくは失敗を悟った。きっと時間制限までに一羽も戻らないだろう。いまや望めるのは、いつかはちゃんとここに戻ってくることだけだ。

五分後、ピーターバラからの放鳩の二時間三十五分後に、わが家の屋根に一羽の鳩が現れた。ローン・レンジャーだ。戻ってくる姿は見えなかった。突然そこにいて、天恵よろしく大空に輪郭を浮かびあがらせた。そして優美にすっと降下し、トラップに着地した。ぼくは片腕でイーヴォを抱えたまま、餌缶を鳴らしてなかに入るよううながしたが、ローン・レンジャーはそうせず、屋根に戻ってしまった。激しく缶を鳴らしすぎたせいで、怯えさせたのだろう。自分の要領の悪さを呪いつつ、心臓をばくばくさせながら待っていると、ほどなくまたトラップに降りてきた。一度ふり返り、あたりを注意深く見回してから、ようやくなかに入った。

イーヴォをゆりかごに寝かせたあと、ぼくはトラップを開きに行った。ローン・レンジャーに手を伸ばし、両翼を押さえこんで脚からゴムリングをはずした。手を放してやると、彼はトラップのワイヤーを鳴らして通り抜け、まっすぐ給水器のところへ行って、水をがぶ飲みした。ぼくはリングを時計上部の小さなくぼみに置いて打刻した。一一時三七分。家まで二時間三十七分の飛行で、分速七一三メートル、時速にして約四二キロ。かんばしくないタイムだ。

二羽めが四分後に到着した。オレンジだった。今回は、戻ってくる姿が見えた。川にほど近い鳩舎をめざして西へ飛ぶ長い列のなかにいたのだ。オレンジはハイロードのアパート群の上空で群れをはずれた。そして大きく滑空しながら降下し、到着台に乗って、すぐに鳩舎に入った。午後、ぼくはずっと庭に座っていたが、開函規正のためクラブに出かける時間になっても、ほかの鳩は戻ってこなかった。

クラブでは、競翔家たちがイーヴォの誕生を祝ってくれた。

「名前はもう、つけたのか」ジョニーが尋ねた。

「はじめての男の子だって？　なら、ジョンで決まりだな？」とアルビーが言った。

「それで思い出したが、いつだったか、レースの直前にかみさんが階段から転げ落ちたんだ」とブライアンが言った。「病院へ連れていくはめになったんだが、途中でご近所さんにたまたま会ったら、代わりに連れていくと言ってくれた。それで家に戻って、なんとか鳩の帰還に間にあって記録できた。どんなときも鳩が最優先だからな」

競翔家たちは結果については口が重かった。遠回しに速いレースだったと言う人もいたが、たいていは自分の鳥の成績に満足していなかった。スティーヴとアルビーが速度を計算するあいだ、みんな口々に愛鳩たちのことを話していた。戻ってきたのは何羽だったか、すんなりトラップに入ったかどうか。

「二羽が飛び越していくのが見えて、思ったね、おやおや、ジョニーんちに向かってるじゃないかって」とクリスが言った。天候について意見が交わされ、はたして放鳩時刻は適切だったかが議論された。ジョニーは通り雨が過ぎるのを待つべきだったと言ったが、ボブはさして支障はないと考えていた。

「そうは言っても、鳥たちはへとへとになってたがな」

「うちのも、全羽へろへろで戻ってきた」アルビーが言った。「こうなるとわかってたよ。悪天候にやられたんだ」

スティーヴが結果発表のためにみんなを呼んだ。読みあげられる名前に、ぼくは耳を傾けた。ブライアンの鳩三羽が、一着、二着、三着になり、最速のタイムは平均分速一三二五メートル。この種の短距離レースとしてはまあまあだが、かくべつ速くはない。ジョニーが次点で、それからスティーヴ、ジョージと続いた。それぞれ平均分速が一〇か二〇メートルしか離れていなかった。一覧の最後が読みあげられるころには、自分が最下位なのは明白だった。

「気にすんな」とボブが言った。「まだ最初のレースじゃないか。新米で、飛ばした鳩の数も少ない。だんだん、うまくなるさ」

帰宅すると、イーヴォは眠っていて、ナターリアとドーラがその姿を眺めていた。迷い鳩の一羽、オーロラが帰還して、ぐったりと止まり木に止まっていた。エギィは気配もなかったが、レース終了二週間後にようやく戻ってきた。まだ脚にはめていたレース用のゴムリングは、陽にさらされてひびが入り、色褪せていた。

午後六時五五分、ケンブリッジ、家から七〇キロ

スケグネスで、先頭集団の鳩たちは南西へ旋回して海岸線をたどる。飛路はウォッシュ湾中央の開けた海面を離れ、ジブラルタル・ポイント自然保護区を過ぎて、今回の旅で最後に通る海の数キロにさしかかっている。ウォッシュ湾の端に着くと、鳩たちは南へ向きを変え、内陸へ向かってぬかるんだ入り江の上を飛ぶ。

可能なかぎり長く、彼らは水面をたどりつづける。ウーズ川の河口を見つけ、その流れに沿って南へ曲がり、キングズ・リン、ストウブリッジ、ダウンハム・マーケットの上空を越えていく。眼下では沼沢地が大きく広がり、果てのない平坦地の上を飛ぶことに、彼らは不安を覚えている。もしタカにまた目をつけられたら、このあたりには隠れる場所がどこにもない。

イーリーで、何羽かは、家が近いことが目でわかる最初のしるしを見つける。晴れた日には、鳩たちはかなり細かく見分けられる。尖塔の突起も、列車の線路のきらめきも、かなたから認識できる。彼らは地形をさまざまな角度から読む。場所を認識するのは、鍵が錠前にかちりとはまるのに似ている。

その朝サーソーで放たれた鳩の三分の一は、いまやここまで南下している。この残った数百羽はまだ

力強く飛んでいて、不測の事態がなければ、夜までには家に帰り着くだろう。

　ロンドンの郊外、エセックスやケントでは、競翔家たちがもう庭に出ている。彼らは空を見あげ、帰還をじっと待つ。デッキチェアに座り、時計を膝に、餌の缶をすぐ脇に置いて。その多くは、どこかのひときわ優秀な鳩が記録的な速さで飛んでくるかもしれないと、午後じゅううっすらと警戒してはいたが、いままではだれも本腰で待っていなかった。真剣な待機が、まさに始まったところだ。

　六時半過ぎに、最初の鳩たちがケンブリッジの上空にさしかかる。いまや十一時間以上飛びつづけて、筋肉の奥深くに疲労が感じられる。どの鳩も、とるべき飛路はわかっている。たどるべき道路、最後の進入路へ最も効率的に導いてくれる生け垣の並び、鉄塔の列を知っている。

　午後七時半には、いちばん速い鳩たちがエッピング・フォレストの端に到達する。眼下には木々が広がり、干あがった野辺や牧草地に対抗して最後の緑を固守している。森は危険な区域だ。とくに背の高いカシの頂きを、ハイタカがねぐらにしている。この森はいつも無法者に宿を提供してきた。ケルトの女王ブーディカはロンディニウム（現代のロンドン）へ行軍する前夜にここで野営したと言われているし、追い剝ぎのディック・ターピンはこの森の奥まった暗い場所に隠れ家を持っていた。

　一八四一年、詩人のジョン・クレアは、四年間閉じこめられていたこの森近くの精神病院から逃げ出した。そして一三〇キロほど北の、ノーサンプトンシャー州ヘルプストンめざし、わが妻になるものと信じていた女性を探して歩きはじめた。四日間の旅のすえにたどり着いたはいいが、幼なじみのメアリーはすでに亡くなっていると告げられた。彼は自分のことを「故郷《ホーム》にいながら家なし《ホームレス》であり、どこにいても幸せになれると思えるのは、ある意味、ありがたいことだ」と表現した。クレアは結局べつの家を見つけることなく、十五年後に亡くなった。

第一一章　ホームシック

イーヴォ誕生後の日々を、ぼくたちは週や月の過ぎるのも気づかずに暮らした。時はあいまいな単位で流れ、息子の変化だけがそれを刻んでいた。息子はやがて目をあけ、こぶしを開き、寝返りを打つようになった。ぎざぎざした愛おしい爪で、ぼくたちの顔をやさしく引っ掻いた。ぼくは大きな頭のいまだかぐわしい新生児の匂いを味わったり、ふっくらした頬や唇にキスをするのが好きだった。目――井戸のように深くて暗くくすんだ色――はまだ焦点が合わないが、音が聞こえたらそちらに顔を向けるし、歌を歌ってやると喉を鳴らして応えた。その夏は蒸し暑く、ときおり嵐が訪れて湿原から雷鳴が轟き、その激しさでぼくたちを驚かした。

若鳩のシーズンが続くにつれて、レースの距離がしだいに増え、放鳩地点がＡ一号線沿いに国を北へ縦断していった。各レースの前の数日間、ぼくは鳩舎のまわりを飛ぶ愛鳩を観察して過ごし、どの鳩が調子がよさそうか判断をくだした。天気予報も、収穫を控えた農家か海へ出る前の漁師にも劣らぬほどしつこく、入念に調べた。

鳩たちはいまや毎日数時間の訓練飛行をしていた。ときには家の近辺を離れずに屋根の高さを旋回し、群れのなかで下へ横へと互いにあいだを縫うようにして方向転換した。天候がよく、何やらよくわからない衝動に駆られたときには、家から遠くへ探索に出て、数時間後に戻ってくるまで姿を見せないこともあった。だが、鳩たちがもっと若かったころほど不安を掻きたてられなかったし、長い時間出かけていたとしても、最後には必ず戻ってきた。ぼくは彼らを信頼し、そばにいないあいだも穏やかな気持ちでいられるようになって、彼らのほうもぼくを信頼してくれるといいがと願った。

二回めのレースは、ニューアーク＝オン＝トレントが始点で、うちから一七七キロの距離だった。ぼくは六羽を登録した。うち四羽は、イーヴォが誕生した週末にピーターバラからのレースに出た鳩だ。残りの二羽は、ドーラがまだ命名していない青い縞入りの雌とダークチェッカーの雄で、この一週間は訓練飛行をうまくこなしていた。最初のシーズン中、できればどの鳩も一回はレースさせて、翌春の成鳩レースに向けて多少なりとも準備させておきたかったが、一度に群れ全体を送るのは、思いがけない事態に見舞われたとき全羽を失うはめになるので避けたかった。

ニューアークのレースの持ち寄りを終えた朝、ぼくはキッチンでイーヴォと座っていた。前の夜は息子がろくに眠ってくれなかったうえ、早くに目を覚ました。そこへ、ブライアンが電話で、夜明けに鳩が完璧な空模様のなか放たれた、と報告してくれた。ロンドンでは、雲が高くふんわり漂い、うしろからオレンジ色の太陽に染められていた。大気は穏やかだった。ペースの速いレースで、ぼくの最初の二羽は放鳩後二時間で家に着いた。最初は、まるで青い空にピンで刺した穴のような黒っぽい点として地平線に現れ、まっすぐわが家の屋根に舞いおりてきた。先頭のオレンジのすぐうしろにミルキーが続き、まだらな頭を空に白くくっきりと浮かびあがらせている。二羽は屋根に降り立ったあと、しばらくその場でぐずぐずして、ぼくが缶を鳴らしても知らん顔だった。やきもきしてきたころに、ようやく屋根からゆっくりと降下し、トラップをくぐって鳩舎に入り餌を食べた。残りの四羽は影も形もなかった。たぶん、ほかの群れにつられて鳩舎を飛び越したのだろう、とぼくは考えた。それでも、時間が経つにつれて一羽、また一羽と帰還し、午後遅くには六羽すべてが戻った。

その夜、クラブで、オレンジとミルキーが二六羽のうち一九位と二二位だったとアルビーに告げられた。二羽がなかなか入舎しなかったことを話すと、成績をあげたいなら自分の手で入れなきゃだめだ、とほかの競翔家たちに言われた。

「そんなふうに屋根でうろうろさせちゃだめだ」とブライアンが言った。「野生の鳩と交わって、ありとあらゆる病気をもらうぞ。籠か、空か、鳩舎のなかだけが、連中のいるべき場所だ。ほかは、どこにもいさせちゃいけない。レースに勝ちたいなら、連中を管理しないとな」

そもそも、ぼくはレースに勝ちたいのだろうか。六か月前、ブラックプールでエギィとオレンジを買った当初は、レースそのものに興味を抱いてはいない、ぼくがやりたいのはただ、自分の群れが帰還するよう訓練することだけだ、と自分に言い聞かせていた。ところが、いざクラブに入ってレースに参加してみると、かすかな闘争心が芽生えたのを感じた。以前、鳩には気をつけろ、すぐに中毒になるからな、と忠告してくれたアルビーのことばは正しかったが、いまだに、自分がなんの中毒になっているのかよくわからなかった。

翌週は天気が悪く、やはりニューアークからのレースだったが、コース上で突風まじりの暴風雨が生じて、放鳩が午後遅くまで延期された。悪条件のせいで、タイムの出ない苛酷なレースになった。ぼくは登録した六羽のうち二羽を失い、なんとか戻った四羽もそれぞれ単羽帰還だったし、嵐のなかを飛んだせいで羽が逆立ち、激しい風にさらされて鼻の上のろう膜と目を取り巻く皮膚が赤むけになっていた。レース結果はさんざんで、なぜそんなことになったのか、だれにもはっきりとはわからなかった。クラブでは、失った鳩のことや、帰還した鳩の状態について、競翔家たちがぼやいた。運営を非難し、こんなむちゃくちゃな天候に放鳩するべきではなかったと言った。

ぼくの一週間は、またレースを中心にまわりだしていた。当日を迎えるまでの期待まじりの不安、金曜日の持ち寄り、土曜日の閉函規正が、家の外で過ごす時間の大半を占めた。各レースの前に、ぼくは地図をじっくり眺め、距離を測り、鳩たちがとりそうな飛路を導き出そうとした。レースがぼくの一週間を形作るさまが、そして各放鳩地点がぼくの脳内にイギリスの地図を描いていくさまが気にいった。

鳩レースは観戦向きのスポーツとは言えないが、最初のシーズン中、レースの距離が増えるにつれて、ぼくは鳩の帰還をどきどきしながら待つのが好きになった。強烈な、熱に浮かされたような期待が、時間の経過とともに不安に変わり、地平線に列をなす彼らをついに目にした瞬間にそれが雲散する。ときには、彼らは放鳩地点からまっすぐ飛んできて、北の上空から勢いよく現れ、家のまわりで祝いの旋回をしながら降下する。だが、こちらがぜんぜん気づかないまま到着することも多く、屋根の上にひょいと現れ、ゆるゆるとトラップに降りてくる。一度か二度、苛酷なレースのあとひどく疲れきって帰還したので、やむなくぼくが抱きあげて鳩舎に入れてやり、力が戻るまで手で餌を食べさせるはめになった。

クラブでは、競翔家たちが、鳩がどんなふうに飛んできたか再現してみせた。レースの物語をいかに解釈するかを、ぼくに教えてくれた。鳩の体の状態を見て、どんな条件下で飛んだのか読み取るのだ。ぼくはやがて、風が東から、あるいは西から吹くときに彼らが好む飛路を予測できるようになった。帰還後に彼らの足を調べ、途中で川か池のほとりに降りて水を飲んだ事実を突きとめ、まだもっと遠くへ送れるほど強くはないとわかるようになったし、激しい雨や風のなかを飛んだのを確認して、翌週レースができる体調かどうか判断できるようになった。また、各レースの前に風切羽を調べて、換羽のどの段階にあるか、まだじゅうぶん飛べる状態なのか確認するすべも覚えた。

個々の鳩を、遠くから見分けられるようにもなった。ローン・レンジャー、ミルキー、オーロラ、クリスピーは速くて着実に帰還する。エギィとオレンジは信頼できるものの、さほど速くない。この二羽はほかの鳩より一時間あまり遅れて戻ることも多いが、最後には必ず戻ってくる。ほかの鳩はレース成績がかんばしくなかった。訓練ではうまく飛ぶが、多くはまだ鳩舎になかなか入らず、レースや放鳩訓練から戻っても何時間か家の屋根で過ごしたのちに入舎して餌を食べることが多かった。

七月の終わりごろ、若鳩シーズン中盤にさしかかったある夜、アルビーがぼくを脇へ呼んで、成績をあげるために何かしたほうがいいと言った。ぼくは毎週続けて最下位だったのだ。もっとうまくやりたいなら、自分の鳩をコントロールしないとだめだ、と彼は言った。

競翔家は、鳩が健康であること――一定の距離を飛ぶための肉体的準備が整っていること――と、〝動機〟、つまり家に帰ろうとする本能的な欲求は、べつのものだと考えている。勝てる鳩を作るには、どちらも強化しなくてはならない。

「おまえさんの鳥は、体はじゅうぶんできている」とアルビーは言った。「自分でもそれはわかってるよな、ちゃんと帰ってくるんだから。だが、何かで彼らに動機づけしなきゃだめだ。もっと早く家に帰りたいと思わせないとな」

孵化後一年のあいだは、若鳥はおおむね〝安全な休める場所〟に戻ってくる。鳩舎で伴侶を見つけてつがいになり、巣作りして雛を育てる前、彼らを動機づけるものはただひとつ、家は食べ物と水と雨宿り場を提供してくれる安全かつ安心な場所であるという認識だけだ。この段階では、競翔家がコントロールできる手段は、飢えしかない。放鳩籠に入れる日の餌を減らせば、戻ってきたときに進んで鳩舎に入るかもしれない、とアルビーは言う。この方法のリスクは、まんいちレース前に餌の量を減らしすぎると、必要なエネルギーに足りず、そもそも鳩が迅速に飛んで帰れなくなることだ。

安全な場所への動機づけのみの段階では、飢えと適量の食事、熱意と能力のバランスを適切にとることが、レースで成果をあげる鍵だ。重要なレースに送る前に重さを測って、適正な飛行体重かどうか確認する競翔家もいる。だが、ほかにも、鳩に早く帰還するよう動機づける手段がいくつかある、とアルビーは言う。そのほとんどは、彼らの鳩舎との心理的な関係を操るものになる。鳩の能力を最大限に活かすには、彼らに繁殖を始めさせるべきだ、と。

レースは続き、やがて鳩たちがつがいになりはじめた。雄がそれぞれ巣箱をひとつ占有し、ちょっかいを出す鳩すべてから荒々しく守っていた。ライバルの雄が縄張りに侵入しようとするたびに、そこを根城とする鳩が首を膨らませ、うなり声をあげて撃退した。ぼくが給水器や給餌器を掃除しようとなかに手を入れると、体をぐんと伸ばして大きく見せ、娙を守る独身のおばよろしく翼で手をはたいた。

オスマンの『レース鳩』で、ぼくは鳩の性にまつわる世俗的な隠語を知った。発情した雌は〝盛りがついた〟と言われ、交尾は〝雌を踏みつける〟と表現される。雄が雌を踏みつけたあと巣で卵を抱かせようとするときは、その雌を巣に〝追いたてる〟という。ぼくの鳩舎では、雌の盛りがつくと、雄が求愛ダンスを始めて、尾を8の字に振り、胸を大きく膨らませてすり足で踊って、尾羽で鳩舎の床を叩きながら小さなマタドールよろしく意気揚々と歩く。雌がその気になると、雄に近づき、首をついばんで羽毛をそっと逆立てさせる。それを受けて雄が嘴を開き、雌は自分の嘴を差し入れて、キスのようなしぐさを交わす。このキスの最中に、雄は伴侶候補の嘴にそのう乳を少量注入し、わが子に餌をやる能力があることを証明してみせる。

受け入れる気持ちがあれば、雌は地面に低くうずくまって翼を両脇に広げ、総排出腔、すなわち尾の下の羽に隠された小さな生殖用の穴を露出させる。踏みつけ行為はほんの数秒で終わる。その後、二羽は生涯添いとげる。

踏みつけたあとの数日で、鳩もぼくたちと同じく、巣を作りはじめる。雄は毎日の訓練飛行から藁や羽や小枝をくわえて戻るが、それらは大きすぎてトラップの入舎口を通らないことも多い。雄はこの巣材を巣箱へ慎重に入れて、糞の皮膜でつなぎあわせる。それから、作った巣に座って喉をごろごろ鳴らすような低い声で雌を呼ぶ。ふだんのクークーという鳴き声とはかなりちがう音だ。うまく呼び寄せられないと、雄は鳩舎じゅう雌を追いかけまわし、力ずくで巣のなかに追いたてる。たまに、激しく追いたてられすぎて雌がなかなか餌を食べられず、雄が落ち着くまでぼくが両者を引き離すはめになることもある。

踏みつけ行為の十日後に、雌は最初の卵を産む。青っぽい白色で、繊細な殻は真珠みたいな光沢があるか、洞窟に住む魚の皮膚のような半透明だ。そしてかっきり五十二時間後に、ふたつ目の卵を産む。その後は、二週間後に雛が孵るまで二羽が交替で十二時間ずつ抱卵する。ひとたび抱卵を始めると、めったなことでは巣を離れようとしない。

ぼくは一日に二回卵をチェックした。鳩たちの経験が浅いせいで、最初のひと腹をうまく抱けないのではないかと不安だったのだ。だが、どの鳩もしっかりと座り、ぼくがその腹の下に手を入れて驚くほどの熱を感じ取っても、うなってみせるが動きはせず、産卵から十八日後には、ひとつめの卵が孵りはじめた。

ほとんどは夕方に孵った。雛は自分の嘴で殻の端に完璧な丸い穴をあけ、その殻を親鳥が巣の外へ放り投げて、翌朝、鳩舎の床でぼくが発見する。雛鳩は小さくて、鮮やかな黄色い綿毛に覆われ、まぶたに皮膚が被さっている。全身、半透明の皮膚だ。その下の臓器や、そのう内の乳や、生えかけの羽の輪郭が、レントゲン写真さながら透けて見える。

雛たちはぐんぐん育った。栄養たっぷりのそのう乳を親鳥から与えられ、数日ごとに二倍の大きさになる。巣箱を掃除するために手を入れると、立ちあがって腹立たしげに嘴をかちかち鳴らし、なんだか小型の翼手竜を思わせる。孵化後五日めに、目があいた。ぼくはその脚に、生涯ずっとはめることになるリングを装着した。

孵化後十日めに、皮膚から小さな羽柄《うへい》が現れはじめる。最初は翼の下部に点々と並び、その後、頭と体のいたるところからつんつんと突き出してくる。ほどなく羽がそこから出現して、たちまち体じゅうを覆う。二週間後には、鳩らしく見えはじめ、三十日も経つと完全に羽毛が生えそろって巣立ちの準備が整う。

鳩舎内に縄張りを確立して、つがいになり、ひと腹の雛を孵してようやく、鳩は家との結びつきを恒久的に固める。エドガー・チェンバレンは著書『伝書鳩』で、鳩は鳩舎で繁殖すると、「母親が揺りかごに抱くのと同じ気持ちを抱く。[鳩舎は]さすらい人を導き、そのエネルギーを刺激して安全に帰還できるようにする北極星なのだ」と書いている。ひと腹の雛を育てあげると、鳩はより遠くからより速く家に帰る。そうなれば、鳩舎との関係をさまざまな手法で操作して、レースからの帰還を早めるよう動機づけられる。これが、アルビーにやったほうがいいと助言されたことだ。

鳩に動機を与える最も簡単な方法は、卵を十日ほど抱いたのを見届けたうえで、その鳩をレースに送ることだ、と彼は言う。そうすれば、卵がもうすぐ孵るとわかっているので、鳩は抱卵を再開したくていっそう速く飛んで戻る。べつの手法は、オスマンが〝ごまかし〟〝だまし〟と呼ぶもので、レースの前夜に、まだ孵っていない卵をほかの巣の雛と取り替えて、卵が孵ったばかりだと鳩に信じさせ、できるだけ速く帰還しようという気にさせる。

愛鳩家が動機づけに最もよく使う手は、〝ウィドウフッド(やもめ)・システム〟と呼ばれるものだ。なんだか不吉な響きの手法だが、孵化後数週間したら雛を取りあげて、親鳥も雄と雌を引き離し、鳩舎の別々の区画に入れて互いに姿を見ることも声を聞くこともできないようにする。そしてレース前に、雄に雌を〝見せる〟、つまり籠に入れた状態で身体的な交流をさせないまま目の前に見せつけるのだ。雄がレースから帰還すると、その夜は伴侶と同じ巣箱で過ごさせる。その後はまた、つがいを引き離しておく。雄はじきに、家に早く帰れば帰るほど、伴侶と過ごす時間が増えることに気づいて、いっそうレースを頑張って家に帰り、帰還後はすみやかに入舎するという。

アルビーは、ホームシックがウィドウフッドの鳩をその気にさせて、本来より速く真剣に飛ばせるのだと説明した。もしレースで勝ちたいなら、この手法で鳩の感情を操ってホームシックにするのをためらってはいけない、雄を巣と伴侶から引き離してはじめて、レースでの成績があがるのだ、と。なんだか容赦のない決断に思え、自分でもやりたいのかよくわからなかった。

子どもを授かるまで、ぼくは自分がとくにホームシックにかかりやすいと思ったことはなかった。ときおり孤独感を抱きはした——遠足や修学旅行で、あるいは大学に入って最初の数週間に、家から離れて見知らぬ場所にいるみじめさを強烈に感じた——が、結局は束の間のやや甘ったるいもの悲しさにすぎず、むしろひそかに楽しんでいたし、すぐに過ぎ去った。ところが、ドーラが誕生してから、ぼくはかつてないほど強烈なホームシックを経験した。

この感情がとくに強まるのは、家から遠く離れたときで、まるで、ルパート・シェルドレイクの言う〝すべての生命体をその家に結びつける形態ゴムバンド〟が、ちぎれる寸前まで伸ばされた感じがした。ドーラが産まれて数か月後、ぼくはアメリカへ渡って、出版社が楽観的に〝ブックツアー〟と呼んだものをやったが、実のところ小さな会場で何度か朗読するだけで、しかも聴衆がしだいに減っていった。宿を提供してくれた友人たちは、日中は仕事に出かけてせわしないニューヨーク生活を送っていた。ぼくは何もやることがなく、書店をぶらぶら見てまわったり、公園に座って野生の鳩を眺めたりして過ごし、イギリスの自宅に電話をかけられる時間になるまで待った。ある日、地下鉄でマンハッタンの北のほうへ行き、さんさんと降り注ぐ陽光のなか、ハドソン川を見おろして孤独に浸った。

ノスタルジア（郷愁）は、〝帰還〟〝家への旅〟を意味するギリシア語のノストスと〝心の痛み〟を意味するアルゴスからなる造語だ。これが造られたのは一六八八年、ヨハネス・ホーファーという若き医師が、外国で戦うスイス人傭兵に見られるあらたな病気を観察したときだ。故郷から引き離されたこれら兵士は、不安を覚えはじめた。眠れなくなった。心悸亢進、皮膚の病変、食べ物の忌避、そしてホーファーが〝緩慢な消耗熱〟と呼ぶものに苦しめられた。やがて、何人かは命を落とした。

症状が悪化するのは、家を思い起こさせるもの――故郷の村の写真、〝ラン・デ・ヴァッシュ〟すなわちスイスの牧夫が牛の群れを牧場へ追いこむときの伝統的な牛追い唄、高山の牧草地の匂い――に接したときで、ホーファーの観察によれば、まさに同じものに触れたとき一時的に症状が緩和される場合もけっこうあった。だが、ホームシックの恒久的な治療法はただひとつ、患者が家に帰ることだと、彼は考えていた。

ホーファー以前、ホームシックはドイツ語で〝家を思う悲しみ〟を意味するハイムヴェー（heimweh）、または〝憧れ〟〝思慕〟を意味するゼーンズフト（Sehnsucht）と表現されていた。ウェールズ語にも、失ってもはや取り戻せない過去や場所への悲嘆を表現するヒーライス（hiraeth）という同義語があり、ポルトガルにもほろ苦いサウダージ（saudade、懐しさ）という語がある。ロバート・バートンは著書『憂鬱の解剖』で、ホームシックを「家を恋い焦がれる子どもっぽい気分」と表現した。そして、理解できない不合理な感情だと切りすて、それを抱える者は「さもしいアイスランド人やノルウェー人のように、イタリアやギリシアよりも、みすぼらしい自分たちの島を好む」ようになる、と主張した。

ハイムヴェーというドイツ語は、ホーファーが論文を執筆した百年後にようやく、ドイツ人著述家ヨハン・ケスラーによるヨーロッパ旅行ガイド（一七五六年イギリス刊行）で英語に翻訳された。「スイスとアルプス山脈に関する所見」と題した章で、ケスラーはベルンの住人に特有のものだとする〝風変わりな病〟を説明している。「スイス人はいかに勇敢、大胆であろうと、国外ではある種の不安や、幼年期から慣れ親しんできた新鮮な空気への危うい憧憬を覚えながら、自分ではそうした心の動揺の理由を説明できずにいる」ホームシックはある場所への憧憬だが、その裏には、ある時間への憧憬、つまり子ども時代への憧憬も隠れているのだ。

ノスタルジアはじきに、英語で〝スイス病〟と呼ばれるようになったが、これが故郷から引き離されたことへの心的緊張で引き起こされるというホーファーの説に、だれもが同意したわけではない。ホーファーと同時代の医師、J・J・ショイヒツァーは、スイス人傭兵にノスタルジアの発生率が高いのは、アルプス山脈から戦闘のため平野部におりたときに大気圧の大きな変化にさらされることがおもな原因だと主張した。べつの医師は、ノスタルジアを引き起こしたスイス人は、〝カウベルの絶え間なくガランガラン鳴る音〟によって神経と精神が損なわれ、狂気に追いやられたのだと主張した。

十八世紀に入って、ノスタルジアという語は意味を変えはじめ、地理的なものだけでなく精神的な疎外も表すようになった。イマヌエル・カントに言わせると、スイス人のノスタルジアは地理的な要因というよりも、「若いころの気安くて親密な交友の記憶が呼び起こした憧憬、ごく純粋な人生の喜びを享受した場所への憧憬」のせいだった。これら傭兵が帰宅したときにホームシックが治ったのは、家を目にしたおかげで症状が緩和されたからではなく、子ども時代の家はもはや存在しない虚構であることに気づいたからだ。「彼らは何もかもすっかり変わってしまったと考えるが、若いころは取り戻せないものなのだ」と、カントは書いている。

十九世紀なかばには、集団的な移動がいっそう増え、ノスタルジアはますます広く認められる医学的状態となった。なかでも、アメリカの南北戦争で戦う兵士は痛いほどこれを味わった。故郷《ホーム》を離れた男たちが故郷のために戦い、死んでいったが、その故郷は現実であると同時に概念でもあった。この戦争中、サイラス・ウィアー・ミッチェル――出産後のシャーロット・パーキンス・ギルマンに〝安静療法〟を指示した医師――は、北軍の兵士に見られた何百ものホームシックの症例を書き留め、それが「傷病の危険を深刻なまでに高めている」と述べた。音楽はとくに危険なノスタルジアの誘引とみなされ、S・ミレット・トンプソンという名の歩兵によれば、「『ホーム・スイート・ホーム』〔日本では『埴生の宿』として知られている〕や……『オールド・ラング・サイン』〔日本では『蛍の光』の原曲として知られている〕といった哀愁に満ちた物悲しげな旋律が、われらが苦悩に満ちた男たちを意気消沈させて気力を挫く恐れがあるので」、音楽隊はこれらの旋律を奏でることを禁じられていた。ノスタルジアはやがて、故郷の喪失で生じた感情だけでなく、過去をしみじみと懐かしむ一般的な感情も表すようになった。二十世紀には、時間をかけず気軽に旅する世界になり、故郷との関わりを失った気がしていた人たちも以前より簡単に帰還できたが、いざ戻ってみると、子ども時代の故郷の記憶はたいてい、それらの場所の現実とはかけ離れていた。若いころの故郷はもはや存在せず、けっして戻れないのだと悟ったとき、ノスタルジアに苦しむ人々は二重の疎外感を味わった。

若鳩シーズンの後半、ぼくはアルビーの助言に従ってみることにした。雛が孵ったところで、雄と雌を引き離した。雄は自分の巣箱にそのまま留まり、雌は鳩舎のべつの区画の止まり木をねぐらにした。朝と午後の放鳩では別々に飛ばしたが、放鳩訓練に連れ出すときは全羽いっせいに放ったので、彼らは並んで飛び、帰還後は一緒に入舎した。

しだいに、レース成績があがりはじめた。引き離してから二週間後、ニューアークからのレースで一八位を記録した。次のレースはウェザビーからで、一七位だった。一週ごとに、順位表の上のほうへ移動した。だが、ウィドウフッド・システムで愛鳩を飛ばすのはなんとなくいやだった。彼らの帰巣感情らしきものをこんなふうに操作するのは不必要に残酷だと思えた——彼らをわが子からも、互いからも引き離し、こちらが望むことをやったときにだけ一緒に過ごさせるだなんて。なんだか、ぼくたちのあいだのバランス、ぼくと鳩が共同で行なっている家庭作りが、ぼくに好都合なほうへ傾きすぎている気がした。ダーウィンのこと、愛鳩家に関する彼の問いのことが頭に浮かんだ。〝はたして人が鳩を操っているのか、それとも鳩が人を操っているのか〟

独自の世界で独自の生きかたをしている動物を擬人化するのは危険なことだ。その異種性を、ぼくたち人間が手なづけようとしてはいけない。とはいえ、レースを続けるうちに、ウィドウフッドは鳩の帰還を早めているようだが自分には向いていないと判断した。エギィとオレンジを手に入れたとき、イアンには、鳩レースに非倫理的な側面はまったくないと言われた。競翔家は自分の鳩を愛しているじゃないか。しかも、鳩たちは鳩舎から放たれたとき、その気になればいつだって自由に飛び去れるではないか、と。だけど、雛の略奪やウィドウフッドで家との結びつきを強化したのなら、そうは言えないはずだ、とぼくは考えはじめた。彼らにとって鳩舎が唯一の家であるなら、その家と広い世界のどちらを選ぶか強いるのは残酷ではないか。八月の終わりには、この手法で鳩を操る気持ちは失せていた。ぼくは鳩舎の二区画を仕切る扉を開いて、全羽が一緒に過ごせるようにした。家に帰りたいという気持ちは、彼らが自発的に抱くべきものだ。そんな考えでは鳩レースに勝てないというなら、それでいいではないか。

鳩レーサーとしての最初のシーズンは、始まりと同じ形で終わった。最終レースはピーターバラから一一〇キロあまりの短距離で、自分の鳩のうち最初に帰還したローン・レンジャーが最下位だった。ぼくは落胆しなかった。クラブの優秀な競翔家たち、生涯ずっと鳩レースをやってきた男たちと張りあえるわけがない。ウッドゥ、スティーヴ、ジョージはほぼ毎週、成績表の上位につけていたし、アルビー、ビッグ・ジョニー、ボブは少数精鋭のチームを飛ばして、予想がつきにくい長距離のレースでたびたび勝っている。鳩が帰還したときの高揚感と、放鳩から帰還までのあいだに彼らがどこにいたのかという謎が、なおもぼくを魅了していた。なじみのないレース地点から帰りつくたびに、彼らは家との結びつきを、そして帰還時にたどった経路との結びつきを強めた。

そうこうするうちに、ぼくはレースで勝つことよりも、鳩の存在、彼らの旅そのものが好きなのだと気がついた。レースは、推測にもとづく〝安楽椅子〟地図製作とでも言うべきものに、自分が浸るための口実にすぎない。最初のシーズンの終わりには、鳩たちはいわば特使で、ぼくの代わりに飛んだ土地の地図を製作し、その羽ばたきで境界線を刻むのだと考えるようになった。家で過ごすことに、ぼくは満足していた。冒険したいという夢はどこかへ失せた。たぶん、いまや鳩が代わりに冒険に出て、旅しているおかげもあるだろう。自分で旅する必要はない。ナターリア、ドーラ、イーヴォと家にいて、四人一緒に彼らの帰りを待てばいい。

午後七時四九分、ラムフォード、家から一三キロ

サーソーで放たれてから十二時間後、先頭集団の鳩はロンドンに入りつつある。疲れ切ってはいるが家が近いし、いま上空を飛ぶこの場所に見覚えがあるので元気が出てきた。飛路のこの区間は、湿原の踏み分け道さながら、頭に刻みつけられている。鳩舎上空の旋回領域に入ると、本能が頭をもたげる。この空はいままで何千回となく飛んだ。家はもうすぐそこだ。

午後七時一五分。ぼくはボブに電話をかけた。

「おまえさんとこのが着いた、と言うんだろう」彼は電話に出るなり言った。だが、着いていなかったし、ボブのところもまだだった。彼はアルビーとウッドゥと話したばかりだが、「まだ羽の一本も見てないそうだ」と言う。

「いまも、みんな競技中ってことだ。まだ、あきらめるなよ。今夜一羽も帰ってこなくたって、あすの朝には帰るかもしれない。そうしたら、ちゃんと記録するんだぞ」

ぼくたちが話をした三十分後に、いちばん速い鳩が鳩舎に到着する。わが家の鳩舎から一三キロ離れた、ラムフォードの愛鳩家が最初の帰還を報告したのだ。その後は、次々に報告がある。アルビーが二

羽、ウッドゥが一羽、それから十五分後にもう一羽。ラムフォードの愛鳩家が、その夜さらに三羽報告する。電話回線は期待感で活気づく。

だれもが、鳩たちは暑さにやられているようだと言う。体重が大幅に減り、鳩舎に入るとまっすぐ給水器に降りて、巣にも伴侶にも目もくれない。いちばん速い鳩は家まで八〇〇キロあまりを十二時間三十二分で飛び、分速約一一〇〇メートルの優勝記録を出した。とりたてて速いタイムではないが、それは予想されたことだ。この日は、サーソーのレース記録上いちばん暑かった。

ボブと話をしたあと、ぼくは庭に出て空を眺める。夕暮れとともに空気が涼しくなってきた。まもなく、開函規正のためにクラブへ出かけなくてはならない。だが、それまでにまだ、一羽でもぼくの鳩がゴールする時間はある。闇がせまるなか、ぼくは期待を抱いてじっと座りつづける。まだ南への旅に出発せずにいたアマツバメの最後の数羽が、上空で甲高い声を響かせている。遠くから、列車のがたごと走る音が聞こえる。ぼくは家々の切れ間から、それが通過するのを見守る。

第一二章　家に帰る

九月、ぼくのレースシーズン一年めが終わるころには、鳩たちの換羽が始まっていた。健康な鳩が翌シーズンのレースで好成績をあげたいなら、孵化後最初の年に初列風切羽——翼の先端からいちばん外側に並んだ一〇枚の羽で、飛行中の推進力をつかさどる——がすべて生え換わらなくてはならない。この羽はドミノよろしく、一枚また一枚と抜けていく。四枚めか五枚めが抜け落ちると、胴部の綿毛のような羽も失われだす。換羽の真っ最中には、鳩たちは遠くへ飛びたがらないので、シーズン終了後、ぼくは訓練を中断して、天気がよいときだけ外に出した。秋の終わりには、彼らの首や頭のまわりがぼさぼさしてきた。

一一月、冬が到来し、大地が凍りついた。クリケット場の並木は殺風景になった。猛烈な嵐で一夜のうちに丸裸にされたのだ。雪が降り、解けずに残った。ガンが湿地から冬の家めざして南へ飛び、わびしい鳴き声をあげながら消え去った。ぼくはまだ、可能なら鳩を外に出すようにしていたが、天気がよくないとき、彼らは止まり木で抜けかけた羽をつついては、鳩舎の床にひらひらと落としていた。その羽は庭へ吹き飛ばされ、雪と一緒に茂みの下に積もって、固い黒土をそこだけ白く染めた。

昔は、愛鳩家たちは冬に自分の鳩を〝野ざらし〟にした。鳩舎から追い出して扉を閉め、春が到来してまた繁殖するときが来るまで野生の環境で運試しさせたのだ。今日、冬は愛鳩家が棚卸しをするときで、鳩たちに心おきなく換羽させ、軽い運動とたくさんの水浴びをさせながら、翌年のレース運びを計画する。冬はまた、好ましくない個体を間引くときでもある、とぼくは言われた。優秀な鳩だけが、翌年に繁殖を許される。弱い個体を抱えると、結果的にチームをだめにしてしまう。

愛鳩家は鳩を愛してはいるが、ぼくが会った人はたいてい、実績のない個体については素っ気なかった。間引きはこの趣味につきものだ、と彼らは言う。もし、自分の手でやりたくないなら——黒いずた袋のなかですばやく頭をひとひねり、麻袋に飛び散る鮮血、刺すような鉄っぽい血の匂い——代わりにやってやる、と。オスマンも間引きの必要性については明快で、「いかに純粋な血統であろうが、その祖父母にいかに大金が支払われていようが、維持するだけの価値をみずからレースで証明しないなら、消えるべきだ」と助言している。だが、ぼくは間引く必要があるほどたくさんの鳩を飼っていないし、ほかの愛鳩家に言うつもりはないが、どのみち、そんなことをやる気にはなれない。もし、やらないせいで自分の鳩舎の遺伝的血統が悪くなるなら、喜んで受け入れるつもりだ。

鳩たちの換羽が進むと、ナターリアとぼくも内向きになった。一月、エギィとオレンジをブラックプールから連れ帰って一年後、ぼくは研究休暇《サバティカル》を取得した。ナターリアもまだ産休中で、ぼくたち四人はほとんどの時間を家族一緒に過ごした。家の範囲は狭まり、自分たちの必要なものは地元のごく近くにかぎられた。ぼくたちはたいして外出しなかった。リー川を渡ることとさえ、めったになかった。わが家からわずか数百メートルも離れずに日々が過ぎていった。ときどき、空が晴れ渡ると、鳩たちの鋭敏さを保つために川の上流へ連れ出すか、湿地から飛ばした。残りの時間は、巣ごもりした。こぢんまりした生活が、窮屈ではなく心地よく感じられだした。

できるだけ隠そうとしてはいたが、ぼくはほかの愛鳩家のもとを訪ねた当初、鳩との近しさ——生活が密接に絡みあっていること——に、かすかな嫌悪感を抱いていた。あの匂い、動物のあの糞便と生活をともにしていることが、驚きだった。だが、クリスマスのころには、ぼくも鳩にすっかりはまっていた。家を離れる必要がなくなったので、たいして洗濯もしなくなり、きつい動物の匂いに浸って過ごした。ある日、図書館に行ったとき、腕に鳩の糞が長い筋状についているのを友人に指摘されたが、自分では気づいていなかった。それをさっと払い落とした瞬間、友人の目に嫌悪の表情が走った。ぼくは野生動物になった気がした。

以前は、同じ場所に定着することへの偏見があった。旅に出かけるのは、ひとつの場所に留まることよりわくわくするものだと、つねづね考えていた。ある人物がひとり世界に乗り出して、荒天と戦い、旅先の苦境を切り抜ける物語、その過程で彼自身について——というのも、その人物はいつも男だから——何かを発見する物語には、時を超えた魅力がある。だが、鳩と過ごした一年で、旅をしないことにも喜びがあるのを教えられた。重要なのはむしろ帰還だ、旅はたいてい、家に帰るための口実にすぎないのだ、とぼくは考えはじめた。

その冬、ぼくは旅とは逆の内容の著述を集めた。主人公を家から遠くへ連れ出す英雄的な冒険ではなく、代わりに、ひとつの場所に留まるのはどんな感じか、そうすることで何が学べるのかを述べた本だ。『修道女戒律（Ancrene Wisse）』という、隠修女のための十三世紀の手引書も読んでみた。この本は、世間から身を引いて静かな祈りと冥想の生活を選んだ、高貴な生まれの修道女三人に向けて書かれている。「まことの隠修女は鳥と呼ばれる」と、名もなき著者は述べている。「なぜなら、彼女たちは大地を――すなわち、あらゆる世俗的な事物への愛情を――捨て去り、天の事物への心からの憧れを介して天へと飛翔していくからだ」人を惑わしかねない描写だが、ぼくはその単純さが気に入った。この修道女たちの肉体は自発的に独居房に閉じこめられてはいるが、その精神はどこでも好きな場所を自由に羽ばたけるのだ。

フランスの文学グループ〝ウリポ〟に参加していた作家ジョルジュ・ペレックの、安楽椅子旅行記『パリの片隅を実況中継する試み――ありふれた物事をめぐる人類学』も読んだ。パリのサン＝シュルピス広場のカフェの外に座って過ごした日々の経験を、無味乾燥な観察的散文で綴った本だ。ペレックは序文で、サン＝シュルピス広場についてはこの実験の開始前にすでにたくさんの記述がなされているが、このエッセイでは「ふつうは留意されないもの、気づかれないもの、重要でないものを描写していきたい。つまり、何も起きていないときに起きていることだが、天気、人々、車、雲は除外する」と書いている。彼がとくに執拗に記録した対象に、鳩が――広場の中央にある石の噴水盆の縁に止まっているさまや、〝みごとなまとまり〟をなして広場のまわりを飛んでいるさまなどが――ある。彼らは背景音にして、都会でよく見かける風景であり、ペレックはそのための時間を持ってはじめて彼らに気づいたのだ。

ミシェル・ド・モンテーニュは、随想録『暇であることについて』で、高等法院評定官として刺激の強い生活を送ったのち、自宅屋敷の塔の書斎に引きこもって執筆活動をし、その過程で新しい文学形態――エッセイ――を創造したことを綴っている。孤独のなかで「残されたわずかな余生を世間から離れてのんびり過ごそうと〔宮下志朗訳〕」決意したが、たとえ肉体は静止しても、意識はそうはいかないと知った。一箇所に定着することは、必ずしも知覚が鈍ることを意味せず、精神の旅では大いなる冒険に出かけるのと同じくらい自由になれるのだと、モンテーニュは悟った。「おのれのところにすべきことがたくさんあるのだから、おのれを離れてはならないのだぞ」と、べつのエッセイで主張している。

モンテーニュのみずから課した幽閉の記述は、ぼくが以前読んだべつの奇妙な本の先駆けとも言える。十八世紀のフランスの軍人にして貴族のグザヴィエ・ド・メーストルの著作だ。一七九〇年、二七歳のとき、ド・メーストルは決闘で同僚の将校を殺した罰として四十二日間の自宅謹慎を命じられた。『わが部屋をめぐる旅』で、彼は自分の自宅監禁を一種の解放と表現した。愛犬ロジーヌをともなって、自分の寝室を旅して刑期を過ごし、ベッド、安楽椅子、ソファー、窓のあいだを移動して、一日のさまざまな時間に差しこむ光の状況や、家のなかを旅して味わった匂いや音について述べた。軟禁のおかげで、彼は身近なものに集中することができたのだ。

ド・メーストルの本は、以前目にしたジョルジョ・デ・キリコの絵画を思い起こさせる。『オデュッセウスの帰還』は、室内の心なしか絨毯に見える水面を漕いでまわるオデュッセウスを描いた作品だ。その部屋には家具が無頓着に据えられている。背の高い曲線的な赤いひじ掛け椅子が左側の壁ぎわに置かれ、反対側には白いキッチンチェアがある。ひじ掛け椅子の上の壁に、同じくキリコが描いた絵画が掛けられ、その対面の窓から廃墟のある景色が見えている。オデュッセウスはといえば、小舟にひとり座っている。外の世界に通じる部屋の扉は開かれたままだ。だが、彼はその場に留まり、部屋のまんなかでどこへ行くわけでもなく櫂を漕いでいる。

はじめてこの絵画を目にしたとき、ぼくは英雄的行為の孤独がテーマだと思った。居心地のよい家をあとにして、勇敢にも冒険の大いなる重荷を背負った苦悩についての絵だ、と。いまは、櫂を漕ぐオデュッセウスの姿に一種の不遜さ、いや、ぼく自身もこの数年間に浸っていたであろう身勝手さを見出す。たぶん、この絵画は、家を離れることは英雄的な行為でもなんでもないと示唆しているのだろう。たぶん、そもそも家を離れることなどできやしないのだ。ひとたび家のなんたるかを知ったら、ぼくたちはどこへ行くにもそれを抱えていく。いや、家から出るたびに自分の一部をそこに残していくのかもしれない。

冬のあいだに若鳩を繁殖させた結果、いまやぼくの群れには三〇羽の鳩がいた。一月末にはふた腹めの雛が孵って巣立ったので、これ以上繁殖させないようプラスチックの偽卵を抱かせた。寒風がシベリアから吹きつけていた。数日おきに、ちょっとした吹雪が庭と鳩舎の屋根に雪化粧を施した。だが、天気がよいときにいつもどおり放鳩すると、均等に間隔をあけて屋根に並んだ鳩たちが、白い雪を背景に黒々と浮かびあがった。

成鳩のシーズン、一人前の鳩レーサーとして二年めのシーズンが四月に始まって、その後は七月まで毎週レースが開催される。今年は、どのレースにも鳩を送るつもりだった。自分の群れの鳩が飛んだ最長の距離は、ウェザビーからの二八〇キロだが、成鳩のレースではそれよりもはるかに家から遠いところへ鳩たちが連れて行かれる。たとえば北へ四〇〇キロのウィットレイ・ベイへ、そしてスコットランドとの国境のベリック＝アポン＝ツイードへ。レース地点の多くは、ぼくも訪れたことのない場所だ。地図上で名前だけ知っている土地とか、イーヴォに起こされて眠れなくなった夜に、横たわったままささやかれるのを聴いた海上気象予報の地名とか。

成鳩シーズンの最後のレースは、七月の初旬に開催される予定で、クラブカレンダー最長のレースでもある。サーソーはイギリス諸島最北端の町で、そこからまっすぐ飛んだとしても、ぼくの鳩は家に帰るまで八〇〇キロあまり飛ばなくてはならない。大ブリテン島の端から端まで飛ぶより長い距離になる。ノースロードには、もっと長いレースもあるにはある――一部のクラブでは、シェトランド諸島のラーウィックからレースをする。国の南に住む愛鳩家にとっては一〇〇〇キロから一一〇〇キロあまりの距離だ――が、どれもさほど有名ではない。そのうえ、島から放鳩するラーウィックのレースは、最近ますます状況が読みにくくなっている。荒天とタカの襲撃に加え、多くの愛鳩家の信じるところによれば、携帯電話の基地局が発するマイクロ波に惑わされるせいで、海を渡る途中で失踪する鳩が増えているのだ。ラーウィックからは、これといった理由もなく、優秀な鳩が何羽も晴れた空へ消えてしまう、とアルビーとウッドゥが言った。海を越えさせる危険を冒して、なんになるんだ、と。

サウスロードにも、長距離レースはある――たとえばタルブ、バルセロナ、ローマなど。だが、ノースロードでは、サーソーがシーズン最大の見せ場だ。このくらい遠い地から勝てば、その鳩は有名に、飛ばした人間は金持ちになる。サーソーで勝った鳩には種鳥としていきなり何千ポンドもの値がつき、その名は愛鳩家の専門誌のページに永遠に生きつづける。

とはいえ、経験が浅いぼくの鳩にとっては、荷が重すぎるかもしれない。サーソーに出すつもりだとぼくが話したら、クラブの競翔家たちは顔をしかめた。そして、一歳鳩にその距離から帰還させるのは大変だぞ、と警告した。

「もう一年待ったらどうかな」とみんなが言った。「鳩たちがもっと経験を積むまで」

ボブだけが励ましてくれた。

「肝に銘じておけよ」と、二月のある夜、クラブの年次総会で今シーズンの放鳩地点が決定されて細かい規則が話しあわれたあとで、彼はぼくに言った。「おまえさんは、プレミアリーグを相手にレースしてるんだ。みんな何百羽も育てて、どのレースにも数十羽送る。おまえさんの小さなチームじゃ、短距離はどうやっても勝てない」

そして、かつて競いあっていた相手が、ピーターバラからのレースでなんとしても勝とうとしたときの話をしてくれた。

「やっこさんが何をしたかわかるか？　レース前の二週間、毎日鳩をピーターバラに車で連れて行き、あらゆる天候のなかを飛ばした——雨や風や霧のなかを。で、レース当日は楽勝したよ。そんな相手と張りあえるか？　おまえさんは運転すらできないんだぞ」

大群を飛ばすやつらを短距離レースで負かそうとするより、群れの数羽に長距離の飛行経験をじゅうぶん積ませて、長めのレースに参加させることにかけたほうがいい、とボブは言った。たとえばサーソーとかなら、天気と幸運と不屈の精神で数の力をうち負かす可能性が生まれる。

「そうなりゃ、だれにでも勝ち目はある」彼はにっこり笑って言った。「おまえさんに必要なのは、戦いに勝てる鳩一羽だ」

ぼくがサーソーに参加したいのは、自分の鳩が勝てるかもしれないと幻想を抱いたからではなく、これほど遠くから帰還させたら何かが完結する気がしたからだ。奇妙な考えではあるが、どうしても振り払えなかった。もし、ぼくの鳩の一羽でも、国の果てから大ブリテン島の全長に相当する八一一キロを飛び、単調な高速道路を、川を、そのあいだの町をいくつも越え、荒涼とした海岸線をたどって戻ったなら——そうすれば、イーヴォが生まれてからずっと抱いていた〝根をおろした感じ〟が確立されるかもしれない。もし、ぼくの鳩が一羽でもサーソーから帰還したなら、そのときはようやく、ぼくもちゃんと家に帰った気がするかもしれない。そんなふうに、考えたのだ。

成鳩シーズン最初のレースに向けて鳩の準備期間が三か月あったし、その後は週一のレースと毎日の舎外飛行で鋭敏さを保てるはずだった。ところが、冬が二月、三月とぐずぐず居座り、放鳩訓練に連れ出せるような好天はわずか数日しかなかった。二月には、止まり木に丸まって過ごす状態が数か月続いたせいで、日々の訓練で外に出すと、鳩たちは冷たく湿っぽい空気のなかをのろのろと飛んだ。雨の日は翼が水を含み、濡れた新聞紙をてのひらに打ちつけるような音をたてた。

だが、ようやく天候が好転しはじめると、ぼくはまた放鳩籠から飛ばす訓練を再開した。まずはゆっくりと近場から始め、一年前、若鳩だった彼らに帰還訓練をさせた場所をひとつずつ再訪した。三月初旬に、ホロー池に連れて行った。その日は雲が地平線を渦巻き、鳩たちはグレイハウンドよろしく籠を飛び出した。ぼくが帰宅するはるか前に、彼らは家に戻った。

ホロー池から何度か飛ばしたあとは、ウォンステッド・フラッツとレイトン湿地へまた連れて行き、それから川の上流へふたたび向かった。それらの地点から最後に放ったあと六か月経っていたが、彼らは直感で飛路がわかるらしかった。ぼくが籠を開いたとたん高く舞いあがり、まっすぐ家の方角へ向かって地平線に消えた。

ナターリアがまだ産休中なので、しじゅう家族みんなで鳩の訓練に出かけた。オリンピック・パークでピクニックして、食事をとりながら鳩が落ち着くのを待ち、空へ放って家までレースさせた。リー川を自転車でさかのぼり、ハートフォードシャーのはずれを探検した。奇妙な光景だった――子どもと鳩で花綱状につながった自転車隊が歩道を走っていく――が、ぼくはひそかにその奇抜さを気に入っていた。ドーラもイーヴォもじきに、父親が愛鳩家であるのをひどく恥ずかしがるだろうが、いまはこれがぼくたち一家の日常生活のひとこまなのだ。

鳩たちを連れて訪れた場所をまた目にするとほっとした。あちこちの池、アリオット・ロウが動力飛行をした鉄道橋アーチ、レイチェル・ホワイトリードの『ハウス』が建っていた敷地、リー川沿いのごみごみした長い区間などなど、ぼくが愛鳩家になって一年のあいだに自転車で走った場所が、ぼくたち一家になじみ深い場所にもなっていた。いまや地図上の漠然とした地点ではなく、逸話や思い出が詰まった場所なのだ。それらが積み重なって、ぼくたちになじみ深い縄張りが形成されていた。

家《ホーム》は場所だが、物語でもある。いまいる場所にどうやってたどり着いたかという体験談であると同時に、いまいる場所についての物語なのだ。人類学者のメアリー・ダグラスは、人生の終焉近くに、

〝円環（ring cycles）〟と呼ぶものに関する奇妙で妄執じみた本を書いた。彼女が言うには、円環は古典的、聖書的な文学に通底する目に見えない構造のことで、現在ぼくたちが慣れ親しんだものより古い形の物語形成を表す。これら古典的な物語には帰還を描いたものが多く、その奥深くに家路をうながす構造が隠されていることを彼女は発見した。

家に帰ることとは、類推や比較と同じく、わたしたちの基本的な精神的能力のひとつだ……旅人は目的地を念頭に旅立ち、たどり着き、方向転換して、同じ経路で始まりの地に戻る……わたしたちは、家に帰ることがどういうものかを知っている。しじゅうそれを行ない、出発地点への帰還を目で見て認識し、それを文学の形に語りなおせる。

ダグラスはさらに、長い円環構造の結末が、物語の起点から必然的に生まれたものであることを突きとめた。たいていの物語は、結末にたどり着くはるか前にどう終わるかがわかる、なぜなら、たとえそこで語られるできごとを知らなくても、どんな構造であるか認識できるからだ。家への帰還を描いてそれがどういうものかを味わわせてくれる偉大な物語は、その過程でぼくたち読者が家に帰るための地図を提供しているわけだ。

ホメロスの『オデュッセイア』は、トロイア戦争で各地に散らばったさまざまな英雄の帰還を描いた叙事詩のうち、最もよく知られている作品だ。これら叙事詩の多くは失われてしまったが、オデュッセウスの漂泊の物語は西洋文化の奥深くに根づいている。全編を通じて、オデュッセウスは自分が苦難に直面するか死ぬことを恐れ、もし戻りそこなったら、〝ノストス〟つまり家への帰還を否認されることも恐れていた。帰還の旅路に彼が駆りたてられたのは、イタケーの妻と息子のもとに単純に肉体が戻るからだけではないし、彼を家に引き寄せたものは、精神的な心地よさだけではない。この叙事詩の底流には、イタケーに帰還することで自分の物語がついに完結する、という思いがある。

第一三歌で、オデュッセウスは宿なしの物乞いに姿をやつしてイタケーに戻る。その後、彼だと気づかれる瞬間が五回ある。まずは、二十年前のトロイア戦争出征時にはまだ仔犬だった、オデュッセウスの年老いた愛犬アルゴスが、飼い主の声を耳にして耳をぴんと立て、運命をまっとうして、ほどなくこときれる。ふたつめは、老乳母のエウリュクレイアがオデュッセウスの足を洗い、子どものころ狩りの旅で負った腿の傷を見て、彼だと気づく。

オデュッセウスは、妻ペネロペイアとの結婚を競いあっていた求婚者たちを殺したあと、大きな火を熾して夫婦の家を清める。そのあとようやく、エウリュクレイアがペネロペイアに彼の帰還を告げる。当初、ペネロペイアはこのよそ者が彼だとは信じようとしない。「オデュッセウスはね、やっぱりアカイアの国を遠く、帰国の日を失ったばかりか、御自分の命も失ったのですよ〔松平千秋訳〕」と彼女は言う。オデュッセウスが変装をとくと、夫の帰還をほぼ認めるが、最後にひとつだけ彼を試す。エウリュクレイアに自分たちの古いベッドを整えるよう頼み、夫婦の寝室で彼がこしらえたそのベッドを寝室の外へ出すよう言うのだ。「彼を試すためにそう話した」と詩人は説明し、オデュッセウスは自分が試されたのを知って怒る。

オデュッセウスはペネロペイアに、そのベッドは自分がこしらえたこと、支柱の一本に古いオリーブの木を使ったことを告げる。寝室のなかに生えているので動かすことなどできない、と。彼がベッドの構造を説明してようやく、ペネロペイアは目の前の見知らぬさまよい人がたしかにオデュッセウスだと心から認める。

ペネロペイアがこの叙事詩の英雄とみなされることはそう多くない。オデュッセウスが旅に出ているあいだ、彼女はあとに残っていた。日中は舅の葬いの衣装のために幅広の布を織って過ごすが、それがひとたび完成したら自分で定めた喪の期間が終わってしまう。そこで夜には、求婚者たちに気づかれないようにして、織った布をほどく。叙事詩中ただひとつ、彼女に許された自由だ。家庭内の自由、家に根ざした自由。だとしたら、彼女は犠牲者と解釈されるべきなのか。「ペネロペイアの結婚は、わたしたちに伝えられたほかの多くのひな型と同じく、石に刻まれ……不均衡に歪んでいる」と、マリナ・ベンジャミンは書いている。夫が「戦で闘い、世界を旅し、ニンフとベッドをともにする」いっぽうで、ペネロペイアは家に留まり、「ひたすら気を揉んで」過ごす。結婚生活の安定も自分のアイデンティティも、ペネロペイアは夫にすっかり依存していると言えるかもしれない。だが、そう解釈すると、その人物像や、彼女が機知と愛嬌と巧妙さで求婚者たちを寄せつけずにいた長い年月を読みまちがうことになる、とベンジャミンは言う。家づくりはひとりの人間だけではできないことを、この叙事詩は示唆している。そして、ペネロペイアの英雄的行為は夫のものほど華々しくはない。たぶんそれは、彼女の人生が描かれるためではなく、生きるために存在するからだろう。たぶん、彼女の人生はじつはページの外で営まれているのだ。

その春のぼくの帰還は、オデュッセウスのときほど劇的ではなかった。明らかな瞬間、電撃的な気づきはない。だが、イーヴォの人生の最初の一年間に、ぼくは自分と家の関係がどこか変化したことに気がついた。以前、ホームセンターで家庭生活の危機を感じたとき、子どもを持ったら大いなる喜びは得られても、何かが終わってしまうと考えていた。だが、その春にイーヴォが成長し、鳩たちが飛び、ナターリアとぼくがふたたび互いを知ると、ぼくたちが経験した変化は、じつは始まりなのだとわかった。

たぶん、ぼくたちは単に親としての経験を積み、力を合わせてべつの人間の世話をすることのなんたるかを学んだのだろう。だが、レイトンに引っ越した当初から悩まされてきたホームシックの感情が、イーヴォの登場で払拭されたとも言えそうだ。ドーラは学校に通いだした。ぼくたちはこの地域で友人を作った。家の向かいの小さな土地でコミュニティガーデンを始めた。隣人たちと知りあい、地域の委員会に加わった。商店主の名前を覚えたし、キツネに餌をやる隣人が、ぼくたちの休暇旅行中に鳩の世話を引き受けてくれた。姉のリズとしじゅう会い、べつの姉のアンナが近くに越してきて家庭を築きはじめた。ナターリアとぼくは一緒にいるすべを、困難に陥ったときには互いに助けあうすべを学んだ。ぼくは辛抱強くなった。以前は、家のなんたるかを理解するには家から離れる必要があると考えていた。だが、イーヴォが成長するにつれて、自分はずいぶん前からすでに家に根をおろしていたのだと気がついた。いままでは、はっきりそうと認識せずにいたのだけれど。

二〇一八年の成鳩シーズンはさんざんな始まりだった。三月の悪天候のせいで、ほかの競翔家もだれひとり鳩にじゅうぶんな訓練をさせられず、結果的に、ニューアークからのシーズン最初のレースは中止になった。次のレースはハンバー川河口近くの、グリムズビー西部の小さな町、レースビーからだった。これもまた、悲惨な結果に終わった。ぼくは四羽を参加させた。エギィ、オレンジ、ローン・レンジャー、ミルキーだ。エギィとオレンジはまだすぐに入舎しないが、ぼくの鳩のなかでは最も堅実なレースをするし、最も経験豊富だ。ローン・レンジャーとミルキーは抱卵中なので、ふだんより速く家に帰ることが期待された。

レース前の金曜日、クラブでは競翔家たちが懸念を示していた。レースビーは新しいレース地点で、アルビーはその地形が気に食わなかった。

「町のすぐ上の駐車場だ」と彼は言った。「ちょっとした丘で、海霧が入ってきたら両側に立ちこめる。もし、鳩が放たれてそこに突っこんだら、えらい目に遭う」

持ち寄った次の日、雨が飛路全域に激しく叩きつけ、ブライアンが朝電話をかけてきて、鳩たちはひと晩じゅうトラックに閉じこめられていたと言った。同じことが翌二日続けて起き、放鳩担当者はあきらめて貨物を南のほうへ戻した。最終的に、ハートフォードシャーのウェアから放鳩された。ほとんどの競翔家には、鳩舎からせいぜい一五キロほどの地点だ。簡単に帰還できるはずなのに、失踪数が不可解なほど多かった。ウッドゥはほぼすべての雌を失って――「優秀な鳥、経験を積んだ鳥たちだよ」と、翌週クラブでぼやいた――今後さらに失うことを心配していた。スティーヴは少数精鋭の雄のチームしか持っていないのに、その半数を失った。きっと霧に突っこんだせいで、混乱のあまり速く飛びすぎて自分がどこに向かっているのかわからなくなったのだろう、とウッドゥは考えた。たぶん、そのままイギリス海峡を越えてしまったのだ、と。シーズンが始まるか始まらないかのうちに、競翔家の多くは最も優秀な鳩を失った。ぼくは自分の四羽すべてが当日に帰ってきて、ひそかに喜んだ。

「おまえさんにもチャンスが出てきたな」と、翌週持ち寄りで集まったとき、ボブがにこやかに言った。

レースビーのあと天候が好転し、レースは多少予測できるようになった。翌週、鳩たちはウェザビーから陽光と弱い西風のなかを飛んだ。ぼくの鳩で最速だったのは、クリスピー。三一羽中二一位につけた。オレンジ、エギィ、オーロラ、ローン・レンジャーがそのすぐうしろに続いた。翌週はまたニューアークからで、ミルキーが四六羽中三一位だった。さらにその翌週、オレンジが一二羽中六位になった。彼らは少しずつ速くなっていた。

レースが続くにつれて、鳩たちは自分の位置を確立しはじめた。結果表の三分の二より上にはなかなか行けなかったが、スティーヴがある日クラブで脇に呼んで言ってくれたように、ぼくはうまくやっていた。

「おまえさんは、ロンドンでもとくに競争が激しいクラブでレースしてるのに、最下位にはなっていない」と彼は言った。「よくやってるよ」

次のレースは東海岸沿いの、ニューカッスルのすぐ北にあるウィットレイ・ベイからだった。距離にして四〇〇キロあまり。ぼくの鳩がいままで飛んだなかで最長だ。持ち寄りはかつてないほど活気があった。籠が駐車場にうず高く積まれ、そのあいだで陽光がきらめいて、空中を漂う小さな埃に反射していた。どうやらクラブのメンバー全員がこのレースに鳩を送っているらしく、見覚えのない競翔家もたくさんいた。なかに入ると、人々がひしめき、期待が高まっていた。

「古きよき時代に戻ったみたいだ」とボブが言った。

ぼくたちは奥の部屋でテーブルのまわりに群がり、スティーヴが静粛を求め、みんなで閉函規正を待った。

二日後の午前七時、くるくる向きが変わる風のなかに鳩が放たれた。飛路上ずっと天気がよさそうで、ぼくは正午に外へ出て彼らを待った。最初に到着したのはローン・レンジャーで、一時間後に帰還した。四〇〇キロあまりを五時間二〇分で飛び――じゅうぶん勝てそうなタイムだった――打刻した四六羽のうち三一位につけた。

「この鳥には、格別な拍手を」とアルビーが言い、ぼくのほうを見て結果を読みあげた。「おまえさんが一生懸命やってきた結果だ」男たちが拍手喝采して、ぼくは誇らしく感じたが、実のところ、鳩が少しでも速く飛んで帰るために自分がやったことはさしてなかった。

翌週は、またニューアークからだった。ぼくは八羽を送ったが、レースなかばで嵐に見舞われ、ロンドンでも風が強まった。やきもきして鳩の帰還を待ったものの、夜までに二羽しか戻らなかった。翌日もう数羽戻ったが、レースの一週間後もまだ三羽欠けていた。迷い鳩の一羽はミルキーで、いったいその身に何が起きたのだろうと、ぼくは思った。

六月のはじめに、鳩たちはベリックから飛んだ。これもまた、きびしいレースだった。ブライアンは、鳥たちが飛びたったと電話をかけてきたとき、早めの帰還が予想されると言った。追い風で時速九〇キロ近く出るから、ぼくの鳩舎まで四八〇キロあまりを五時間半で飛ぶだろう。放鳩時刻は、午前一〇時。ぼくは午後じゅう庭で彼らを待った。四時一〇分に、最初の鳩が戻った。オーロラだ。旅で疲れきっていた。鳩舎の屋根に止まったまま入舎する気配がなく、ぼくが手でつかんで入れた。四〇分後にローン・レンジャーが戻ったが、見た目は元気そうで、羽の一本すら異常はなかった。その後数時間に、クリスピー、オレンジ、エギィの全羽が姿を見せた。

サーソーの準備は、レース日の二週間前に始まった。籠に入れる十八日前に鳩をつがわせるよう、ビッグ・ジョニーから助言されていた。そうすれば、雄がちょうどいいタイミングで雌を踏みつけ、雌はその七日後に卵を産む。籠に入れるころには、抱卵を開始して十日ほど経っているだろう、と。鳩をつがわせたあと、ぼくは強壮剤をあれこれ投与し、鳩のごく一般的な病気のワクチンを接種し、風邪を引かないよう鳩舎を清掃、消毒しておいた。

次のレースはパースからだったが、参加を見送った。天気予報がいまいちで、サーソーに送る予定の鳩を失うのが怖かったのだ。というわけで、シーズン最後から二番めのレースは、またニューアークになった。天気はよさそうで、ぼくはまだレース経験のない鳩四羽を参加させ、秋に休ませる前に実力を示す機会を与えた。夏至の翌日だった。鳩たちの帰還を待っていると、アマツバメが頭上高くで甲高い鳴き声をあげていた。

放鳩は午前七時一五分だったが、いつ戻ってくるのか見当がつかなかった。ぼくは庭に座って上を見あげた。空は、この一週間ずっとそうだったように、雲ひとつなかった。青い背景に見えるのは、ヨーロッパ大陸へ向かう飛行機がこしらえた雲だけだ。四羽の鳩はすべて制限時間内に帰ってきて、ぼくはそれを吉兆ととらえた。

サーソーまでの一週間、ぼくはことあるごとに天気を確認した。ここ数週間は暑かった。高気圧が張り出して国じゅうを覆っていた。貯水池の水位は低かった。湿地のあちこちで火事が起きた。庭への散水禁止が取り沙汰されだした。遺跡が野原のあちこちで顔をのぞかせた。

持ち寄りの日は、太陽がじりじりと照りつけた。夕方、ぼくは鳩舎に入ってサーソーに送る鳥を選んだ。鳩たちは止まり木に辛抱強く立っていた。ぼくは一羽また一羽と、計六羽――エギィ、オレンジ、クリスピー、オーロラ、チェック入りの名もなき雌二羽――を手に取って、籠に入れた。全羽がベリックから飛んでいて、もう少し短いレースや訓練飛行でまずまずの実績をあげていた。見たところ調子がよさそうだし、きっとどの鳥もこの長い距離を飛ぶことができるはずだ。彼らは最初は怒りまじりの鳴き声をあげていたが、落ち着くと黙った。ぼくは籠を抱えて家を通り抜け、自転車に載せた。ナターリア、ドーラ、イーヴォが手を振って見送ってくれた。穏やかな夕暮れのなか、ハイロードを自転車で走るあいだ、鳩たちは静かだった。

家

レース日の夕方、ぼくは首を長くして鳩たちの帰りを待った。太陽が沈んでハエがダンスを始めても、デッキチェアに座ったまま、暗すぎて何も見えなくなるまで空に目を凝らした。

その夜、ぼくの鳩は一羽も帰り着けなかった。翌朝も姿を見せなかった。ぼくは太陽が昇るとすぐイーヴォを連れて階下におり、日中の暑さで室内に退却せざるをえなくなるまでずっと座っていた。夕方には出かける用事があったので、鳩舎のトラップを開いたままにしておき、彼らが自分で入ることを期待したが、その夜遅く鳩舎に戻って懐中電灯でなかを照らしても、主のいない止まり木がまだ六本あった。

三日待ってようやく、最初の一羽を目にした。できることなら、北の空高く飛んできて、晴れた青空から鳩舎の屋根に降り立つのを見た、と言いたいが、そんなふうにはいかなかった。ぼくが上階の書斎にいると、ナターリアに呼ばれた。キッチンのまわりを歩く鳩がいる、なんだか見覚えがあるし、脚に青いゴムのレースリングをつけている、と。

全力で駆けおりた。見れば、自分の所有地だと言わんばかりに闊歩していたのは、オレンジだった。

ぼくが庭に出てトラップを開き、餌の缶を鳴らすと、鳩舎の屋根に飛んできてなかに入った。ぼくはトラップの扉をあけて、翼の上からそっと体をつかんだ。手のなかのオレンジはおとなしく、前の週に北へ送ったときより軽く感じられた。だが、指の下の翼にはまだ力があった。どくどくと確かな胸の鼓動は、命懸けの飛行が終わったしるしのように、遅くなっていった。ぼくは指で足をしっかり押さえると、脚からリングをはずし、記録時計の開口部に入れてボタンを押した。夜になったら、この時計をクラブに持参し、今回のレース速度を計算してもらうつもりだ。ぼくは鳩舎の扉をあけて、オレンジをなかに戻した。彼はまっすぐ巣箱に飛んでいき、つがいの雌を相手に求愛のダンスと歌を始めた。

謝辞

この本を執筆するにあたって、大勢の方々の助けをいただいた。ロンドン東部ノースロード鳩レースクラブのみなさん、とくにアルビー・ストックウェル、ボブ・ブロック、ブライアン・〝ウッドゥ〟・ウッドハウス、クリス・スコフィールド、ジョージ・チョークリー、ジョニー・ボイル、ジョニー・ストックウェル、ジョン・パートン、スティーヴ・チョークリー、スティーヴ・テイトは、さまざまな体験を語り、レイトンハウスに快く招き入れ、レースのやりかたを教えてくれた。ご本人の希望で名前を挙げられなかったかたたちにも、感謝の意を表する。

王立鳩レース協会のイアン・エヴァンスは、時間と助言をくださった。

子どものころ一緒に鳩に魅了されたニコラス・ブレイクと、ピジョン・アップデイツ・ワッツアップ・グループを維持しているみなさんにも、感謝を捧げる。そして、鳩の訓練を手伝ってくれたダミアン・ル・バス、ダニエル・ウイルソン、エリザベス・デイ、ロミー・ティラナス、スティーヴ・ドラギツェヴィッチ、トーマス・ハート＝ジョージにも。世話を手伝ってくれたマーカス・シャープとヤラ・エヴァンスにも、ありがとうを。

鳩の帰巣に関する諸説については、オリヴァー・パジェット、そしてルパート・シェルドレイクと会話するなかで記述内容が練られた。彼らの時間、知識、励ましに深く感謝する。誤りはすべて、著者自身に帰する。

〝トニー・コールズ〟は、複数の人物の合成だ。彼を形作ってくれた害獣・害鳥駆除業者のみなさんに感謝する。

アイデアの提供や議論の交換をしてくれた友人たち、とくにアルシア・ワソウ、ブライアン・ハーウィッツ、ドーン・ゲイエトー、ギャビー・ウッド、リーザ・アピニャネシー、ジェイコブ・グレイシー＝バロウ、マリアンナ・シムネット、ニール・ヴィッカーズ、ロバート・マクファーレン、ルース・パデル、パトリック・ライトのみなさん、ありがとう。

初期のころの読者、アゴスティーノ・イングシーオ、アリス・スポールズ、シャーロット・ヒギンズ、ダミアン・ル・バス、エドムンド・ゴードン、オリヴィア・ライング、ロミー・ティラナス、トーマス・マークスには、ことのほか感謝する。

両親のロミー・ティラナスとピーター・デイは、愛情と逸話の提供と、翻訳をしてくれた。姉のアンナはぼくの子どもふたりの出産を手伝ってくれたし、エリザベスは鳩の訓練を、兄のベンは彼らの家造りを手伝ってくれた。ほんとうに、ありがとう。

編集者――ジョー・ジグモンドとマーク・リチャーズ――は、本書のテーマをがらりと変えたのを寛大にも許し、キャロライン・ウェストモアほかジョン・マレー出版のみなさんが本書の完成を見届けてくれた。エージェントのピーター・ストラウスとアシスタントのマシュー・ターナーは同じくらい辛抱強かった。彼らに感謝を捧げる。

そしてだれよりも、ナターリア、ドーラ、イーヴォに。家がどういうものかをぼくに示してくれて、ありがとう。

訳者あとがき

家《ホーム》って、なんだろう。わたしたちは家に何を求め、どんな思いを託してきたのだろう。どうやれば、〝わが家〟を築けるのか。なぜ、わが家に帰ろうとするのか……。単純な問いのように思えて、深く考えていくと、よくわからなくなってきます。

本書『わが家をめざして――文学者、伝書鳩と暮らす』(Jon Day, *Homing: On Pigeons, Dwellings and Why We Return*, John Murray Publishers Ltd, 2019)は、ロンドンの中心部で生まれ育った著者が、第一子の誕生を前に自分の家庭を築こうと決意し、郊外へ引っ越して、〝わが家〟と呼べる場所を作りあげていくさまを綴ったものです。なぜ副題が〝伝書鳩を飼う〟なのかというと、その過程で鳩が心のよりどころとなり、たどるべき道を示してくれたからで、著者は引越先で二羽の伝書鳩を飼いはじめ、しだいに数を増やしながら訓練を重ねてチームを作りあげ、鳩レースに参加します。一般的に、生き物をテーマにした体験記では、その生き物と人間との交流をメインにして語られがちですが、本書の場合はちがいます。〝鳩はペットではない〟ことが大前提で、個々の鳩への愛情よりも、鳩という鳥全般に対する驚嘆の念が作品を貫いています。

鳩は、帰巣本能が強い鳥です。ときには一〇〇〇キロ以上も離れた地から巣に帰ることができるとされ、古くから伝書鳩が貴重な通信手段として利用されてきました。本書でもいくつか挙げられているように、通信社の電信網を補完したり、戦争中、包囲された都市の人々に手紙を届けたり、処方箋や薬そのものを運んだりと、幅広い活躍をしていたようです。けれども、人間にとって都合のいいことばかりではありません。鳩はいったん巣と認識したら、あくまでその場所にこだわり、何度巣を撤去されようが手荒に追い払われようが、あきらめずにまた戻ってきてしまいます。巣を作ってほしくない場所に鳩が住みつくとやっかいで、糞害や騒がしい鳴き声にさんざん悩まされたあげく、本書に登場するような駆除業者に依頼するはめになります（わたくしごとですが、「いま鳩の本を訳している」と何気なく友人に話したところ、自宅のバルコニーに来る鳩がいかにしつこいか、いかに撃退に苦労しているかをせつせつと訴えられ、身近にそういう例があるのを実感すると同時に、なんだか申し訳ない気持ちになりました）。ともあれ、彼らがこんなふうに巣、つまり家に対して並々ならぬ執着心を持つからこそ、著者は自分の思うとおりに家庭を築けず「家からしめ出されたように感じはじめた」とき、家とはどういうものかを鳩が教えてくれるのではないかと期待したのです。

著者のジョン・デイは、イギリスの文学者にして書評家、作家でもあり、現在は、名門キングス・カレッジ・ロンドンで教鞭をとるかたわら、『ガーディアン』紙、『ロンドン・レビュー・オブ・ブックス』誌といった有力紙誌に書評やエッセイを寄稿しています。二〇一六年にはマン・ブッカー賞（現在はブッカー賞）の審査員も務め、学究の世界で着実に地歩を固めているようです（当時の関連記事やニュース動画に彼の講評やインタビューがありますので、興味のあるかたは検索してみてください）。また、本書でもちらりと触れているとおり、大学で職を得る前、生計を立てるために自転車便の配達人をしていた時期があります。彼の最初の著作 *Cyclogeography*（2015）は、そのときの経験を綴った哲学的なメモワールで、書評家から高い評価を受けました。

本書『わが家をめざして』は、それに続く二冊めの著作です。子どもを授かるまで自由気ままな根なし草の生活を送っていた彼は、そろそろ落ち着いてひとつところに根をおろそうとしたものの、家庭に縛られることへの不安と恐怖に襲われ、気むずかしい乳児だった第一子を育てるのに四苦八苦し、第二子の流産を機にパートナーとのあいだに溝ができ……と、その道はけっして平坦ではありませんでした。いつまでもふらふらして頼りない著者に、最初のうちは苛立ちを覚える人がいるかもしれませんけれども、彼が悩みつつも真摯に問題に向きあい、手探りで家庭を築いていくさまと、若鳩を訓練して一人前のレース鳩に育てあげ、競う距離をしだいに伸ばしていくさまが、力みのない率直な語りのなかでみごとにリンクしていきます。

鳩の訓練は、ある意味、子育てに似ているのではないでしょうか。時間と労力を惜しみなく注いで育てた鳩が、遠い空からわが家である鳩舎へ戻ってくる。まさに感無量の瞬間で、何度目にしても熱いものがこみあげてくる競翔家は多いようです。その瞬間に向けて、鳩の訓練や体調管理や動機づけなど、必要なことをできるかぎりやるわけですが、著者も本書で言っているように、いったん鳩を空に放ったら、きっと帰ってくるものと信頼してひたすら待つことしかできません。そんな競翔家の心境は、たとえばわが子を受験会場に送り出し、健闘を祈るしかない親のそれと通じるものがあります。

このように、本書ではレース鳩をテーマにしたネイチャーライティング的側面と、著者の家庭作りのようすが絡みあっているのですが、ただ個人的な体験が綴られるだけでなく、『オデュッセイア』『アウステルリッツ』をはじめとする文学作品や、ハイデッガー、ロラン・バルト、シモーヌ・ヴェイユといった哲学者の著作、フロイトやダーウィン、さらには異端の生物学者ルパート・シェルドレイクなどの引用も交え、〝ホーム（家、家庭）〟〝故郷〟〝ホームランド（祖国、母国）〟に関してさまざまな考察がなされています。まさに文学者の面目躍如といった作品で、これら三本の糸が織りなす複雑で繊細な模様は深い含蓄があります。

ところで、昨年（二〇二〇年）ほど、〝家〟に相当することばが人々の口にのぼった年は、これまでなかったのではないでしょうか。新型コロナウイルス感染症（COVID‐19）の世界的な流行、いわゆるコロナ禍において、多くの人がステイ・（アット・）ホームを求められ、日本でも〝家（あるいは、おうち）で過ごそう〟〝おうち時間の楽しみかた〟〝おうちごはん〟といったフレーズが各メディアでよく見耳きされます。家という空間は恐ろしいウイルスから身を守ってくれるわけですが、そのいっぽうで、家庭内暴力やうつ症状の増加など、かぎられた空間で長時間過ごすことの弊害がクローズアップされ、家が身体的、精神的な危険をもたらしかねないことも取り沙汰されました。また、感染拡大を防止するためにきびしい移動制限が課され、多くの人が故郷や母国に帰りたくても帰れない状況に陥っています。本書がイギリスで刊行されたのは二〇一九年、こうした感染症の広がりはまだ想像だにしなかったころですが、現状を見越したかのような著者の考察には、訳出中、何度もはっとさせられました。また、少し話は逸れますが、著者がパートナーのナターリアのことを妻《ワイフ》と表現する箇所は、本書中にひとつもありません。その点からも、押しつけがましくはないけれど一本筋の通った彼の夫婦観、家族観がうかがえるような気がします。

さんざん道に迷いつつも、心の旅からわが家に〝帰還〟する著者と、ぼろぼろになりながらも、長距離レースからなんとか帰巣する鳩。両者が重なりあう〝着地点〟で、どんな情景が浮かび、どんな感情に包まれるのか……。鳥がテーマのほかの本とは少しちがう不思議な味わいを、みなさんと共有できれば幸いです。

二〇二一年三月

宇丹貴代実

本書中、動植物は基本的にカタカナ表記にしていますが、〝主役〟の鳩だけは、カタカナの多用を避けるために、敬意を込めて漢字表記にしてあります。

索引

略称の JD は著者のジョン・デイを意味する。

あ行

か行

さ行

た行

な行

は行

ま行

や行

ら行

わ行

参考文献

コリン・オスマンの『レース鳩（*Racing Pigeons*）』は，ぼくが見つけたなかでは最高の鳩レース案内書で，全編を通じてこの内容を参照している．鳩レースに興味があるなら，ぜひとも入手すべき本だ．

ダーウィンの生涯の説明については，ジャネット・ブラウンの権威ある二巻の伝記，*Charles Darwin: Voyaging* と *Charles Darwin: The Power of Place* にお世話になった．ダーウィンの鳩に関しては，ジョン・ロスが管理人を務めるすばらしいウェブサイト，www.darwinspigeons.com も活用した．

家（home）の歴史については，ジュディス・フランダーズの *The Making of Home: The 500-year story of how our houses became homes* とヴィートルト・リプチンスキーの『心地よいわが家を求めて――住まいの文化史』がすこぶる有益だった．ヘルムート・イルブルックの *Nostalgia: Origins and Ends of an Unenlightened Disease* とスーザン・J・マットの *Homesickness: An American History* はいずれも，病的なホームシックの起源と変遷を説明する，じつに興味深い本だ．

動物の帰巣と鳩の方向定位については，バーンド・ハインリッチの *The Homing Instinct* と G・V・T・マシューズの *Bird Navigation* およびアンナ・ガリアルドの魅力的な論文 'Forty Years of Olfactory Navigation in Birds'（2013）に，とくにお世話になった．オックスフォード・アニマル・ナビゲーション・グループの研究は，この分野でめざましい進歩を遂げており，https://www.zoo.ox.ac.uk/oxford-navigation で見ることができる．ティム・ギルフォードの「鳥の方向定位の謎（Mysteries of Bird Navigation）」に関する啓発的な講義は，https://vimeo.com/116943321 で観られる．

バーバラ・アレンの *Pigeon* およびアンドリュー・D・ブレックマンの *Pigeons* とコリン・ジェロルマックの *The Global Pigeon* は，鳩の文化史および自然史に関してとても有益な内容だった．

ウィンキーの飛行と，戦時中の鳩の活用全般については，ゴードン・コレーラのすばらしい著書 *Secret Pigeon Service* を参照した．リーピング・リーナの話は，エレナ・パッサレッロの *Animals Strike Curious Poses* とパトリック・ライトの *Iron Curtain* から情報を得ている．

本文中で引用した著述や，本書を書くにあたって参考にしたほかの文献については，下記を参照していただきたい．

第1章　わが家に入居する

Allen, Barbara, *Pigeon*（Reaktion, 2009）
Brooks, Geraldine, *The Idea of Home*（ABC books, 2011）

Freud, Sigmund, 'The Uncanny' in *The Standard Edition*, vol xvii, trans. and ed. James Strachey and Anna Freud（Hogarth Press, 1948）〔ジークムント・フロイト『不気味なもの』（フロイト全集 17）須藤訓任・藤野寛訳，岩波書店，2006 年，ほか〕
Guilford, T., and Biro, D., 'Route Following and the Pigeon's Familiar Area Map', *Journal of Experimental Biology*（71: 169–79, 2014）
Hansell, Jean, *The Pigeon and the Wider World*（Millstream Books, 2011）
Haraway, Donna, *Staying with the Trouble*（Duke University Press, 2016）
Heinrich, Bernd, *The Homing Instinct*（William Collins, 2014）
Hustvedt, Siri, *A Plea for Eros*（Hodder & Stoughton, 2006）
Kennedy, Roger, *The Psychic Home*（Routledge, 2014）
Loy, Mina, 'Property of Pigeons' in *Mina Loy, Lost Lunar Baedeker*（Carcanet, 1997）
Miller, Thayer, *Racing Pigeons: A Manual*（Xlibris, 2015）
Moore, Marianne, 'Pigeons' in Marianne Moore, *Complete Poems*（Faber & Faber, 1968）
Pepys, Samuel, *The Diary of Samuel Pepys*, vol. VII–1666: 1666, ed. Robert Latham and William Matthews（Bell & Hyman, 1983）〔サミュエル・ピープス『サミュエル・ピープスの日記 第 7 巻（1666 年）』臼田昭訳，国文社，1991 年〕
Ransome, Arthur, *Pigeon Post*（Jonathan Cape, 1936）〔アーサー・ランサム『ツバメ号の伝書バト 上・下』神宮輝夫訳，岩波書店，2012 年〕
Solnit, Rebecca, *The Encyclopaedia of Trouble and Spaciousness*（Trinity University Press, 2014）
'Squills', Squills: *The International Pigeon Racing Year Book*（Racing Pigeon Publishing Co., 2017）
Stephens, Wilson, *Pigeon Racing*（Ward Lock, 1983）
Uchino E., and Watanabe, S., 'Self-Recognition in Pigeons Revisited' in *Journal of Experimental Animal Behaviour*（Nov 2014）
White, T. H., *The Goshawk*（Cape, 1951）

第 2 章　鳥

Barthes, Roland, *Mythologies*, trans. Richard Howard（Hill and Wang, 2012）〔ロラン・バルト『現代社会の神話（ロラン・バルト著作集 3）』下澤和義訳，みすず書房，2005 年，ほか〕
Blechman, Andrew D., *Pigeons: The Fascinating Saga of the World's Most Revered and Reviled Bird*（Grove Press, 2006）
Browne, Janet, *Charles Darwin: vol. 1 Voyaging*（Jonathan Cape, 1995）
——, *Charles Darwin: vol. 2 The Power of Place*（Pimlico, 2002）
Darwin, Charles, *Autobiographies*, ed. Michel Neve（Penguin Classics, 2002）〔チャールズ・ダーウィン『ダーウィン自伝』ノラ・バーロウ編，八杉龍一・江上生子訳，筑摩書房，2000 年〕
Dickens, Charles, 'Spitalfields', in *Household Words*（5 April 1851）

Graham, James E., et al, *Acrobats of the Air*（Hambly Bros., 1944）
Mynott, Jeremy, *Birds in the Ancient World*（Oxford University Press, 2018）
Naether, Carl, *The Book of the Racing Pigeon*（Read Books, 2013）
Rijs, Aad, *Fancy Pigeons*（Rebo Publishers, 2006）
Rogers, James, *The Pigeon Fancier's Guide*（1844）
Ross, John, http://darwinspigeons.com/
Zim, Herbert, *Homing Pigeons*（William Morrow & Co., 1970）

第３章　家づくり

Chamberlain, Edgar, *The Homing Pigeon*（Homing Pigeon Publishing, 1907）
Cieraad, Irene（ed.）, *At Home: An Anthropology of Domestic Space*（Syracuse University Press, 1999）
Corera, Gordon, *Secret Pigeon Service: Resistance and the Struggle to Liberate Europe*（William Collins, 2018）
Flanders, Judith, *The Making of Home*（Atlantic Books, 2014）
George, Rosemary Marangoly, *The Politics of Home*（University of California Press, 1996）
Leclerc, George-Louis, *A Natural History, General and Particular; Containing the History and Theory of the Earth, a General History of Man, the Brute Creation, Vegetables, Minerals, & c, & c.*, trans. William Smellie（Richard Evans and John Bourne, 1817）
Lukacs, John, 'The Bourgeois Interior', in *The American Scholar*（Vol. 39, No. 4, Autumn 1970）
――, *The Passing of the Modern Age*（Harper Torch, 1977）〔ジョン・ルカーチ『大過渡期の現代』救仁郷繁訳，ぺりかん社，1978 年〕
Osman, Colin, *Racing Pigeons: A Practical Guide to the Sport*（Faber & Faber, 1996）
Rybczynski, Witold, *Home: A Short History of an Idea*（Penguin, 1987）〔ヴィートルト・リプチンスキー『心地よいわが家を求めて――住まいの文化史』マリ・クリスティーヌ訳，TBS ブリタニカ，1997 年〕
Said, Edward, *Reflections on Exile*（Granta, 2001）〔エドワード・W・サイード『故国喪失についての省察』大橋洋一・近藤弘幸・和田唯・三原芳秋訳，みすず書房，2006 年〕
Thoreau, Henry David, *Walden*（Penguin, 2016）〔H・D・ソロー『ウォールデン』飯田実訳，岩波書店，1995 年，ほか〕
Vidler, Anthony, *The Architectural Uncanny*（MIT Press, 1992）
――, *Warped Space*,（MIT Press, 2001）

第４章　探索

Bachelard, Gaston, *The Poetics of Space*, trans. Maria Jolas, trans.（Orion, 1964）〔ガストン・バシュラール『空間の詩学』岩村行雄訳，思潮社，1969 年〕

Berger, John, *The Shape of a Pocket*（Bloomsbury, 2002）
――, *And Our Faces, My Heart, Brief as Photos*（Bloomsbury, 2005）
――, and Mohr, Jean, *A Seventh Man*（Verso, 2010）
Darwin, Charles, 'Origin of Certain Instincts' in *Nature*（7, 179, 24 April 1873）
Eliade, Mircea, *The Sacred and the Profane*, trans. Willard R. Tras（Harcourt, 1957）〔ミルチャ・エリァーデ『聖と俗――宗教的なるものの本質について』風間敏夫訳，法政大学出版局，1969 年〕
Green, Henry, *Living*（Hogarth Press, 1929）
Kavanagh, Patrick, 'The Parish and the Universe', in Patrick Kavanagh, *Collected Prose*（MacGibbon & Kee, 1967）
――, 'Innocence', in *Patrick Kavanagh: The Complete Poems*（Goldsmith Press, 1972）
――, *By Night Unstarred: An Autobiographical Novel*, ed. Peter Kavanagh, ed.（Goldsmith Press, 1977）
Oliver, Mary, *Upstream: Selected Essays*（Penguin Random House, 2016）
Tegetmeier, W. B., *Pigeons: Their Structure, Varieties, Habits and Management*（London, 1868）
――, *The Homing or Carrier Pigeon (le Pigeon Voyageur): Its History, General Management, and Method of Training*（George Routledge, 1871）

第 5 章　家への旅路

Baker, Alf, *Winning Naturally*（Racing Pigeon Publishing Co., 1991）
Chadwick, Bruce, *Law & Disorder: The Chaotic Birth of the NYPD*（Thomas Dunne Books, 2017）
Crasset, Matali, *The Pigeon Loft*（Pyramyd, 2004）
Fisher, John, *Airlift 1870: The Balloon and Pigeon Post in the Siege of Paris*（Max Parish and Co., 1965）
Freud, Sigmund, 'A Difficulty in the Path of Psycho-Analysis', in *The Standard Edition*, vol. XVII, trans. and ed. James Strachey and Anna Freud（Hogarth Press, 1948）
Haraway, Donna, 'A Cyborg Manifesto'（1985）
――, *When Species Meet*（University of Minnesota Press, 2008）〔ダナ・ハラウェイ『犬と人が出会うとき――異種協働のポリティクス』高橋さきの訳，青土社，2013 年〕
――, *Staying with the Trouble*（Duke University Press, 2016）
Hayhurst, J. D., *The Pigeon Post Into Paris*（Self-published, 1970）
Osman, W. H., *Pigeons in World War II*（Racing Pigeon Publishing, 1950）
Skinner, B. F., 'Pigeons in a Pelican', *American Psychologist*（15(1), 28-37, 1960）

第 6 章　祖国

Hughes, Ted, 'Swifts', in Ted Hughes, *Collected Poems*（Faber & Faber, 2005）

Passarello, Ellen, *Animals Strike Curious Poses*（Jonathan Cape, 2017）
Rees, Richard, *Simone Weil: A Sketch and a Portrait*（Oxford University Press, 1966）〔リチャード・リース『シモーヌ・ヴェーユ――ある肖像の素描』山崎庸一郎訳，筑摩書房，1972 年〕
Sebald, W. G., *Austerlitz*, trans. Anthea Bell（Hamish Hamilton 2001）〔W・G・ゼーバルト『アウステルリッツ』鈴木仁子訳，白水社，2012 年〕
――, *The Emigrants*, trans. Michael Hulse（Vintage, 2002）〔W・G・ゼーバルト『移民たち――四つの長い物語』鈴木仁子訳，白水社，2005 年〕
――, *The Rings of Saturn*, trans. Michael Hulse（Vintage, 2002）〔W・G・ゼーバルト『土星の環――イギリス行脚』鈴木仁子訳，白水社，2007 年〕
――, *After Nature*, trans. Michael Hamburger（Penguin, 2003）
――, *On the Natural History of Destruction*, trans. Anthea Bell（Penguin, 2003）〔W・G・ゼーバルト『空襲と文学』鈴木仁子訳，白水社，2008 年〕
――, 'Feuer und Rauch: Über eine Abwesenheit in der deutschen Literatur', in *Saturn's Moons: W. G. Sebald: A Handbook*, ed. Jo Catling（Routledge, 2011）
――, *A Place in the Country*, trans. Jo Catling（Hamish Hamilton, 2013）〔W・G・ゼーバルト『鄙の宿――ゴットフリート・ケラー，ヨーハン・ペーター・ヘーベル，ローベルト・ヴァルザー他について』鈴木仁子訳，白水社，2014 年〕
Weil, Simone, *The Need for Roots*（Routledge Classics, 2002）〔シモーヌ・ヴェイユ『根をもつこと』冨原眞弓訳，岩波書店，2010 年，ほか〕
Wright, Patrick, *Iron Curtain*（Oxford University Press, 2007）

第 7 章　空へ放す

Able, Kenneth P., 'The Debate Over Olfactory Navigation by Homing Pigeons', *Journal of Experimental Biology*（199, 121-4, 1996）
――, *Gatherings of Angels*（Comstock Books, 1999）
Baldaccini, N. E., Benvenuti, S., Fiaschi, V., and Papi, F., 'Pigeon Navigation: Eff ects of Wind Defl ection at Home Cage on Homing Behaviour', *Journal of Comparative Physiology*（99, 177-86, 1975）
Benjamin, Walter, *Berlin Childhood Around 1900: Hope in the Past*（Harvard University Press, 2006）〔ヴァルター・ベンヤミン『ベルリンの幼年時代（ヴァルター・ベンヤミン著作集 12）』小寺昭次郎編集・解説，昭文社，1971 年〕
Birkhead, Tim, *Bird Sense*（Bloomsbury, 2012）〔ティム・バークヘッド『鳥たちの驚異的な感覚世界』沼尻由起子訳，河出書房新社，2013 年〕
Dorrian, Mark, and Pousin, Frederic（eds）, *Seeing From Above*（I. B. Tauris, 2013）
Fontcuberta, Joan, 'Dronifying Birds, Birdifying Drones', trans. Graham Thomson, in *The Pigeon Photographer, by Julius Neubronner & His Pigeons*（Rorhof, 2017）
Freud, *Beyond the Pleasure Principle*, trans. John Reddick（Penguin, 2003）〔ジークムント・フロイト『快原理の彼岸（フロイト全集 17）』須藤訓任訳，岩波書店，2006

年，ほか〕
Gagliardo, Anna, 'Forty Years of Olfactory Navigation in Birds', *Journal of Experimental Biology*（216: 2165–2171, 2013）
Guilford, Tim, and Graham K. Taylor, *Animal Behaviour*（Nov. 97: 135–43, 2014）
Holmes, Richard, *Falling Upwards*（William Collins, 2014）
Kramer, Gustav, 'Experiments on Bird Orientation and Their Interpretation', *Ibis*（99: 196–227, 1952）
Ludovici, L. J., *The Challenging Sky: The Life of Sir Alliott Verdon-Roe*（Herbert Jenkins, 1956）
Matthews, G. V. T., *Bird Navigation*（Cambridge University Press, 1968）
Moholy-Nagy, László, 'The New Vision', in *The New Vision and Abstract of an Artist*（Wittenborn, Schultz, 1947）
Papi, F., 'The Olfactory Navigation System of Homing Pigeons', *Verhandlungen der deutschen Zoologischen Gesellschaft*（69, 184–205, 1976）
——, and Fiore, L., Fiaschi, V., and Benvenuti, S., 'Olfaction and Homing in Pigeons', *Monitore Zoologico Italiano*（6, 85–95, 1972）
Solnit, Rebecca, *A Field Guide to Getting Lost*（Canongate, 2006）〔レベッカ・ソルニット『迷うことについて』東辻賢治郎訳，左右社，2019 年〕
Walcott, Charles, 'Pigeon Homing: Observations, Experiments, and Confusions', *The Journal of Experimental Biology*（199, 21–7, 1996）
Wallraff , H. G., *Avian Navigation: Pigeon Homing as a Paradigm*（Springer, 2005）
——, 'Ratios Among Atmospheric Trace Gases Together with Winds Imply Exploitable Information for Bird Navigation: A Model Elucidating Experimental results', *Biogeosciences*（10, 6929–43, 2013）
Wiltschko, R., and Wiltschko, W., 'Avian Navigation: From Historical to Modern Concepts', *Animal Behaviour*（65, 257–72, 2003）

第 8 章　家との結びつき

Berger, John, *Why Look at Animals?*（Penguin, 2009）
Sheldrake, Rupert, *A New Science of Life*（Blond and Briggs, 1981）〔ルパート・シェルドレイク『生命のニューサイエンス――形態形成場と行動の進化』幾島幸子・竹居光太郎訳，工作舎，2000 年〕
——, *Seven Experiments that Could Change the World*（Park Street Press, Vermont, 2006）〔ルパート・シェルドレイク『世界を変える七つの実験――身近にひそむ大きな謎』田中靖夫訳，工作舎，1997 年〕
——, *The Sense of Being Stared At*（Arrow, 2010）
——, *Dogs That Know When Their Owners Are Coming Home*（Arrow, 2011）〔ルパート・シェルドレイク『あなたの帰りがわかる犬――人間とペットを結ぶ不思議な力』田中靖夫訳，工作舎，2003 年〕

——, *The Presence of the Past*（Icon, 2011）
——, *The Science Delusion*（Coronet, 2012）
Skinner, B. F., '"Superstition" in the Pigeon', *Journal of Experimental Psychology*（38, 168–72, 1947）
Uexküll, Jacob von, *A Foray Into the Worlds of Animals and Humans: With a Theory of Meaning*, trans. Joseph O'Neill（University of Minnesota Press, 2010）〔クリサート・ユクスキュル『生物から見た世界』日高敏隆・羽田節子訳，岩波書店，2005 年，ほか〕

第 9 章　家なし

Heidegger, Martin, 'Building Dwelling Thinking', in *Basic Writings*（Routledge, Kegan & Paul, 1978）〔マルティン・ハイデッガー『ハイデッガーの建築論――建てる・住まう・考える』中村貴志訳・編，中央公論美術出版，2008 年〕
——, *Pathmarks*, ed. William McNeill（Cambridge University Press, 2010）〔マルティン・ハイデッガー『道標（ハイデッガー全集　第 9 巻）』辻村公一ほか編集，創文社，1985 年〕
Humphries, Courtney, *Superdove*（HarperCollins, 2008）
Jerolmack, Colin, *The Global Pigeon*（University of Chicago Press, 2013）
Nagy, Melsi, and Johnson Phillip David II（eds）, *Trash Animals*（University of Minnesota Press, 2013）
Racz, Imogen, *Art and the Home*（I. B. Tauris, 2015）
Sinclair, Iain, *Lights Out for the Territory: 9 Excursions in the Secret History of London*（Granta, 1997）
Waggoner, Matt, *Unhoused: Adorno and the Problem of Dwelling*（Columbia University Press, 2018）
Ward-Aldam, Digby, 'Ghost House', *Apollo*（https://www.apollomagazine.com/house/, 2013）

第 10 章　待つ

Gilman, Charlotte Perkins, *The Home, its Work and Influence*（Charlton, 1910）
——, *The Living of Charlotte Perkins Gilman*（University of Wisconsin Press, 1990）
——, 'The Yellow Wallpaper', in *The Yellow Wallpaper and Other Stories*, ed. Robert Shulman（Oxford World Classics, 2009）〔シャーロット・パーキンズ・ギルマン『黄色の壁紙（『淑やかな悪夢――英米女流怪談集』）』西崎憲訳，東京創元社，2000 年，ほか〕
Rowbotham, Sheila, *Dreamers of a New Day: Women Who Invented the Twentieth Century*（Verso, 2010）
Spawls, Alice, '"Never to Touch Pen, Brush, or Pencil again" — The Madness of Charlotte Perkins Gilman',（https://www.versobooks.com/blogs/2272-never-to-touch-pen-brush-or-pencil-again-themadness-of-charlotte-perkins-gilman, 2015）

第11章　ホームシック

Burton, Robert, *The Anatomy of Melancholy*（NYRB Classics, 2001）

Chamberlain, Edgar, *The Homing Pigeon*（Homing Pigeon Publishing, 1907）

Fiennes, William, *The Snow Geese*（Picador, 2002）

Illbruck, Helmut, *Nostalgia: Origins and Ends of an Unenlightened Disease*（Northwestern University Press, 2012）

Kant, Immanuel, *Anthropology from a Pragmatic Point of View*, trans. Victor Dowdell（Southern Illinois University Press, 1978）〔イマヌエル・カント『実用的見地における人間学（『カント全集 15』）』渋谷治美訳，岩波書店，2003 年〕

Keyssler, Johann, *Travels through Germany, Bohemia, Hungary, Switzerland, Italy and Lorrain: Giving a True and Just Description of the Present State of Those Countries*（London, 1756）

Matt, Susan J., *Homesickness: An American History*（Oxford University Press, 2011）

Millett Thompson, S., *Thirteenth Regiment of New Hampshire Volunteer Infantry in the War of the Rebellion, 1861-1865. A diary, etc.*（Houghton, Mifflin & Co., 1888）

第12章　家に帰る

Anon, *Ancrene Wisse*, trans. Hugh White（Penguin, 1993）

Benjamin, Marina, *Insomnia*（Scribe, 2018）

Cassin, Barbara, *When Are We Ever at Home?*, trans. Pascale-Ann Brault（Fordham University Press, 2016）

Douglas, Mary, *Thinking in Circles: An Essay on Ring Composition*（Yale University Press, 2010）

Maistre, Xaviere de, *Voyage Around my Room*, trans. Stephen Sartarelli（New Directions, 1994）〔グザヴィエ・ド・メーストル『わが部屋をめぐる旅（『地図を夢みる』）』永井順訳，新潮社，1979 年，ほか〕

Montaigne, Michel de, 'Of Idleness', in Michel de Montaigne, *The Complete Essays*, trans. M. A. Screech（Penguin, 1993）〔ミシェル・ド・モンテーニュ『暇であることについて』（エセー 1）」宮下志朗訳，白水社，2013 年，ほか〕

Perec, Georges, *Species of Spaces and Other Pieces*, trans. John Sturrock（Penguin, 1999）〔ジョルジュ・ペレック『さまざまな空間』著，塩塚秀一郎訳，水声社，2003 年〕

——, *An Attempt at Exhausting a Place in Paris*, trans. Marc Lowenthal（Wakefi eld Press, 2010）〔ジョルジュ・ペレック『パリの片隅を実況中継する試み——ありふれた物事をめぐる人類学』塩塚秀一郎訳，水声社，2018 年〕

Wilson, Emily（trans.）, *The Odyssey*（W. W. Norton & Company, 2018）〔ホメロス『オデュッセイア』松平千秋訳，岩波書店，1994 年，ほか〕

訳者紹介

上智大学法学部国際関係法学科卒業、翻訳家。

訳書に、グライムズ『希望のヴァイオリン――ホロコーストを生き抜いた演奏家たち』、マクドナルド『ハヤブサ』（以上、白水社）、ウィンドロウ『マンブル、ぼくの肩が好きなフクロウ』、フィンケル『ある世捨て人の物語』（以上、河出書房新社）、ミッチェル『今日のわたしは、だれ？』（筑摩書房）、ハウプト『モーツァルトのムクドリ』（青土社）など。

わが家をめざして
文学者、伝書鳩と暮らす

二〇二一年四月一〇日　印刷
二〇二一年四月三〇日　発行

著　者　ジョン・デイ
訳　者　©宇《う》丹《たん》貴《き》代《よ》実《み》
装丁者　奥定泰之
発行者　及川直志
印刷所　株式会社三秀舎
発行所　株式会社白水社

東京都千代田区神田小川町三の二四
電話　営業部〇三（三二九一）七八一一
　　　編集部〇三（三二九一）七八二一
振替　〇〇一九〇-五-三三二二八
　　　郵便番号　一〇一-〇〇五二
www.hakusuisha.co.jp
乱丁・落丁本は、送料小社負担にてお取り替えいたします。

株式会社松岳社

ISBN978-4-560-09832-5

Printed in Japan

▷本書のスキャン、デジタル化等の無断複製は著作権法上での例外を除き禁じられています。本書を代行業者等の第三者に依頼してスキャンやデジタル化することはたとえ個人や家庭内での利用であっても著作権法上認められていません。